AGATHA CHRISTIE COMPLETE COLLECTION
NEMESIS

NEMESIS

AGATHA CHRISTIE COMPLETE COLLECTION

NEMESIS

복수의 여신 　애거서 크리스티 장편 소설 | 원은주 옮김

황금가지

NEMESIS

Copyright © 1971 Agatha Christie Limited.
All rights reserved.

AGATHA CHRISTIE, MARPLE and the Agatha Christie Signature
are registered trademarks of
Agatha Christie Limited in the UK and elsewhere.
All rights reserved.
www.agathachristie.com

Korean Translation Copyright © Minumin 2013, 2024

Korean translation edition is published by arrangement with
Agatha Christie Limited through Shinwon Agency.

이 책의 한국어판 저작권은 신원 에이전시를 통해
Agatha Christie Limited와 독점 계약한 ㈜민음인에 있습니다.

저작권법에 의해 한국 내에서 보호를 받는 저작물이므로
무단 전재와 무단 복제를 금합니다.

정식 한국어 판 출간에 부쳐

나는 한국에서 우리 할머니의 작품을 정식으로 출간한다는 소식을 듣고 무척 기뻤다. 할머니가 1920년부터 1970년 무렵까지 오랜 세월에 걸쳐 집필한 작품들은 21세기인 지금 읽어도 신선하고 재미있다. 등장 인물들이 워낙 자연스러워서 요즘 사람들과 다를 바 없고 이들이 등장하는 상황과 장소가 전 세계 사람들의 애정과 향수를 자극하기 때문이다. 한국 독자들은 이번에 새로 나온 정식 한국어 판을 통해 그동안 접하지 못했던 애거서 크리스티의 일부 작품들을 읽을 수 있을 것이다. 덕분에 한국에 새로운 세대의 애거서 크리스티 팬들이 탄생할지도 모르겠다는 생각을 하면 가슴이 벅차다.

애거서 크리스티는 대표적인 두 명의 주인공으로 기억되는 작가이다. 14권의 작품에 등장하는 마플 양은 영국의 작은 시골 마을에서 평온한 나날을 보내며 뜨개질과 수다로 소일하는 미혼의 할머니이지만, 놀라운 기억력과 날카로운 두뇌 회전으로 주변에서 벌어진 살인 사건을 해결한다.

그리고 마플 양과 상반되는 성격을 지닌 에르퀼 푸아로는 자신만만하고 콧수염을 포함한 자신의 외모와 벨기에라는 국적에 대한 자부심이 상당하다. 그는 이집트와 이라크를 비롯한 세계 각지에서 수수께끼를 해결하며 『오리엔트 특급 살인 Murder On The Orient Express』, 『나일 강의 죽음 Death On The Nile』, 『애크로이드 살인 사건 The Murder Of Roger Ackroyd』 등 애거서 크리스티의 여러 대표작에 모습을 드러낸다.

황금가지의 대담하고 참신한 표지와 전반적인 디자인 덕분에 작품의 성격이 잘 살아난 것 같아 기쁘다. 또한 한국 독자들이 할머니의 원작이 지닌 참된 묘미를 느낄 수 있도록 충실한 번역을 위해 애써 준 점도 높이 사고 싶다.

할머니의 작품이 20세기의 그 어떤 작가들보다 많이 팔리고 있는 이유는 나이와 국적에 상관없이 읽을 수 있는 재미와 감동을 갖추었기 때문이다. 모쪼록 한국 독자들도 황금가지에서 선보이는 애거서 크리스티 작품들을 즐겁게 감상하기를 바란다.

매튜 프리처드
애거서 크리스티의 손자
ACL 이사장

차례

정식 한국어 판 출간에 부쳐 — 5

서장 — 9
암호명 네메시스 — 24
마플 양, 조사에 착수하다 — 40
에스더 월터스 — 54
저승에서 온 편지 — 69
사랑 — 87
초대 — 95
세 자매 — 103
폴리고넘 발드슈아니컴 — 115
"오! 사랑스러워라, 오! 아름다워라, 지나간 날들." — 124
사고 — 142
고문 — 160
검은색과 빨간색 체크무늬 — 179
브로드립 씨, 의문을 품다 — 198
베러티 — 204
심리 — 214
마플 양, 방문하다 — 231
브라바존 부주교 — 246
작별 인사를 나누다 — 266
마플 양, 생각을 하다 — 278
시계, 3시를 울리다 — 298
마플 양, 사건의 전말을 이야기하다 — 314
결론 — 335

서장

제인 마플 양은 오후가 되면 습관처럼 두 번째 신문을 펼쳤다. 그녀의 집으로는 매일 아침 신문 2부가 배달되었다. (제때에 배달되는 경우) 첫 번째 신문은 이른 아침에 차를 홀짝이며 읽었다. 그녀의 집을 맡은 신문 배달부 소년은 배달 시간이 들쭉날쭉하기로 유명했다. 가끔씩은 새로 온 소년이나 다른 소년이 대신 배달하기도 했는데 그 아이들 역시 제각각 배달할 때 다니는 길이 달랐다. 지루함을 덜기 위한 나름의 방편이었을 수도 있었다. 세인트 메리 미드에서 평화롭게 살고 있는 중년층 및 나이 지긋한 숙녀들 중에서는 아침 식사 시간에 신문을 읽는 편을 선호하는 사람도 있었다. 하지만 아침 일찍 신문을 받아 버스나 지하철, 또는 다른 것을 타고 직장에 출근하기 전에 멋진 기사를 읽고 싶은 독자들은 신문이 제시간에 오지 않는 것을 짜증스러워 했다.

이날, 마플 양은 '잡동사니 신문'이라는 별명을 붙인 일간지의 1면과 몇 가지 기사를 더 읽었다. 이런 별명을 붙인 이유는 그녀의 친구들에게는 대단히 짜증스럽게도 남성복, 여성복, 여성 취향의 가십, 아이들 운동 시합, 여성들에게서 온 상담 편지가 주를 이루는 바람에 진짜 뉴스는 1면 외에는 어느 구석에 실려 있는지 찾기가 힘들었기 때문이었다. 마플 양은 구세대였으며, 신문이란 신문답게 뉴스를 전달해 줘야 한다고 생각했다.

그녀는 점심을 마치고 류머티즘으로 쑤시는 허리 때문에 특별히 구입한 곧은 등받이가 달린 안락의자에서 20분간 낮잠을 잔 후,《타임스》를 펼쳐 느긋하게 훑어보았다.《타임스》또한 예전 같지가 않았다. 가장 화가 나는 것은 더 이상 뭘 찾아볼 수가 없다는 점이었다. 1면을 훑어보면 특별히 관심이 있는 기사를 찾아 읽을 수 있었던 전통적인 차례가 괴상하게 변해 버렸다. 중간에 갑자기 삽화와 함께 카프리 섬 여행에 관한 내용이 두 면에 걸쳐 등장하는가 하면, 스포츠면은 과거 그 어느 때보다 훨씬 더 부각되었다. 법정 소식과 부고 기사는 그나마 충실한 편이었다. 좋은 자리를 차지하고 있어 한때 마플 양의 관심을 끌었던 탄생과 결혼, 부고 기사들은 뒷장으로 밀려났으며, 그녀는 이 기사들이 앞으로도 영원히 뒷장에 실리게 될 거라는 사실을 늦게나마 눈치챘다.

마플 양은 먼저 1면에 실린 주요 뉴스들을 살펴보았다. 아침에 이미 읽은 것과 별다를 것 없는 내용이라 꼼꼼히 읽지 않았지만,《타임스》답게 좀 더 기품 있는 공손한 표현이 적혀 있었다. 그녀는 목

차를 쭉 훑어보았다. 기사, 논평, 과학, 스포츠. 그러다 평소의 습관대로 신문을 뒤집어 탄생, 결혼, 부고 기사를 빠르게 훑어 내린 다음, 뉴스면으로 넘겼는데 궁정 기사부터 오늘의 경매장 소식에 이르기까지 언제나 재미있는 이야깃거리들이 있었다. 가끔은 짧은 과학 기사가 실리기도 했지만 읽지는 않았다. 그녀에게는 도무지 이해가 가지 않는 내용뿐이었다.

언제나 그렇듯 탄생과 결혼, 부고 기사란을 넘기던 마플 양은 예전처럼 이런 생각에 빠졌다.

'정말 슬픈 일이야. 하지만 요즘에는 왜들 죽음에만 관심을 가지는지!'

사람들은 아이들을 낳지만, 누가 아이를 낳았는지 그 이름조차 알 수가 없었다. '손자'라는 제목으로 아이들에 관한 기사가 따로 실린다면 아는 사람 이름을 발견하는 즐거움을 누릴 수도 있을 텐데. 좀 먼 이야기이긴 하지만 '세상에, 메리 프렌더개스트에게 셋째 손녀딸이 생겼잖아!'라며 즐거운 상념에 잠길 수도 있을 터였다.

오랜 친구들의 딸이나 아들은 대부분 이미 결혼한 지 오래였기 때문에 결혼란은 대강 읽어 내렸다. 이번에는 부고란. 좀 더 주의를 기울였다. 이름 하나라도 놓치지 않도록 꼼꼼하게 읽었다. 앨러웨이, 앤고패스트로, 아든, 바턴, 베드쇼, 부르고바이서……(세상에, 독일식 이름은 정말 희한하기도 하지. 그런데 리드가(家)의 후손인 모양인데?). 카펜터, 캠퍼다운, 클레그. 클레그? 그녀가 아는 클레그가 (家)의 일원인가? 아니, 그런 것 같지는 않았다. 재닛 클레그. 요크

셔 어딘가. 맥도널드, 매켄지, 니콜슨. 니콜슨? 아니다. 이번에도 그녀가 아는 니콜슨은 아니었다. 오그, 오메로드……. 그 집 숙모들 중 한 명이 틀림없다고 생각했다. 그래, 그럴지도 몰랐다. 린다 오메로드. 아니, 모르는 사람이었다. 콴트릴? 세상에, 엘리자베스 콴트릴이 분명했다. 여든 다섯. 세상에! 그녀는 엘리자베스 콴트릴이 몇 년 전에 이미 죽은 줄만 알았다. 이렇게나 오래 살다니! 몸도 약했는데. 그런 그녀가 백발노인이 될 때까지 살 줄 누가 알았겠는가. 레이스, 래들리, 라피엘. 라피엘? 왠지 익숙한 이름이었다. 라피엘. 벨포드 파크, 메이드스톤. 벨포드 파크, 메이드스톤? 아니, 처음 들어보는 주소였다. 그런 주소로는 꽃을 보낸 적이 없었다. 제이슨 라피엘. 오, 특이한 이름이었다. 어딘가에서 들어 본 모양이라고 생각했다. 로스 퍼킨스. 이 사람이……. 아니, 아니다. 라일런드? 에밀리 라일런드. 아니다. 에밀리 라일런드는 모르는 사람이었다. 남편과 아이들에게 깊은 사랑을 받다. 아, 얼마나 근사하고 또 얼마나 슬픈가. 어느 쪽이든 원하는 대로 바라볼 수 있었다.

마플 양은 신문을 내려놓고 왜 라피엘이라는 이름이 눈에 익은지 곰곰이 생각하며 멍하니 십자말풀이 퍼즐을 바라보았다.

"언젠가는 기억이 나겠지."

나이 든 사람들의 기억력이 어떤 식으로 작동하는지 오랜 경험으로 잘 아는 마플 양은 혼잣말로 중얼거렸다.

"언젠가는 기억이 날 거야. 분명해."

그녀는 정원 쪽으로 나 있는 창을 흘끗 내다보고는 눈길을 거두고 정원 생각을 잊어버리려 했다. 정원은 그녀에게 크나큰 기쁨의 원천이었으며 아주 오랜 세월 동안 힘들여 가꾼 곳이었다. 하지만 이제는 의사의 유난스러운 호들갑 때문에 정원 일은 할 수 없었다. 한두 번 이러한 금기를 어기려 해 보았지만 결국에는 의사의 지시에 따르는 게 낫겠다는 결론에 도달했다. 그 후 그녀는 특별히 무언가를 보고 싶지 않은 한 정원이 잘 내다보이지 않는 각도로 의자를 놓게 되었다. 그녀는 한숨을 쉬고는 뜨개질 가방을 집어 들어 거의 다 만들어 가는 작은 어린이용 스웨터를 꺼냈다. 앞판과 뒤판은 모두 끝났다. 이제는 소매를 완성할 차례였다. 소매 뜨기는 언제나 지루했다. 소매 두 쪽이 모두 똑같지 않은가. 그래, 아주 지루했다. 그래도 털실 색깔은 예쁜 분홍색이었다. 분홍색 털실. 잠깐, 뭔가 생각이 나는 듯한데? 그래……. 그래……. 방금 신문에서 본 그 이름. 분홍색 털실. 푸른 바다. 카리브 해. 모래사장. 햇빛. 그녀는 뜨개질을 하고 있었고……. 그래, 라피엘 씨. 그녀는 카리브 해로 여행을 갔었다. 생 오노레 섬. 조카인 레이먼드의 초대로(애거서 크리스티 전집 『카리브 해의 미스터리』의 내용 — 옮긴이). 그리고 레이먼드의 아내인 조앤이 했던 말도 기억이 났다.

"제인 고모님, 더 이상은 살인 사건에 휘말리지 마세요. 고모님에게 좋지 않아요."

뭐, 그녀가 살인 사건에 휘말리길 바랐던 건 아니었고 어쩌다 보니 그렇게 된 것이었다. 그것뿐이었다. 그저 아주 길고도 지루한 이야기들을 끊임없이 늘어놓던 나이 많은 소령 때문이었다. 불쌍한 소령…… 그 사람 이름이 뭐였더라? 기억이 나질 않았다. 라피엘 씨와 그의 비서인…… 월터스 부인, 그래, 에스더 월터스, 그리고 그의 마사지사인 잭슨. 갑자기 모든 기억이 되살아났다. 아, 아. 불쌍한 라피엘 씨. 그 라피엘 씨가 죽은 것이다. 그는 아주 오래전부터 자신이 죽으리라는 걸 알고 있었다. 실제로 그녀에게 그렇게 말한 적도 있었다. 의사들의 생각보다는 오래 산 모양이었다. 그는 강하고, 고집이 세며 아주 부유한 남자였다.

마플 양은 여전히 생각에 잠긴 채 기계적으로 바늘을 움직였다. 그녀의 마음은 고(故) 라피엘 씨를 향해 가 기억나는 모든 것들을 떠올리고 있었다. 정말이지 쉽게 잊어버릴 수 있는 남자는 아니었다. 지금도 그의 모습을 선명하게 머릿속에 그려 볼 수 있었다. 그래, 아주 확고한 성격에, 까다롭고 예민하며, 때로는 깜짝 놀랄 정도로 무례한 남자였다. 하지만 그의 무례한 행동에 아무도 화를 내지 않았다. 그게 또 기억이 났다. 사람들이 그를 참은 것은 그가 너무나도 부유하기 때문이었다. 그래, 그는 아주 부유했다. 개인 비서에 시종 겸 훌륭한 마사지사까지 거느리고 다녔다. 또 도우미들 없이는 제대로 걸어 다닐 수도 없었다.

마플 양은 그 간병인이 꽤 의심스러운 인물이었다고 생각했다. 라피엘 씨는 이따금씩 그를 굉장히 무례하게 대했다. 정작 간병인 본인은 별로 신경 쓰지 않는 것 같았지만. 그것 또한 라피엘 씨가 부유했기 때문이었다.

"나는 그가 다른 데서 받을 수 있는 월급의 2배를 주고 있소."

라피엘 씨는 이렇게 말했다.

"하지만 그는 자기 일에서는 1등급이고, 욕설을 들어도 개의치 않소. 자기가 빌어먹을 만큼 보수를 잘 받고 있다는 사실을 잘 알기 때문에 그런 일을 모두 참아 내는 거요."

마플 양은 잭슨인가 존슨인가 하는 그 사람이 라피엘 씨를 계속 모셔 온 건지 궁금했다. 1년은 더 있었을까? 1년 하고도 삼사 개월쯤? 그렇지는 않을 거라고 생각했다. 라피엘 씨는 변화를 좋아하는 사람이었다. 그는 쉽게 사람들에게 질렸고, 그들의 얼굴과 목소리, 태도에 쉽게 싫증을 냈다.

마플 양은 충분히 이해할 수 있었다. 그녀 또한 가끔 그런 기분이 들 때가 있었다. 그녀의 말벗은 착하고 상냥했지만, 조잘거리는 목소리가 짜증스러웠다.

"아, 그때 이후로는 많이 좋아졌는데······. 그게······."

오, 이런. 그 여자의 이름이 생각나질 않았다······. 비숍 양? 아니, 비숍 양이 아니다. 이름을 기억하는 게 왜 이렇게 어려운지.

다시 그녀의 생각은 라피엘 씨 그리고······. 아니, 존슨이 아니었는데. 잭슨, 아서 잭슨에게 돌아갔다.

마플 양은 다시 중얼거렸다.

"맙소사, 난 언제나 이름을 잘못 외운다니까. 내가 생각하던 사람은 나이트 양이었지. 비숍 양이 아니라. 내가 왜 비숍 양이라고 생각한 걸까?"

즉시 해답이 떠올랐다. 그래, 체스다. 체스의 말. 나이트와 비숍.

"다음번에는 캐슬 양, 아니면 룩(체스의 말 중 하나. 또한 '사기를 치다'라는 뜻이 있음—옮긴이) 양이라고 착각할지도 모르겠어. 물론 다른 사람에게 사기를 칠 만한 사람은 절대 아니지만 말이야. 그럼, 그렇고 말고. 그리고 라피엘 씨의 그 참한 비서 이름이 뭐였더라. 오, 그래, 에스더 월터스. 맞아. 에스더 월터스는 어떻게 됐을까? 유산을 받았을까? 어쩌면 지금쯤이면 유산을 받았을지도 모르겠어."

라피엘 씨에게서 그런 말을 들었던 기억이 있는데, 아니면……. 오, 이런. 뭔가를 정확히 기억해 보려 하면 머릿속이 이렇게 뒤죽박죽이 됐다. 에스더 월터스. 카리브 해에서의 그 사건은 그녀에게 커다란 타격이었지만 극복해 냈을 터였다. 그녀가 과부였던가? 마플 양은 에스더 월터스가 착하고 상냥하며 믿음직스러운 남자와 재혼했길 바랐다. 하지만 그럴 가능성은 높지 않았다. 에스더 월터스는 결혼하기에는 적당치 않은 남자와 사랑에 빠지는 경향이 있었다.

마플 양은 다시 라피엘 씨 생각에 빠져들었다. '화환은 받지 않음.' 이렇게 쓰여 있었다. 그녀가 라피엘 씨에게 꽃을 보낼 생각을 했다는 건 아니었다. 라피엘 씨라면 원한다면 영국에 있는 탁아소를 죄다 사들일 수 있을 정도로 재력가였으니까. 게다가 어쨌든 그럴 만한 사이도 아니었다. 둘은 친구나 친밀한 사이는 아니었다. 둘은…… 어떤 말이 적당할까? 동료. 그래, 둘은 아주 짧은 기간 동안 동료였다. 아주 재미있는 시간을 보냈다. 게다가 라피엘 씨는 꽤 훌륭한 동료였다. 그녀는 그렇게 생각했다. 카리브 해의 어두운 열대의 밤에 우연히 그를 만난 그 순간부터 그렇게 생각했다. 그래, 이제 기억이 났다. 그녀는 그 분홍색 스카프를 두르고 있었다······. 어렸을 때는 그걸 뭐라고 불렀더라? 그래, 레이스 두건. 라피엘 씨는 분홍색 스카프를 머리에 두른 그녀를 보고 웃음을 터뜨렸으며, 후에 그녀가 뭐라고 한마디 하자······. 그녀는 추억하며 미소를 지었다······. 웃음을 터뜨렸지만 나중엔 웃지 않았다. 그래, 그는 그녀가 부탁하는 대로 했고 그래서······.

"아!"

마플 양은 한숨을 쉬며 정말이지 아주 재미있었던 한때였다고 인정했다. 물론 조카나 친애하는 조앤에게는 그 이야기를 하지 않았다. 그들이 절대 그런 일에 관여하지 말라고 신신당부하지 않았던가? 마플 양은 고개를 끄덕였다. 그리고 조용히 중얼거렸다.

"불쌍한 라피엘 씨. 고통 없이······ 가셨으면 좋겠는데."

아마도 고통 없이 갔을 터였다. 일류 의사들이 옆을 지키며 진정제를 주사해 마지막 가는 길을 편하게 해 주었을 것이었다. 그는 카리브 해에 있던 몇 주 동안에도 굉장히 힘겨워했다. 언제나 고통에 시달렸다. 용감한 남자였다.

용감한 남자. 비록 나이도 많고 몸도 성치 않은 병자였지만 세상이 중요한 것을 잃었다는 생각에 그의 죽음이 안타까웠다. 사업가로서의 그는 어떤 모습일지 마플 양은 전혀 모른다. 냉혹하고 거만하며 독재적이고 공격적이었을 거라고 그녀는 생각했다. 그는 내면 깊은 곳에 있는 상냥함을 절대 겉으로 드러내지 않았다. 그녀가 동경하고 존경하는 남자였다. 그가 이렇게 세상을 떠났다는 게 안타까웠고, 너무 힘겨워하지 않고 편하게 마지막 길을 갔기를 바랐다. 이제 그는 분명 화장되어 커다랗고 근사한 대리석 납골당에 안치되었을 것이었다. 마플 양은 그가 결혼을 했는지 여부도 몰랐다. 그는 한 번도 아내와 아이들에 대한 이야기를 하지 않았다. 외로운 남자였던 것일까? 아니면 너무 풍요로운 인생을 살아 외로움 따윈 느끼지 못했던 걸까? 그녀는 궁금했다.

그녀는 그날 오후에 아주 오랫동안 그 자리에 앉아 라피엘 씨에 대한 생각에 잠겼다. 그녀는 영국으로 돌아온 후에 그를 다시 보게 되리라는 기대는 하지 않았고, 실제로도 다시는 보지 못했다. 하지만 기이하게도 손만 뻗으면 언제라도 만날 수 있을 것만 같은 느낌이 들었다. 만약 그가 그녀에게 연락을 했거나 다시 만나자는 말을 했다면, 그건 아마도 둘이 같은 사건을 겪었다는 접점, 또는 다른 접점이 있기 때문일 거였다. 접점이라······.

"물론 우리 둘 다 냉혹한 건 아니겠지?"

마플 양은 순간 떠오른 생각에 깜짝 놀라며 중얼거렸다. 그녀가, 제인 마플이······ 냉혹하게 군 적이 있던가?

"정말 신기해. 이런 생각은 한 번도 해 보지 않았는데. 하지만 나도 냉혹해질 수 있을 것 같아······."

순간 문이 열리며 검고 곱슬곱슬한 머리카락을 한 머리가 안으로 불쑥 들어왔다. 비숍 양, 아니 나이트 양의 후임자인 체리였다.

"뭐라고 하셨어요?"

"그냥 혼잣말이었어. 내가 냉혹한 사람이 될 수도 있는지 생각해 보던 중이었지."

"마플 양께서 냉혹해지신다고요? 말도 안 돼요! 마플 양께서는 상냥함 그 자체이신걸요."

"그래도 그럴 만한 이유가 있다면 나도 냉혹해질 수 있겠지."

"그럴 만한 이유라니 어떤 거 말씀이세요?"

"정당한 이유 말이야."

"아, 꼬맹이 게리 홉킨스 때도 그러셨죠. 마플 양께서 그 아이가 고양이를 괴롭히는 걸 잡으셨잖아요. 마플 양께서 그렇게 무서운 분이신 줄은 아무도 몰랐을 거예요! 그 애를 따끔하게 혼내셨죠. 아마 그 애도 그 일은 평생 못 잊을걸요."

"그 애가 더 이상 고양이를 괴롭히지 않았으면 좋겠는데."

"뭐, 적어도 마플 양이 보고 있지는 않은지 살피겠죠. 사실 꼬마 녀석들이 무서워나 하겠어요? 털실로 예쁜 것들을 짜고 있는 마플 양을 보면……. 누구라도 마플 양께서 양처럼 온순한 분이라고 생각할 거예요. 하지만 화가 나시면 사자처럼 행동하실 때가 있죠."

마플 양은 약간 의아한 표정이었다. 방금 체리가 배정한 역할에 자신이 들어맞는지 알 수가 없었다. 그녀가 단 한 번이라도……. 그녀는 생각에 잠겨 과거의 다양한 순간들을 떠올려 보았다. 비숍…… 아니 나이트 양(정말이지, 이런 식으로 이름을 계속 잊으면 안 되는데.)에게 심하게 화를 낸 적이 있던가? 화가 날 때도 기껏해야 빈정대는 말을 하는 정도였다. 아마 사자라면 빈정대지는 않겠지. 사자는 결코 빈정대는 법이 없었다. 사자는 뛰어오르고, 포효한다.

사자는 발톱을 세워 먹이를 물어뜯는다.

"정말이지 내가 그렇게 행동한 적이 있다고는 생각하지 않아."

그날 저녁 평소처럼 속상한 마음으로 정원을 천천히 거닐던 마플 양은 그 부분을 다시 한번 생각해 보았다. 마침 눈에 띈 금오초 때문인지도 몰랐다. 조지에게 정원사들이 언제나 좋아하는 저 흉측한 보라색 꽃 말고, 노란 미어초만 심으라고 두고 두고 이야기했었는데.

"노란색."

마플 양은 소리 내어 말했다.

마플 양의 집 앞을 지나던 사람이 그녀를 바라보며 물었다.

"뭐라고 하셨죠? 제게 뭐라고 하셨나요?"

"그냥 혼잣말이었어요."

마플 양은 울타리 밖을 내다보며 말했다.

그 사람은 처음 보는 사람이었는데, 마플 양은 세인트 메리 미드에 사는 사람들은 대부분 알았다. 개인적으로 아는 사이는 아니더라도 얼굴은 알았다. 울타리 바깥에 서 있는 사람은 낡았지만 튼튼한 트위드스커트에 튼튼한 신발을 신은 땅딸막한 여자로 에메랄드색 스웨터에 털실로 짠 스카프를 두르고 있었다.

"내 나이가 되면 종종 그런답니다."

마플 양이 덧붙였다.

"정원이 정말 근사하네요."

"예전 같진 않아요. 내가 직접 가꿀 때는……."

"저도 잘 알아요. 어떤 기분이실지 말이에요. 정원사가……. 저는 그 사람들에게 이름을 워낙 많이 붙여 놔요. 무례한 이름들이 대부분이죠. 정원 일이라면 다 안다고 자부하는 노인네들 중 1명인가 봐요. 물론 그 사람들이 제대로 할 때도 있긴 하지만, 쥐뿔도 모르는 때도 있답니다. 그저 와서는 차나 줄창 마셔 대고 잔디나 슬슬 깎고 가는 거죠. 물론 개중에는 좋은 분도 계시지만 결국 사람 성질 돋우는 건 다 마찬가지예요."

그리고 여자는 이렇게 덧붙였다.

"저도 정원 일을 아주 좋아하거든요."

"이곳에 사세요?"

마플 양은 약간 흥미를 보이며 물었다.

"저는 헤이스팅스 부인 댁에 기거하고 있어요. 그 부인께서 부인 이야기를 하는 걸 들은 적이 있어요. 마플 양, 맞으시죠?"

"오, 예."

"전 말벗 겸 정원사랍니다. 참, 제 이름은 바틀릿이에요. 바틀릿 양이요. 그 집에는 별로 할 일이 없어요. 부인께서 일년생 식물들만 좋아하시거든요. 온 신경을 쏟아 열중할 만한 게 전혀 없어요."

그녀는 이렇게 말하며 입을 벌려 이를 내보였다.

"물론 다른 잡일도 하긴 해요. 장을 보거나 그런 일들요. 마플 양께서 원하신다면 언제라도 한두 시간 짬을 내 정원 일을 도와 드릴 수 있어요. 마플 양께서 지금까지 고용하셨던 어떤 노인네보다도 제가 나을걸요."

"잘됐네요. 난 꽃을 제일 좋아해요. 채소는 그다지 좋아하지 않죠."

"저는 헤이스팅스 부인 댁에서 채소를 키우고 있어요. 따분하긴 하지만 필요하죠. 자, 저는 이만 가 봐야겠네요."

그녀는 기억해 두겠다는 듯 마플 양을 머리부터 발끝까지 훑어보더니 씩씩하게 고개를 끄덕이며 걸어갔다.

헤이스팅스 부인? 헤이스팅스 부인이라는 이름은 기억이 나질 않았다. 헤이스팅스 부인은 그녀의 친구나 정원 일을 함께하던 사람이 아니었다. 아, 어쩌면 지브롤터로(路) 끝의 새집에 사는 사람일지도 몰랐다. 작년에 그곳으로 서너 가족들이 이사를 왔다. 마플 양은 한숨을 쉬며, 짜증스러운 마음으로 미어초와 뿌리를 뽑고 싶은 마음이 간절한 잡초 몇 개와 전지가위로 가차 없이 잘라내 버리고 싶은 무성한 잎사귀들에 다시 시선을 주고 마침내 한숨을 쉬며 유혹에 용감하게 저항해 길을 빙 둘러 집 안으로 되돌아왔다. 다시 한 번 라피엘 씨가 떠올랐다. 둘은, 그와 그녀는……. 그녀가 젊었을 적에 자주 인용하던 책 제목이 뭐였더라? 밤바다를 스쳐 지나가는 두 척의 배. 생각해 보니 잘 어울리는 것 같았다. 밤바다를 스쳐 지나가는 두 척의 배……. 그녀가 그에게 도움을 부탁…… 아니, 요구하러 갔던 때도 밤이었다. 한시가 급하다고 강하게 주장하면서. 그리고 그는 동의했으며, 그 즉시 기차에 올랐다! 어쩌면 그때 좀 자신의 모습이 사자와 좀 닮았던 것일까? 아니, 아니, 그건 절대 아니었다. 그녀가 느꼈던 것은 분노가 아니었다. 당장 처리해야 할 다급하고 중요한 일이 있다고 강하게 느꼈던 것뿐이었다. 그리고 그는 이해했다.

불쌍한 라피엘 씨. 그날 밤 스쳐 지나갔던 그 배는 흥미로운 배였다. 그의 거만함에 익숙해졌더라면 그가 편안해졌을까? 아니다! 마플 양은 고개를 저었다. 라피엘 씨는 절대 편안한 남자가 될 수 없는 사람이었다. 그녀는 라피엘 씨 생각을 머리에서 지워 버려야 했다.

밤바다를 스쳐 지나가는 두 척의 배, 서로 이야기를 나누네.
어둠 속에서 깜빡이는 신호등과 아득한 목소리.

어쩌면 그녀는 다시는 그에 대한 생각을 하지 않을지도 몰랐다. 어쩌면 《타임스》에서 그의 부고 기사를 찾아볼지도 몰랐다. 하지만 그럴 가능성은 없을 듯했다. 그녀는 그가 잘 알려진 인물이 아니라고 생각했다. 유명 인사는 아니었다. 그저 어마어마한 부자일 뿐이었다. 물론 단순히 부자라는 이유만으로 신문에 부고 기사가 실리는 사람들도 많지만, 라피엘 씨의 부유함은 그런 종류가 아닐 것이다. 그는 유명한 기업가도 아니었고, 경제계의 위대한 천재도 아니었으며, 주목할 만한 은행가도 아니었다. 그저 평생에 걸쳐 어마어마한 돈을 모은 것뿐이었다…….

암호명 네메시스

I

마플 양이 아침 식사가 담긴 쟁반에서 편지 봉투를 집어 든 것은 라피엘 씨가 사망한 지 약 일주일쯤 뒤였다. 그녀는 봉투를 열기 전 가만히 들여다보았다. 오늘 아침 우편으로 온 다른 2통의 편지는 계산서가 아니면 영수증이었다. 어느 경우든 특별히 신경 쓸 만한 편지는 아니었다. 하지만 어쩌면 이 편지는 다를지 모른다는 생각이 들었다.

런던 소인에 타자로 친 주소, 길고 고급스러운 봉투. 마플 양은 항상 쟁반 위에 올려놓는 종이칼로 깔끔하게 봉투를 열었다. 편지 윗면에는 블룸즈버리 주소에 '브로드립 앤드 슈스터 변호사 사무소'라고 적혀 있었다. 적절히 예의 바른 표현과 법률 용어를 구사하며 다음 주 중에 사무실로 찾아와 그녀에게 이득이 될 수 있는 문제에 대해 논의하자는 내용이었다. 24일 목요일이 좋겠다고 적혀 있었다. 그날이 안 된다면 가까운 시일 내에 런던에 올 수 있는 날짜를 알려 달라고 했다. 또한 자신들은 그녀도 잘 알고 있는 고(故) 라피엘 씨의 전속 변호사라고 덧붙였다.

마플 양은 약간 당황한 마음에 얼굴을 찌푸렸다. 그녀는 평소보다 더 천천히 자리에서 일어나며 방금 받은 편지에 대해 생각해 보았다. 마플 양은 그녀가 멍하니 걷다가 넘어질까 걱정하며 홀에서 서성이던 체리의 부축을 받아 아래층으로 내려갔다. 체리의 이러한 세심함은 중년으로 접어드는 사람들이 지닌 구세대적인 친절함이었다.

"자네는 정말 나를 잘 챙겨주는군, 체리."

"그래야죠."

체리는 언제나 입에 달고 사는 말을 다시 한번 던졌다.

"착한 사람들은 일찍들 세상을 뜨잖아요."

"뭐, 칭찬 고마워."

마플 양은 마침내 1층에 안전하게 발을 내딛으며 말했다.

"무슨 걱정거리라도 있으세요? 뭐랄까, 좀 난처한 표정을 하고 계시는 것 같아서요."

"아니. 걱정거리는 없는데. 변호사 사무실에서 좀 이상한 편지를 받았어."

"설마 누군가 마플 양을 고소한다는 내용은 아니겠죠?"

체리는 변호사들이 보내는 편지가 언제나 재앙과 연관이 있다고 생각하는 모양이었다.

"오, 아니. 그렇지는 않아. 그런 건 아니야. 나더러 다음 주에 런던에 있는 자기네 사무실로 나와 달라네."

"어쩌면 마플 양께서 유산을 받게 되신 건지도 몰라요."

체리가 기대에 가득 차 말했다.

"그럴…… 가능성은 아주 희박하다고 생각하는데."

"뭐, 모를 일이잖아요."

마플 양은 의자에 자리를 잡고 앉아 자수가 수놓인 뜨개질 가방에서 뜨개질거리를 꺼내며 라피엘 씨가 그녀에게 유산을 남겼을 가능성에 대해 생각했다. 체리의 말을 들었을 때보다 한층 더 불가능한 일 같았다. 라피엘 씨는 그런 사람이 아닐 텐데.

변호사 사무실에서 제안한 날짜에 찾아가는 것이 불가능하진 않았다. 그녀는 방을 몇 개 더 짓기 위한 기금 모금을 토론하기 위한 여성 협회의 회의에 참석하기로 되어 있었지만 편지를 써서 날을 잡았다. 곧 답장이 왔고 약속 날짜가 확실히 잡혔다. 그녀는 브로드립 씨와 슈스터 씨가 어떤 사람들일지 궁금했다. 편지에는 사장임이 분명한 J. R. 브로드립의 사인이 있었다. 마플 양은 어쩌면 라피엘 씨가 작은 자서전이나 기념품을 남겼을지도 모르겠다고 생각했다. 서재에서 희귀한 꽃에 대한 책을 몇 권 발견하고 정원을 사랑하는 노부인에게 주면 좋아하겠다고 생각했을지도 몰랐다. 아니면 그의 종조모가 남겨 준 카메오 브로치일 수도 있었다. 그녀는 이러한 상상을 하며 즐거워했다. 하지만 만약 이 변호사들이 유언 집행자였다면 편지에 그런 이야기가 아예 나와 있지 않을 리가 없으므로 단순한 상상에 불과할 거라고 그녀는 생각했다. 유품의 전달뿐이라면 굳이 방문을 요청하지는 않았을 것 같았다.
"오, 뭐. 다음 주 화요일이면 알게 되겠지."

II

"어떤 분이실지 궁금하군."
브로드립 씨의 말에 슈스터 씨는 시계를 흘끗 바라보았다.
"이제 15분 후면 만나게 될 텐데요. 제시간에 올까요?"
"아, 물론 그럴 거야. 나이 지긋한 분이실 테고, 그런 분들은 산만한 젊은 녀석들보다 훨씬 더 시간에 철저하시지."
"뚱뚱할까요, 아니면 말랐을까요?"
슈스터 씨의 물음에 브로드립 씨는 고개를 저었다.
"라피엘 씨가 어떻게 생긴 분인지 한 번도 말해 주지 않으셨어요?"
슈스터 씨가 물었다.
"그 노부인에 대해서는 극도로 말을 아꼈다네."
"제가 보기에는 모든 게 너무 이상한 것 같아요. 이게 다 어찌된 영문인지……."
"어쩌면 마이클과 관련이 있을지도 몰라."
브로드립 씨가 곰곰이 생각하며 말했다.
"예? 이렇게나 세월이 흘렀는데요? 그럴 리 없어요. 갑자기 왜 그런 생각을 하신 거예요? 혹시 라피엘 씨가 그런 말을……?"

"아니, 그 사람은 아무 말도 하지 않았어. 무슨 생각을 하고 있는지 짐작할 수도 없었지. 그저 지시만 내렸을 뿐이야."

"혹시 돌아가시기 전에 좀 이상해지신 건 아니에요?"

"전혀. 머리만큼은 예전과 마찬가지로 명민했지. 육체적으로 건강하지 못하다고 해서 머리까지 어떻게 됐던 건 절대 아니었어. 마지막 두 달 동안에는 20만 파운드를 더 벌어들였다고. 그런 사람이었어."

"천부적인 재능을 타고났죠. 언제나 그러셨어요."

슈스터 씨는 존경심 어린 목소리로 말했다.

"사업가로서는 대단한 천재였지. 그런 사람은 드문데 말이야, 안타까워."

브로드립 씨 또한 감상에 젖은 목소리로 대꾸했다.

순간 테이블 위의 부저가 울렸다. 슈스터 씨가 수화기를 집어 들었다. 여자인 비서의 목소리가 들렸다.

"제인 마플 양께서 브로드립 씨를 만나러 오셨습니다."

슈스터 씨는 사장을 바라보며 대답을 구하는 듯 눈썹을 치켜 올렸다. 브로드립 씨는 고개를 끄덕였다.

"올려 보내세요."

슈스터 씨가 말했다. 그리고 이렇게 덧붙였다.

"드디어 보게 됐네요."

마플 양이 사무실 안으로 들어서자 마르고 다부진 몸에 다소 우수 어린 긴 얼굴을 한 중년의 신사가 일어나 그녀를 맞이했다. 브로드립 씨가 분명했지만 외모는 이름과 다소 모순되었다. 그의 옆에는 그보다 다소 젊으며 몸집이 더 두둑한 신사 1명이 서 있었다. 검은색 머리카락에 눈은 작고 상냥했으며 턱 밑에는 살집이 두둑했다.

"제 파트너인 슈스터 씨입니다."

브로드립 씨가 소개했다.

"계단 올라오시기가 힘들진 않으셨습니까?"

슈스터 씨는 이렇게 물으며 생각에 잠겼다.

'최소한 칠순은 넘었겠어……. 어쩌면 팔순에 가까울지도.'

"계단을 오를 때면 언제나 숨이 좀 차죠."

"이 건물이 구식이라서요. 승강기도 없고요. 뭐, 저희 회사가 워낙 오래된 데다, 저희는 고객들이 기대하는 것만큼 현대적인 장치들을 좋아하지 않거든요."

브로드립 씨가 미안한 듯 말했다.

"사무실이 아주 조화롭고 좋네요."

마플 양은 예의 바르게 말했다.

그녀는 브로드립 씨가 빼 준 의자에 앉았다. 슈스터 씨는 조심스럽게 방을 나갔다.

"그 의자가 편안하셨으면 좋겠습니다. 커튼을 좀 칠까요? 햇빛 때문에 눈이 부실 수도 있으니까요."

브로드립 씨가 말했다.

"고마워요."

마플 양은 감사해하며 대답했다.

그녀는 습관대로 꼿꼿이 등을 펴고 앉아 있었다. 그녀는 가벼운 트위드스커트와 재킷을 입고, 진주 목걸이에 작은 벨벳 토크 모자(챙이 없는 작고 둥근 모자 — 옮긴이)를 쓰고 있었다. 브로드립 씨는 생각했다.

'시골 숙녀분이군. 사람은 좋을 것 같고. 온화한 노부인이겠지. 어쩌면 건망증이 있을지도 모르겠어······. 어쩌면 아닐 수도 있고. 눈빛은 꽤 예리한데. 라피엘이 어디서 이 숙녀분을 만난 걸까? 시골에 사는 누군가의 고모인가?'

그는 머릿속으로 이런 생각을 하는 동안 날씨와 관련된 이야기, 즉 올해 늦서리로 피해가 많았다거나 혹은 적절하다고 생각하는 다른 이야기를 늘어놓았다.

마플 양은 적절한 대답을 하며 이번 만남의 본론이 시작되기를 얌전히 기다렸다.

"무슨 일로 뵙자고 했는지 궁금하시겠죠? 당연히 라피엘 씨의 부고 소식은 들으셨을 겁니다. 아니면 신문에서 보셨든가요."

브로드립 씨는 앞에 놓인 종이 몇 장을 들어 그녀에게 건네며 어울리는 미소를 지어 보였다.

"신문에서 봤어요."

"제가 알기로 마플 양께선 그분과 친구 사이셨다죠."

"1년 전쯤에 처음 만난 사이인걸요."

마플 양이 덧붙였다.

"서인도 제도에서요."

"아, 저도 기억합니다. 라피엘 씨가 요양차 그곳에 갔었죠. 그곳에

간 게 도움이 됐을 수도 있지만, 마플 양도 알다시피 이미 몸이 많이 안 좋은 상태였죠. 다리도 심하게 절었고요."

"예."

"라피엘 씨와 친하셨나요?"

"아니에요. 그렇게 말하긴 힘들어요. 그저 같은 호텔에 묵었을 뿐이니까요. 가끔씩 대화를 나누기도 했죠. 내가 영국으로 돌아온 후에는 다시 보지 못했어요. 난 시골에서 아주 조용히 사는 사람이고, 그분은 사업에 여념이 없으셨을 테니까요."

"그분은……. 예, 돌아가시던 날까지도 일을 놓지 않으셨습니다. 대단한 사업가셨습니다."

"물론 그러셨을 거예요. 나도 그분을 만나자마자…… 뭐랄까, 아주 비범한 분이라는 걸 알아챘으니까요."

"혹시…… 라피엘 씨께서 마플 양께 연락하라고 제게 지시한 이유를 짐작하시겠습니까?"

"왜 내게 연락을 하라고 했는지 전혀 상상이 안 가네요. 정말 생각지도 못한 일이에요."

"라피엘 씨께서는 마플 양을 아주 높게 평가하셨습니다."

"참 고마운 말씀이지만 납득이 되질 않네요. 난 아주 평범한 사람인데요."

"마플 양께서도 분명 아시겠지만 그분은 아주 많은 재산을 남기고 돌아가셨습니다. 그리고 그분의 유언장은 전반적으로 비교적 간단한 편입니다. 돌아가시기 전에 일찍이 유산을 배분하셨죠. 신탁과 그 외 유산 상속에 대한 정리도 다 해 놓으셨습니다."

"요즘에는 다들 그렇게 한다더군요. 난 재정적인 문제에는 문외한이지만요."

"이렇게 마플 양을 모신 이유는…… 마플 양께서 한 가지 제안을 수락한다는 조건 하에 1년 후 상당한 액수의 돈을 받으신다는 말씀을 드리라는 지시를 받았기 때문입니다."

브로드립 씨는 앞에 놓인 테이블 서랍에서 긴 봉투를 하나 꺼냈다. 봉인이 된 봉투였다. 그는 테이블 건너편에 있는 마플 양에게 그 봉투를 건넸다.

"내용물은 직접 읽어 보시는 게 좋을 것 같습니다. 서두르실 거 없습니다. 천천히 하세요."

마플 양은 그 말에 따랐다. 브로드립 씨가 건네준 작은 종이칼로 봉투를 가르고 타자로 친 종이 1장을 꺼내 읽었다. 그녀는 편지를 접었다가 다시 한번 더 읽고 브로드립 씨를 바라보았다.

"정말 모호하네요. 좀 더 명확한 설명은 없나요?"

"제가 알기로는 없습니다. 저는 이 편지를 마플 양께 전해 드리고 유산이 얼마인지 말씀드리라는 지시만 받았습니다. 유산은 상속세를 제외하고 2만 파운드입니다."

마플 양은 그대로 그를 바라보기만 했다. 너무 놀란 나머지 할 말을 잊고 말았다. 브로드립 씨도 아무 말이 없었다. 그는 마플 양을 유심히 살펴보았다. 그녀는 분명 놀란 것 같았다. 전혀 예기치 못한 일인 게 분명했다. 브로드립 씨는 그녀가 어떤 말을 할지 궁금했다.

마플 양은 그를 마치 고모처럼 엄한 눈길로 가만히 바라보다가 마침내 거의 꾸짖듯이 말했다.

"그건 너무 많은 돈이에요."

"옛날처럼 그렇게 큰 액수는 아닙니다."

브로드립 씨가 대꾸했다. (그는 "요즘에 그 정도는 돈도 아니죠."라는 말이 나오려는 걸 꾹 참았다.)

"정말이지 놀랐다는 말밖에 할 수 없네요. 솔직히, 아주 많이 놀랐어요."

마플 양은 편지를 집어 들고 다시 한번 주의 깊게 읽었다.

"변호사님께서도 이 편지의 내용을 알고 계시겠죠?"

"예. 라피엘 씨께서 불러 주시는 걸 제가 직접 받아 적었습니다."

"라피엘 씨께서 변호사님께 다른 말씀은 하지 않으셨나요?"

"예, 없었습니다."

"물론 라피엘 씨께 이런 일엔 더 자세한 설명이 있는 게 좋겠다는 말씀은 해 보셨겠죠?"

이제 그녀의 목소리에는 약간의 신랄함마저 깃들어 있었다.

브로드립 씨는 희미하게 미소를 지었다.

"맞습니다. 제가 그렇게 말씀을 드렸죠. 마플 양께서 그분의 의중을…… 그러니까, 정확히 이해하기 힘드실 수 있다고 말씀드렸습니다."

"정말 이상하네요."

"물론 지금 당장 제게 확답을 주실 필요는 없습니다."

"예. 이 문제는 좀 더 생각해 봐야겠네요."

"마플 양께서 지적하신 대로 꽤 많은 액수이니까요."

"난 늙었어요. 아니, 나이가 지긋하다고 해 두죠. 하지만 언제 세상을 떠날지 모를 정도로 나이가 많은 건 사실이에요. 확실히 많죠. 내가 그 돈을 받게 될 1년 후까지 살 수 있을지, 아니면 그 돈을 받을 수나 있을지 의문이네요."

"돈은 나이에 상관없이 모든 사람들에게 환영 받는 존재입니다."

"내가 관심을 가지고 있는 몇몇 자선 단체에 돈을 기부할 수 있겠죠. 그리고 사람들도 도와줄 수 있고요. 뭔가 해 주고 싶지만 사정이 넉넉지 않아 도와주지 못했던 사람들을요. 그리고 그동안 누릴 수 없었던…… 즐거움을 마음껏 누려 볼 수 있겠죠……. 아무래도 라피엘 씨께서 이런 깜짝 선물이 나이 든 사람에게 엄청난 기쁨을 안겨 주리란 걸 아셨던 모양이네요."

"예, 그렇습니다. 해외 유람선 여행에도 갈 수 있겠죠. 요즘에는 그런 근사한 여행 상품들이 많으니까요. 극장, 콘서트……. 원하는 것은 무엇이든 할 수가 있습니다."

"내 취향은 그보다는 소박해요."

마플 양이 생각에 잠긴 채 말했다.

"자고새 고기. 요즘에는 자고새 고기를 구하기가 아주 어려운 데다, 구한다 해도 너무 비싸요. 나는 자고새 고기를…… 통째로…… 먹어 보고 싶네요. 마롱글라세(밤을 설탕 절임한 과자 — 옮긴이) 한 상자도 오랜만의 값비싼 즐거움이 되겠죠. 아, 오페라를 보러 가는 것도 좋겠네요. 편안하게 코벤트 가든까지 왕복할 차도 빌리고 고급 호텔에서의 하룻밤까지 포함해서요. 하지만 상상은 이쯤에서 그만둬야죠. 이 편지는 가져가서 좀 더 생각해 봐야겠네요. 정말이지, 도대체 왜 라피엘 씨가…… 왜 이런 제안을 했는지, 그리고 왜 내가 그 제안에 따를 거라고 생각했는지 변호사님은 전혀 모르세요? 라피엘 씨가 나를 본 게 1년, 아니 거의 2년 전인 데다 내가 그때보다 훨씬 더 허약해졌고, 그때 가졌던 작은 재능도 이제는 발휘하기 힘들다는 걸 그분도 아셨을 텐데요. 위험한 도박을 하셨네요. 이런 류의 조사를 맡을 훨씬 유능한 사람들이 있을 텐데요?"

"솔직히 말씀드리자면 저도 그렇게 생각했습니다. 하지만 그분은 마플 양을 선택하셨습니다. 쓸데없는 호기심입니다만, 혹시 마플 양께서는……. 아, 이걸 어떻게 표현해야 할지……. 범죄나 범죄 수사와 관련한 경력이 있으십니까?"

"엄밀히 말하자면 그렇지 않아요. 다시 말해 전문가는 아니라는 거예요. 보호 관찰관이나 치안 판사를 지낸 적도 없고 탐정 사무실과도 아무런 연관이 없어요. 브로드립 씨, 라피엘 씨께서 나를 선택한 이유라면 우리가 서인도 제도에 머무는 동안 둘 다 그곳에서 일어났던 범죄와 어느 정도 연관이 되었다는 것밖엔 달리 설명드릴 방도가 없네요. 좀 이상하고 복잡한 살인 사건이었죠."

"그리고 마플 양과 라피엘 씨께서 그 사건을 해결하셨고요?"

"그렇게는 말하지 않겠어요. 라피엘 씨는 그 성격 덕에, 그리고 나는 한두 가지 명확한 증거를 발견한 덕에 코앞에 닥친 두 번째 살인을 성공적으로 예방할 수 있었어요. 나 혼자서는 몸이 너무 허약해 할 수 없었을 거예요. 라피엘 씨 또한 다리가 불편하셔서 혼자서는 해낼 수 없으셨을 거고요. 우리는 한 팀이 되어서 행동했죠."

"한 가지 더 궁금한 게 있습니다, 마플 양. 혹시 '네메시스'란 말을 들어보신 적 있으십니까?"

"네메시스."

마플 양이 되뇌었다. 그건 질문도 아니었다. 그녀의 얼굴 위로 아주 서서히, 예기치 못하게 미소가 번졌다.

"예. 들어 본 적이 있어요. 나도 그렇고 라피엘 씨도요. 내가 스스로를 네메시스라고 묘사한 말에 라피엘 씨가 아주 즐거워하셨죠."

브로드립 씨가 예상한 것이 무엇이든 그건 아니었다. 그는 한때 카리브 해의 호텔 방에서 라피엘 씨가 느꼈던 것과 같은 놀라움으로 마플 양을 바라보았다. 섬세하고 아주 영리한 노부인이었다. 그런데…… 네메시스라니!

"변호사님도 같은 생각이시겠군요. 혹시 이 문제와 관련된 지시 사항을 좀 더 알아내신다면 내게도 알려 주시겠죠, 브로드립 씨? 하지만 그런 건 없을 것 같네요. 정말이지 라피엘 씨께서 내가 뭘 어떻게 하길 바라시는 건지 도통 모르겠네요."

마플 양이 이렇게 말하며 자리에서 일어섰다.

"혹시 그분의 가족이나 친구들과는 친분이 없으신……."

"없어요. 내가 말씀드렸잖아요. 라피엘 씨는 외국에서 만난 여행 친구였어요. 아주 당혹스러운 일로 서로 동지가 되었죠, 그게 전부예요."

그녀는 문을 열고 나서려다 갑자기 뒤돌아서더니 질문을 던졌다.
"그분에게 비서가 있었죠. 에스더 월터스 부인이요. 라피엘 씨가 그분에게 5만 파운드를 남겨 주셨는지 묻는다면 실례일까요?"
"라피엘 씨의 유산 목록은 신문에 실리게 될 겁니다. 마플 양의 질문에는 긍정적인 답변을 드릴 수 있습니다. 그나저나 이제는 월터스 부인이 아니라 앤더슨 부인입니다. 재혼했거든요."
"그거 잘됐네요. 딸 하나 있는 과부로 아주 훌륭한 비서 같았는데. 라피엘 씨를 아주 잘 이해해 줬어요. 좋은 여자예요. 그분도 유산을 상속받았다니 기쁘네요."

그날 저녁, 마플 양은 등받이가 꼿꼿한 의자에 앉아 있었다. 언제나 그렇듯 아무때나 영국을 덮치는 갑작스런 한파를 피하고자 벽난로에 불을 때어 발을 뻗고, 그날 아침에 받은 기다란 편지 봉투를 다시 한번 꺼냈다. 그러고는 아직도 이해가 가지 않는 내용을 외우기라도 할 듯 가만가만 읽었다.

　세인트 메리 미드의 제인 마플 양에게
　이 편지는 내가 죽은 후 훌륭한 변호사인 제임스 브로드립이 전해 주게 될 거요. 제임스 브로드립은 내가 사업이 아니라 개인적 문제에 관한 법률 조언을 받기 위해 고용한 사람이라오. 착실하고 믿을 만한 변호사지. 대다수의 사람들과 마찬가지로 그 사람 또한 호기심이라는 죄악을 저지를 수 있소. 나는 그의 호기심을 충족시켜 주지 않았다오. 어떤 면에서 보면 이 문제는 당신과 나 사이의 일로 남게 될 거요. 친애하는 마플 양, 우리의 암호명은 네메시스요. 당신이 처음으로 내게 그 말을 한 것이 어디에서였는지, 그리고 어떤 상황에서였는지 잊지는 않았으리라 생각하오. 나는 오랜 세월 사업을 하면서 직원을 뽑는 데에 한 가지 신념을 가지게 되었소. 재능이 있어야 한다는 거요. 그 직원이 할 일에 대한 재능 말이오. 지식도, 경력도 아니라오. 오로지 재능뿐이오. 특정한 일을 수행하는 데 타고난 재능 말이지.

이렇게 말해도 될지 모르겠지만, 당신은 정의에 관한 한 타고난 재능을 가지고 있소. 다시 말해 범죄에 대한 타고난 재능을 가지고 있다고 할 수 있겠지. 특정한 범죄 사건 하나를 조사해 주셨으면 하오. 내가 당신 앞으로 남겨 둔 돈이 있소. 만약 내 요청을 수락하고, 이 범죄 사건을 조사한 결과가 명확히 밝혀진다면 그 돈은 당신의 것이 될 것이오. 이 임무를 위해 당신에게 1년이라는 기한을 드리오. 당신은 젊지는 않지만, 강한 사람이지. 최소한 1년간은 죽음이 당신을 데려가지 않으리라 믿소.

당신이 이 일로 불쾌해하지는 않을 거라 생각하오. 당신은 조사에는 타고난 천재이지. 이 일을 하는 데 필요한 자금은 언제라도 보내 드릴 거요. 이 일을 수락할 것이냐, 아니면 현재의 삶을 고수할 것이냐는 당신의 선택에 맡겨 두겠소.

당신이 어떤 종류의 류머티즘으로 고생하든 편안하고 안락하게 받쳐 줄 의자에 앉아 있는 모습이 눈앞에 선하다오. 당신 나이대의 사람들은 류머티즘으로 고생하기 마련이지. 무릎이나 등에 류머티즘이

걸렸다면 돌아다니기가 힘들어 주로 뜨개질을 하며 시간을 보내겠군.

그날 밤, 분홍색 스카프를 두르고 갑자기 방에 쳐들어와 내 잠을 깨우던 당신의 모습이 눈앞에 선하오.

스웨터와 스카프, 그 밖에 이름도 모를 다른 많은 훌륭한 것들을 뜨는 당신의 모습이 눈에 선하군. 만약 계속해서 뜨개질을 하는 편이 더 낫겠다고 생각한다면 그렇게 해도 좋소. 만약 당신이 정의를 수호하는 편이 더 낫겠다고 생각한다면 이 사건에 흥미가 있길 바라오.

공의가 물처럼 흐르게 하고
정의가 마르지 않는 강처럼 흐르게 하라.

— 아모스서(書)

마플 양, 조사에 착수하다

I

 마플 양은 그 편지를 세 번 읽었다……. 그런 후 편지를 한쪽으로 치워 두고 편지의 내용을 생각하며 살짝 인상을 찌푸리고 앉아 있었다.
 가장 먼저 떠오른 생각은 정보가 놀라울 정도로 부족하다는 점이었다. 브로드립 씨가 더 많은 정보를 전해 줄까? 그녀는 더 많은 정보 같은 건 없을 거라고 확신했다. 그건 라피엘 씨의 계획과 들어맞지 않을 것이었다. 하지만 도대체 왜 라피엘 씨는 그녀가 무언지도 모르는 사건을 조사해 주리라고 생각한 것일까? 흥미로웠다. 잠시 더 생각한 후, 그녀는 라피엘 씨가 일부러 아무것도 알려 주지 않은 거라는 결론을 내렸다. 그녀는 잠깐이나마 함께 지냈던 당시의 그의 모습을 떠올려 보았다. 불편한 다리, 급한 성미, 번쩍이는 재기(才氣), 이따금씩 던지는 유머. 그는 사람들을 놀리는 걸 좋아했다는 기억이 났다. 분명 장난을 즐겼으며, 이 편지 역시 브로드립 씨의 자연스러운 호기심을 좌절시킨 게 분명했다.

이 편지 안에는 그 사건이 어떤 성격의 것인지에 대한 단서가 조금도 쓰여 있지 않았다. 애초부터 그녀에게 그런 도움을 줄 생각은 조금도 없었으리라. 라피엘 씨는……. 이걸 어떻게 표현해야 할까……. 다른 뜻이 있었던 거였다. 그래도 아무것도 모른 채 뛰어들 수는 없는 노릇이었다. 마치 아무런 단서도 주어지지 않은 낱말 맞추기를 푸는 것과 같았다. 단서가 있어야만 했다. 무얼 해야 하는지, 어디로 가야 하는지, 더 집중하기 위해 뜨개바늘을 치우고 안락의자에 앉아 문제를 고심해야 할지 알아야 했다. 혹시 서인도 제도나 남미, 또는 다른 특정한 장소로 비행기나 배를 타고 가야 할까? 그녀는 무엇을 해야 하는지 직접 알아내거나, 아니면 확실한 지시를 받아야 했다. 어쩌면 라피엘 씨는 그녀가 추측하고, 질문을 해서 뭔가를 알아내는 데 천부적인 재능이 있다고 생각했던 걸까? 아니, 마플 양은 그렇지는 않을 거라고 생각했다.

"만약 그렇게 생각했다면, 그 사람이 노망이 났던 게지. 죽기 전에 노망이 났던 거야."

마플 양은 소리 내어 말했다. 하지만 노망이 난 라피엘 씨의 모습은 상상이 되지 않았다.

"난 지시를 받아야 해. 하지만 어떤 지시를? 언제?"

그 순간 그녀는 자기도 모르는 사이 그 임무를 받아들인 셈이었다. 그녀는 공중에다 대고 다시 한번 말했다.

"나는 영생을 믿어요. 라피엘 씨, 당신이 어디 있는지는 정확히 모르겠지만 어딘가에는 있다고 믿어요……. 당신의 바람을 들어 드리기 위해 최선을 다할게요."

II

마플 양이 브로드립 씨에게 편지를 쓴 건 그로부터 사흘 뒤였다. 요점을 분명히 한 아주 짤막한 편지였다.

친애하는 브로드립 씨께

브로드립 씨께서 한 제안을 심사숙고한 결과, 고(故) 라피엘 씨께서 내게 맡긴 임무를 수락하기로 결정했다는 걸 알려 드립니다. 물론 성공을 장담할 수는 없지만, 그분의 바람을 들어 드리기 위해 최선을 다할 겁니다. 사실 내가 이 임무를 성공적으로 수행할 수 있을지는 의문이네요. 그분의 편지에는 직접적인 지시도…… 암시도 없었죠. 혹시 더 자세한 정보를 알고 계신다면 보내 주시면 감사하겠습니다. 하지만 여태껏 소식이 없으셨던 걸 보면 불가능한 일일 것 같군요.
라피엘 씨께서 돌아가실 당시, 그분의 정신 상태에는 아무런 문제가 없었겠죠? 내가 이런 질문을 드리는 게 당연하다고 생각합니다만, 그분이 최근에 사업상이나 개인적으로 범죄 사건에 연루되었을 가능성이 있는지 궁금합니다. 오심(誤審)에 대해 강한 분노나 불만을 표시

한 적은 없나요? 만약 그런 적이 있다면 꼭 알려 주셨으면 해요. 혹시 최근 들어 불공평한 거래로 희생자가 되는 곤경에 빠지신 적은 없는지요?

이러한 것들을 묻는 이유를 이해하실 거라고 믿습니다. 어쩌면 라피엘 씨도 내가 이러길 바라셨는지 모르겠네요.

III

브로드립 씨는 이 편지를 슈스터 씨에게 보여 주었다. 슈스터 씨는 의자에 기대 앉아 편지를 읽고는 휘파람을 불었다.
"이 일을 맡을 모양이네요? 정말 대단한 노부인인데요. 이분은 뭔가 알고 있겠죠, 그렇죠?"
"그렇지는 않아."
"우리가 알고 있었더라면 좋았을 텐데요. 정말 이상한 남자였죠."
"까다로운 남자였지."
"저는 털끝만큼도 감을 못 잡겠어요. 사장님은 어떠세요?"
"나도 모르겠어. 라파엘 씨는 내가 모르길 바랐던 것 같아."
"뭐, 그 탓에 일이 훨씬 복잡하게 꼬인 거죠. 시골 출신의 할머니가 무슨 재주로 죽은 남자의 머릿속을 들여다보고 그의 망상을 알아낼 수 있다는 건지 모르겠습니다. 혹시 라피엘 씨가 그분을 속이려는 거라고는 생각하지 않으세요? 장난으로 말이죠. 어쩌면 그 할머니가 왕년에 마을의 사소한 문제를 멋지게 해결했다고 자랑을 해서, 따끔하게 혼쭐을 내 주려고 한다든가…….″

″아니야. 그럴 거라고는 생각하지 않아. 라피엘 씨는 그런 사람이 아니었으니까.″

″가끔씩은 심술쟁이 악마처럼 굴기도 했잖아요.″

″그래, 하지만…… 이 일에 있어서는 진지했다고 생각하네. 뭔가 걱정거리가 있었던 거야. 뭔가 걱정거리가 있었던 게 분명해.″

″사장님껜 그게 무언지 말씀하시거나 암시를 주지도 않으셨잖아요?″

″그래, 그러지 않았지.″

″그렇다면 어떻게…….″

슈스터는 갑자기 말을 멈췄다.

″라피엘 씨도 뭔가 큰 기대는 하지 않았을 거야. 그 편지 1장만으로 사람이 쉽게 움직이겠나?″

″저는 짓궂은 장난이라는 생각밖에 들지 않습니다.″

″2만 파운드는 큰돈이지.″

″예, 하지만 마플 양에겐 무리란 걸 알았다면요?″

″아니야. 그 정도로 비열한 사람은 아니야. 마플 양이라면 어떻게든 알아낼 수 있을 거라고 생각한 게 분명해.″

″우리는 뭘 하죠?″

″기다려야지. 어떤 일이 일어나는지 기다리고 지켜봐야지. 결국 일은 진전되기 마련이니까.″

"혹시 비밀 명령이라도 받으셨어요?"

"친애하는 슈스터. 라피엘 씨는 내 신중함과 변호사로서의 윤리관을 전적으로 신뢰하셨다네. 그런 비밀 명령은 특정 상황에서만 공개해야 하고, 아직은 때가 아니야."

"그리고 앞으로도 영원히 그렇겠죠."

그렇게 이야기는 끝났다.

IV

브로드립 씨와 슈스터 씨는 직업이 있어 너무나도 운이 좋은 사람들이었다. 마플 양은 그렇게 운이 좋지 못했다. 그녀는 뜨개질을 하고 생각을 하며 산책을 나가기도 했다. 이따금씩 체리에게 잔소리도 들었다.

"의사 선생님께서 뭐라고 하셨는지 잘 아시잖아요. 운동을 너무 많이 하시면 안 돼요."

"난 아주 느리게 걷잖아. 그리고 아무것도 하지 않고. 그러니까 땅을 파지도 않고 씨를 뿌리지도 않지. 그냥…… 한 걸음 한 걸음 걸으며 이것저것 생각만 할 뿐이야."

"어떤 생각을요?"

체리가 흥미를 보이며 물었다.

"나도 알았으면 좋겠어."

마플 양은 바람이 쌀쌀하다며 체리에게 숄을 하나 더 가져다 달라고 부탁했다.

"무엇 때문에 저렇게 안절부절못하시는지 정말 궁금해. 오늘 저녁은 중국 음식이야."

체리는 남편 앞에 쌀밥과 콩팥이 담긴 사기 접시를 내려놓으며 말했다. 그녀의 말에 남편은 흡족한 듯 고개를 끄덕였다.

"당신 요리 솜씨가 나날이 발전하는데."

"난 마플 양이 정말 걱정이야. 뭔가 걱정하시는 것 같아서. 편지를 1통 받으신 후로 아주 심란해하셔."

"조용히 앉아서 쉬시는 게 좋을 텐데. 조용히 앉아서 편안하게 쉬고, 도서관에서 새 책 좀 빌려다 읽으시고, 새 친구를 한두 명 사귀어서 집으로 초대도 하고 말이야."

"뭔가 다른 생각을 하고 계시는 것 같아. 계획 같은 거. 무언가를 어떻게 해결해야 하나 그런 생각. 내가 보기에는 그래요."

체리는 이쯤에서 대화를 끝내고 커피 쟁반을 가지고 들어가 마플 양의 옆에 놓았다.

"이 마을의 새 집에 사는 헤이스팅스 부인이라는 사람 알아? 그리고 바틀릿 양이라는 사람이 같이 산다던데······."

마플 양이 물었다.

"예? 아······. 마을 끝에 새로 수리하고 페인트칠한 그 집 말씀이세요? 그 사람들은 이곳에 산 지 얼마 안 됐어요. 저도 이름은 잘 모르겠네요. 그게 왜 궁금하세요? 별로 흥미로운 사람들은 아니에요.

적어도 제가 보기에는요."

"다 한 가족이야?"

"아니요. 그냥 친구 사이일 거예요."

"왜일까······."

마플 양은 말하다 멈추었다.

"뭐가요?"

"아무것도 아니야. 작은 책상을 정리해 주고 펜과 편지지를 좀 가져다주겠어? 편지를 1통 써야겠어."

"누구에게요?"

체리는 자연스러운 호기심을 드러내며 물었다.

"성당 참사회원의 여동생에게. 그 사람 이름이 프레스콧이야."

"외국, 서인도 제도에서 만나셨다는 그분 맞죠? 마플 양께서 앨범에 있는 그분 사진을 보여 주셨잖아요."

"그래."

"기분이 안 좋으신 건 아니겠죠? 참사회원에게 편지를 쓰고 싶으시다니요?"

"기분은 아주 좋아. 그리고 난 빨리 뭔가를 하고 싶어. 프레스콧 양이라면 도움이 될 수 있을지도 모르지."

마플 양의 편지는 다음과 같았다.

친애하는 프레스콧 양에게

날 기억하시나요? 서인도 제도에 있는 생 오노레에서 당신과 당신의 오빠를 만났죠. 친애하는 참사회원님이 무탈하셨기를 빌어요. 지난 겨울의 추운 날씨에 천식으로 너무 고생하지 않으셨으면 좋겠어요.

　프레스콧 양에게 편지를 쓰는 건 카리브 해에서 만난 월터스 부인, 바로 에스더 월터스 부인의 주소를 알려 줄 수 있는지 여쭈어 보기 위해서랍니다. 그분은 라피엘 씨의 비서였죠. 당시에 그녀가 내게 주소를 적어 주긴 했지만, 불행히도 그 종이를 잃어버리고 말았답니다. 월터스 부인이 부탁한 대로 그때에는 몰랐던 원예 정보를 알려 주고 싶어요. 일전에 우연히 월터스 부인이 재혼했다는 소식을 듣긴 했는데, 그 소식을 전해 준 사람도 자세히는 모르더군요. 어쩌면 프레스콧 양이라면 더 잘 알 것 같아 이렇게 편지를 씁니다.

　갑작스러운 내 편지가 폐가 되지 않았으면 좋겠네요. 오빠분께도 안부 전해 주시고, 당신도 건강하게 잘 지내요.

제인 마플 올림

　이 서신을 보내고 나자 마플 양은 기분이 한결 나아졌다.

　"적어도 무언가를 시작했잖아. 여기서 대단한 게 나오길 바라는 건 아니지만 그래도 도움이 될지도 몰라."

　프레스콧 양은 제깍 답신을 보내왔다. 정말이지 빠릿빠릿한 여자였다. 그녀는 기분 좋은 답신과 함께 문제의 주소도 알려 주었다. 그녀는 이렇게 적었다.

저도 에스더 월터스에게 직접 들은 건 아무것도 없어요.

하지만 마플 양과 마찬가지로 그녀가 재혼한다는 소식을 들었다는 얘기를 친구에게 전해 들었죠. 지금은 이름이 앨더슨 아니면 앤더슨 부인일 거예요. 주소는 햄프셔주, 올턴의 윈슬로 로지예요. 제 오라버니도 마플 양께 안부를 전해 달라네요. 우리가 이렇게 멀리 떨어져 산다는 게 정말 안타까워요. 전 영국 북부에, 마플 양께서는 런던 남쪽에 사시니 말이에요. 앞으로 다시 만나게 되었으면 좋겠어요.

조앤 프레스콧 올림

마플 양은 종이에 따로 적으며 중얼거렸다.

"올턴, 윈슬로 로지라. 여기서 그렇게 멀지는 않네. 그래. 그렇게 멀지는 않아. 어떤 방법이 가장 좋을까……. 인치네 택시를 1대 부를까? 좀 낭비 같긴 하지만, 뭔가 결과가 있다면 경비를 청구할 수도 있지. 미리 편지를 보내 둘까, 아니면 무작정 찾아가 볼까? 아무래도 그냥 찾아가 보는 게 나을 것 같아. 불쌍한 에스더. 내가 다정하게 대해 준 적도 없는데."

마플 양은 꼬리에 꼬리를 무는 생각에 푹 빠져 있었다. 에스더 월터스는 당시 카리브 해에서 마플 양 덕분에 목숨을 건졌다고 할 수 있었다. 어쨌든 마플 양은 그렇게 믿었지만, 에스더 월터스는 그렇게 생각하지 않을 수도 있었다.

마플 양은 온화한 목소리로 말했다.

"착한 여자야. 아주 착한 여자지. 나쁜 놈에게 홀딱 넘어가 결혼할 만큼. 아니, 기회만 있다면 살인자하고도 결혼할 여자야."

생각에 잠긴 마플 양은 한층 낮게 가라앉은 목소리로 말을 이었다.

"난 아직도 내가 그 여자의 생명을 구한 거라고 생각해. 사실은 거의 확신하지만, 그 여자는 그렇게 생각하지는 않겠지. 어쩌면 날 아주 싫어할지도 모르겠어. 그렇다면 그 여자를 정보원으로 이용하기가 힘들 텐데. 하지만 시도는 해 봐야지. 여기 가만히 앉아서 기다리고 또 기다리는 것보다는 나아."

혹시 라피엘 씨가 그런 편지를 남긴 건 그녀를 놀리려는 심사였을까? 그는 특별히 상냥한 남자는 아니었다……. 다른 사람들의 감정 따위는 안중에도 없는 남자였다.

"어쨌든."

마플 양은 시계를 흘끗 바라보고 일찍 잠자리에 들어야겠다고 결심했다.

"자기 직전에 생각을 하면 자는 동안 이런저런 아이디어가 떠오르기도 하지. 이번에도 그럴지 몰라."

V

"안녕히 주무셨어요?"

체리는 마플 양의 팔꿈치께에 있는 테이블에 이른 아침 차 쟁반을 내려놓으며 물었다.

"이상한 꿈을 꿨어."

"악몽을요?"

"아니, 아니, 그런 건 아니야. 내가 누군가에게, 잘 아는 사람은 아닌 누군가에게 이야기를 하고 있었어. 그냥 이야기만. 그러다 그 사람을 쳐다봤는데 내가 이야기를 하던 그 사람이 아닌 거야. 다른 사람이 눈앞에 있지 뭐겠어. 정말 이상도 하지."

"꿈은 원래 뒤죽박죽이잖아요."

"그게 뭔가를 연상시켰어. 아니면 내가 한때 알았던 누군가를. 인치네 택시를 불러 주겠어? 11시 30분까지 와 달라고 해 줘."

인치는 마플 양에게 있어 과거의 일부분이었다. 원래 택시 주인이었던 인치 씨가 죽자, 당시 44살이었던 그의 아들인 '젊은 인치'가 그 택시를 물려받아 수리 공장에서 낡은 자동차 2대를 구입해 가족 사업으로 확장했다. 그리고 그가 죽으면서 그 차들은 새로운 주인에게 넘어갔다. 핍스 자동차였다가 제임스네 택시였다가 아서네 렌터카였다가……. 하지만 나이 많은 사람들에게 그곳은 여전히 인치였다.

"설마 런던에 가시려는 건 아니시죠?"

"런던에 가려는 게 아니야. 해슬미어에서 점심이나 할까 해."

"지금 무슨 일을 꾸미고 계시는 거예요?"

체리는 그녀를 의심스러운 눈초리로 바라보며 물었다.

"누군가를 우연히 만난 것처럼 자연스럽게 보여야 하는데. 물론 그리 쉽지는 않겠지만 잘 해낼 수 있을 거야."

11시 30분이 되자 택시가 도착했다.

마플 양은 체리에게 지시를 내렸다.

"이 번호로 전화를 해 주겠어, 체리? 전화해서 앤더슨 부인이 집에 있는지 물어봐 줘. 혹시 앤더슨 부인이 직접 전화를 받거나 전화를 받으려고 한다면, 브로드립 씨가 통화를 원한다고 말해. 체리는 브로드립 씨의 비서인 거야. 혹시 앤더슨 부인이 집을 비웠다고 하면 몇 시에 들어오는지 물어보고."

"앤더슨 부인이 집에 계시고 그분과 통화가 되면요?"

"다음 주중에 런던에 있는 브로드립 씨의 사무실에 한 번 오실 수 있는지 날짜를 잡아 달라고 해. 앤더슨 부인이 날짜를 말하면 적은 다음에 전화를 끊으면 돼."

"도대체 무슨 생각이세요! 이게 다 무슨 일이에요? 왜 저에게 그런 일을 시키시는 거예요?"

"기억이란 참 신기해. 목소리를 들은 지 1년도 넘는 사람의 목소리도 기억이 나다니 말이야."

"그 뭐라는 부인께서는 제 목소리를 들은 적이 없겠죠?"

"그럼. 바로 그 때문에 체리 자네가 전화를 해야 하는 거야."

체리는 지시 사항을 따랐다. 앤더슨 부인은 쇼핑을 하러 나갔지만 점심 때 집에 들어올 거라고 했다.

"아, 일이 더 쉽게 됐네. 어디, 인치가 왔나? 아, 그래. 안녕하세요, 에드워드."

마플 양은 사실 이름이 조지인 아서네 택시의 운전수에게 인사를 건넸다.

"내가 가고 싶은 곳이 여기예요. 1시간 30분 이상 걸리면 안 될 것 같네요."

탐험대는 길을 떠났다.

에스더 월터스

 에스더 앤더슨은 슈퍼마켓에서 나와 차를 주차해 둔 곳으로 향했다. 그녀는 날이 갈수록 주차하기가 더 힘들어진다고 생각했다. 그러다 순간 그녀를 향해 걸어오던 다리를 약간 저는 노부인과 부딪혔다. 그녀가 사과를 하자, 노부인은 이렇게 외쳤다.
 "세상에, 이게, 이게 누구야……. 월터스 부인 맞죠? 에스더 월터스? 나 기억해요? 제인 마플이에요. 생 오노레에 있는 호텔에서 만났는데, 오……. 정말 오래전이네요. 1년 반이 지났으니."
 "마플 양? 정말이네요. 마플 양을 다시 만나다니 정말 놀라워요!"
 "다시 만나게 돼서 정말 반가워요. 이 근처에서 친구들과 점심 식사를 하기로 했는데, 나중에 올턴을 다시 지나가야 해요. 오늘 오후에 집에 있을 거예요? 오랜만에 만났는데 수다 좀 떨어야죠. 오랜 친구를 다시 만나니 정말 좋네요."

"예, 물론이죠. 3시 이후에는 아무 때나 괜찮아요."

약속이 잡혔다.

에스더 앤더슨은 빙그레 웃으며 혼잣말을 했다.

"제인 마플 할머니. 마플 양을 다시 만나다니 정말 신기하네. 오래전에 돌아가신 줄 알았는데."

마플 양은 정확히 3시 30분에 윈슬로 로지의 초인종을 눌렀다. 에스더가 나와 그녀를 맞이했다.

마플 양은 안내받은 의자에 앉아 부산스럽게 행동했다. 어쨌든 겉보기에는 약간 들뜬 것 같았다. 하지만 이번 경우에 그렇게 생각하면 잘못된 것이었다. 모든 게 그녀가 계산한 것이었고 원하던 대로 딱딱 맞아떨어지고 있었다.

"이렇게 다시 만나니 정말 좋네요. 다시 만나서 정말 좋아요. 정말이지 세상에는 너무너무 신기한 일이 많죠. 누군가 다시 만나고 싶다는 생각이 들어 언젠가는 만나겠지 하다가, 시간이 흐르고 난 후 갑자기 정말로 그 사람을 보게 되다니요."

"그래서들 세상 참 좁다고 하나 봐요."

"예, 그래요. 뭔가 있는 게 분명해요. 세상은 참 넓은 데다가 서인도 제도는 영국에서 아주 멀리 떨어져 있잖아요. 물론 어디서든 만날 수는 있었겠죠. 런던이나 해러즈 백화점, 아니면 기차역이나 버스 안에서요. 가능성은 무궁무진하죠."

"예, 가능성은 무궁무진하죠. 그래도 마플 양을 이곳에서 만나게 되리라고는 생각도 못 했어요. 마플 양께서는 이곳에 살지 않으시잖아요, 그렇죠?"

"예, 예, 그래요. 그렇다고 해서 여기가 내가 사는 세인트 메리 미드에서 아주 멀리 떨어져 있지는 않아요. 겨우 40킬로미터 정도 거리인걸요. 하지만 시골에서 40킬로미터는 차가 없다면, 그리고 차를 살 여유가 없다면……. 하긴 난 차도 몰지 못하지만요……. 중요한 건 그게 아니라 그러니 이웃 동네 사람들은 버스나 택시를 타고 가야만 볼 수 있다는 뜻이에요."

"마플 양께서는 아주 좋아 보이시네요."

"나도 막 당신이 아주 좋아 보인다는 말을 하려던 참이었어요. 이곳에 사는 줄은 꿈에도 몰랐네요."

"여기에 산 지는 얼마 안 됐어요. 사실은 결혼 후에 이리로 왔어요."

"어머, 그건 몰랐어요. 정말 신기하네요. 신문에서 결혼란은 항상 보는데 아무래도 내가 놓쳤나 보네요."

"사오 개월 정도 됐어요. 그래서 지금 이름은 앤더슨이에요."

"앤더슨 부인이라. 그래요. 기억해 둬야겠네요. 남편은요?"

마플 양은 남편에 대해 묻지 않는 게 오히려 이상한 거라고 생각했다. 노부인들은 꼬치꼬치 캐묻는 걸 워낙 좋아하지 않는가.

"그이는 기술자예요. '타임 앤드 모션' 지점을 운영하고 있어요. 그 사람은……."

그녀는 잠시 머뭇거렸다.

"저보다 나이가 어려요."

"그거 다행이네요. 오, 다행이고말고요."

마플 양이 곧바로 답했다.

"요즘엔 남자들이 여자들보다 훨씬 더 빨리 나이를 먹잖아요. 사람들이 그렇게들 말하지 않는 건 알지만, 그게 사실이에요. 남자들은 할 일이 더 많으니까요. 일도 너무 많고 걱정거리도 너무 많은 것 같아요. 그래서 고혈압이다 저혈압이다, 때로는 심장이 나빠져서 고생하기도 하고요. 거기다 위궤양에도 더 잘 걸리고요. 하지만 우리들은 그렇게 걱정할 일이 없죠. 우리 여자들이 더 강한 것 같아요."

"그럴지도 모르죠."

이제 에스더는 마플 양을 보고 미소를 지었으며, 마플 양은 그에 안도했다. 마지막으로 보았을 때 에스더는 증오하듯 그녀를 바라보았다. 어쩌면 그 순간만큼은 실제로 그녀를 증오했던 듯했다. 하지만 어쩌면 이제는 조금은 고마워할지도 몰랐다. 자신이 앤더슨 씨와 결혼해 행복한 인생을 사는 대신, 훌륭한 교회 앞마당의 묘지 아래 묻혀 있었을지도 모른다는 사실을 깨달았을 수도 있다.

"아주 좋아 보이네요. 그리고 아주 행복해 보여요."

"마플 양도요."

"뭐, 물론 지금은 나이를 더 먹었죠. 그리고 여기저기 아픈 데는 또 얼마나 많은지. 심한 건 절대 아니지만 나이가 들으니 관절염이 생겼고 여기저기 아프고 쑤셔요. 다리도 예전 같지가 않고, 등이나 어깨, 팔도 아프고요. 오, 이런. 이런 얘기는 하는 게 아닌데. 그나저나 집이 참 멋지네요."

"예, 이 집에 산 지도 얼마 안 됐어요. 한 넉 달 전에 이리로 이사

왔거든요."

 마플 양은 집 안을 둘러보며 그럴 거라고 생각했다. 이리로 이사를 오면서 꽤 돈을 투자한 모양이었다. 가구는 죄다 고급에 안락한 느낌이었지만 좀 사치스러웠다. 훌륭한 커튼에 훌륭한 가구 커버들, 특별히 예술적인 안목은 전혀 엿보이지 않았지만 그건 마플 양 또한 기대하지 않은 부분이었다. 마플 양은 이런 부유함의 원인이 무언지 알 것 같았다. 바로 라피엘 씨가 에스더에게 남겨 준 상당한 액수의 유산 덕분이리라. 라피엘 씨가 마음을 바꾸지 않아 다행이었다.

 "라피엘 씨께서 돌아가셨다는 소식은 들으셨죠?"

 에스더는 마플 양의 생각을 알아차리기라도 한 듯 물었다.

 "예, 예, 들었어요. 한 달 전쯤이었죠? 정말 유감이에요. 정말 슬픈 일이에요, 물론 이런 일이 있을 줄은 알고 있었지만요……. 본인 입으로도 그렇게 말하셨잖아요, 그렇죠? 몇 번씩이나 오래 살진 못할 거라고 했었죠. 정말 용감하신 분이었던 것 같아요, 그렇죠?"

 "예, 아주 용감하고 아주 상냥한 분이셨어요. 처음 그분과 일하게 됐을 때 제게 연봉을 아주 많이 받겠지만 다른 건 기대하지 말라면서 저축이나 열심히 하라고 말씀하셨거든요. 뭐, 저도 그분에게서 다른 건 전혀 기대하지 않았어요. 본인이 한 말은 아주 정확히 지키시는 분이셨잖아요? 하지만 어쩐 일이신지 마음을 바꾸셨죠."

 "예, 참 다행이네요. 그런데…… 그분께서…… 어떻게 마음을 바꾸셨다는 거죠?"

"제게 어마어마한 유산을 남겨 주셨어요. 놀라울 정도로 어마어마한 돈을요. 정말 얼마나 놀랐던지. 처음에는 믿기지가 않더라고요."

"라피엘 씨가 당신에게 깜짝 선물을 하고 싶었던 모양이네요. 원래 그런 분이었을지도 모른다는 생각이 들어요."

마플 양은 이렇게 덧붙였다.

"혹시…… 아, 그 사람 이름이 뭐였더라……. 그 남자 수행원, 보조 간호사에게도 유산을 남겼나요?"

"오, 잭슨 말씀이세요? 아니요, 잭슨에게는 따로 뭘 물려 주시는 대신 작년에 꽤 후한 선물을 주셨을걸요."

"잭슨을 본 적 있어요?"

"아니요. 서인도 제도에 갔다 온 후로는 한 번도 보지 못했어요. 잭슨은 영국으로 돌아온 후에 라피엘 씨를 모시지 않았거든요. 저지 섬인지 건지 섬인지 하는 데 사는 무슨 무슨 경 댁으로 갔을 거예요."

"라피엘 씨를 다시 한번 만났더라면 좋았을 텐데. 그렇게나 어울려 지냈는데 참 이상한 것 같아요. 라피엘 씨와 당신, 그리고 나, 그리고 다른 사람들도요. 그러다 다시 집으로 돌아오고 나서, 한 6개월쯤 지났을 땐가……. 하루는 우리가 그렇게 한때 친밀하게 지냈는데도 라피엘 씨에 대해 아는 게 너무 없다는 생각이 퍼뜩 들더군요. 그분 부고 기사를 본 다음에는 하루 종일 그 생각만 했어요. 조금만 더 알았더라면 좋았을 텐데요. 그분이 어디서 태어났는지, 가족은 있는지, 가족들은 어떤 사람들인지, 자식은 있는지 아니면 조카나 사촌이나 친척들은 있는지. 정말이지 너무 궁금해요."

에스더 앤더슨은 희미하게 미소를 지었다. 그녀는 마플 양을 바라보았고, 표정은 '그래요, 당신은 항상 만나는 사람에 대해 모든 것을 다 알고 싶어 하겠죠.'라는 듯했다.

하지만 그녀는 그저 이렇게만 말했다.

"그분에 대해 모두들 알고 있는 건 단 한 가지뿐이에요."

마플 양이 즉각 대꾸했다.

"그분이 아주 부유하다는 거죠. 내 말이 맞죠? 사람들은 누군가가 아주 부유하다는 걸 알면 더 이상은 궁금해하질 않아요. 그러니까 더 이상 알려 들질 않는다는 거예요. 그저 '그 사람은 아주 부유해.'라든가 '그 사람은 어마어마한 부자야.'라고만 하고, 어마어마한 부자를 만나면 부자라는 데 너무나도 감명을 받은 나머지 목소리가 줄어들잖아요, 안 그래요?"

에스더는 살짝 웃었다.

"라피엘 씨는 결혼을 안 했죠? 부인 이야기는 한 번도 안 했잖아요."

"부인께서는 오래전에 돌아가셨대요. 결혼하고 얼마 안 돼서요. 라피엘 씨보다 훨씬 나이가 어리셨는데……. 암으로 돌아가셨다는 것 같아요. 너무 안됐죠."

"자식들이 있나요?"

"오, 그럼요, 딸 둘에 아들 하나예요. 딸 하나는 결혼해서 미국에 살고 다른 딸은 어릴 적에 죽었대요. 미국에 사는 딸은 한 번 본 적이 있어요. 아버지랑은 아주 딴판이에요. 숫기도 없고 우울한 표정을 한 아가씨였죠."

그리고 이렇게 덧붙였다.

"라피엘 씨는 아들 얘기는 한 번도 하지 않으셨어요. 문제가 좀 있었던 모양이에요. 스캔들이나 뭐 그런 거요. 아마 그 아들도 몇 년 전에 죽었다죠. 어쨌든…… 라피엘 씨께서는 아들 이야기는 한 번도 하지 않으셨어요."

"오, 이런. 참 안됐네요."

"아주 오래전 일인가 봐요. 그러고는 외국 어디론가 가서 다시는 돌아오지 않았대요……. 어떻게 된 건지는 몰라도 그곳에서 죽었다나 봐요."

"라피엘 씨가 그 일로 많이 심란하셨겠어요?"

"그분 속마음이야 알 수가 없죠. 언제나 손해를 미리 대비하는 타입이시잖아요. 만약 아들이 마음에 들지 않아 자랑거리는커녕 애물단지였다면 일찌감치 연을 끊어 버리실 분이라고 생각해요. 어쩌면 돈을 보내 주는 식으로 최소한의 도리만 하고 아들 생각은 절대 안 했을 수도 있어요."

"아들에 대한 이야기를 한 번도 안 했다니 이상하네요?"

"마플 양도 아시겠지만 개인적인 감정이나 자신의 사생활에 대한 이야기는 절대 하지 않는 분이셨잖아요."

"예. 예, 물론 그랬죠. 하지만 당신은…… 아주 오랫동안 그분의 비서로 일했으니 이런저런 고충을 털어놓았을 줄 알았는데요."

"그분은 남에게 고충을 털어놓는 분이 아니셨어요. 고충이란 것도 아마 없으셨을 거예요. 사업에만 몰두하셨어요. 그분에게는 사업이야말로 자식과 다름 없이 중요한 것이었을 거예요. 투자나 돈 버는 걸 아주 즐기셨어요. 그야말로 성공한 사업가셨죠……."

"죽기 전까지는 행복하다고 말할 수가 없죠……."

마플 양은 오늘날 현실에 꼭 맞는, 아니 적어도 그렇다고 생각하는 구호를 읊듯 하나하나 단어를 되새기며 중얼거렸다.

"혹시 라피엘 씨가 돌아가시기 전에 특별히 걱정거리가 있지는 않으셨나요?"

"아니요. 왜 그런 생각을 하세요?"

에스더는 놀란 목소리로 되물었다.

"뭐, 나도 그렇게 생각하지는 않아요. 사람들이 나이가 들면 걱정거리가 늘어나는 법이죠……. 늙으면이라고는 말하지 않겠어요. 라피엘 씨는 그리 늙지 않았으니까……. 내 말은 병으로 누워 있고 아무것도 할 수 없는 상황에서는 더 걱정이 되기 마련이라는 거예요. 그러면 전에는 대수롭지 않게 생각했던 것들도 걱정스러워지는 법이죠."

"예, 무슨 말씀이신지 알겠어요. 하지만 라피엘 씨께서는 그러지 않으셨을 거예요. 물론 저야 그분 비서 일을 오래전에 그만 뒀지만요. 에드먼드를 만나고 두세 달 후에요."

"아, 예. 남편분을요. 라피엘 씨께서 굉장히 섭섭해 하셨겠네요."

"그러지 않으셨을 거예요. 그런 일로 서운해할 분은 아니셨죠. 바로 새 비서를 구하신걸요. 그리고 새 비서가 마음에 들지 않는다면 퇴직금을 줘서 바로 내쫓고 또 다른 사람을 구하셨겠죠. 마음에 드는 사람을 찾을 때까지 계속. 언제나 지극히 이성적인 분이셨어요."

"예, 예, 그렇군요. 하지만 라피엘 씨는 툭하면 화를 내곤 하셨잖아요."

"오, 화내는 걸 즐기셨어요. 그분은 극적인 상황을 좋아하셨던 것 같아요."

"극적인 상황이라."

마플 양은 생각에 잠긴 채 중얼거렸다.

"혹시…… 종종 궁금했는데…… 라피엘 씨께서 범죄, 그러니까 범죄학에 특별한 관심이 있으셨나요? 그러니까……."

"카리브 해에서 일어난 일 때문에요?"

갑자기 에스더의 목소리가 차가워졌다.

마플 양은 계속 이야기를 이어 나가는 게 옳을지 의심스러웠지만, 어떻게든 변명거리를 대야 했다.

"아니에요. 그것 때문은 아니고, 후에 어쩌면 심리학에 관심이 생기셨는지 해서요. 아니면 제대로 해결이 이루어지지 않은 사건들에 관심을 가지셨을 수도 있고, 아니면……. 오, 이런……."

마플 양의 이야기는 점점 두서없어졌다.

"라피엘 씨께서 왜 그런 일에 관심을 가지셨겠어요? 그리고 생 오노레에서의 그 끔찍한 이야기는 듣고 싶지 않아요."

"그럼요. 당신 말이 맞아요. 정말 미안해요. 난 그저 라피엘 씨가 가끔씩 하던 말이 생각나서……. 가끔씩 그분이 했던 말들이 이상하게 생각나서, 혹시 그분이…… 그러니까 범죄의 원인에 대한 어떤 이론을 세워 두신 건 아닌가 해서요."

에스더는 무뚝뚝하게 대꾸했다.

"그분은 언제나 재정적인 것에만 관심을 가지셨어요. 아주 지능적인 사기 사건에는 관심을 가지셨을지 모르지만 다른 건 아니에요……."

그녀는 여전히 차가운 눈길로 마플 양을 바라보고 있었다.

"미안해요. 지나간 과거 이야기를 하는 게 아니었는데. 끔찍하지만, 다행스럽게도 이미 지난 일들이죠. 난 이만 가 봐야겠어요. 기차도 타야 하고 마침 시간이 잠깐 남아서 들렀던 거니까요. 오, 이런. 내가 가방을 어쨌지……. 그래, 여기 있네요."

마플 양은 가방과 우산, 다른 몇 가지 물건을 챙기며 수선을 떨었고 그러다 보니 약간은 긴장된 분위기가 누그러졌다. 그녀는 문을 나서며, 좀 더 머물며 차 한잔하고 가라고 붙잡는 에스더를 돌아보았다.

"고맙지만 사양할게요. 정말 시간이 없어요. 다시 만나서 정말 반가웠고 앞으로도 행복하게 살기를 바랄게요. 다시 일할 생각은 없는 거죠?"

"어떤 사람들은 결혼 후에도 다시 일을 하더라고요. 재미있다면서요. 집에만 있는 건 지루하다나요. 하지만 전 여유 있는 삶을 즐겨 볼 작정이에요. 라피엘 씨께서 남겨 주신 유산을 누려야죠. 라피엘 씨께서 무척 깊은 배려를 해 주셨어요. 그분은 제가 좀 '어리석은'

곳에다 그 돈을 쓰길 바라셨을 거라고 생각해요, 여자들답게요! 비싼 옷에 미용실에 가서 헤어스타일을 바꾸고 그러는 거요. 그분이라면 그런 일들이 아주 어리석다고 생각하시겠죠."

그러다 느닷없이 이렇게 덧붙였다.

"전 그분을 좋아했어요. 예, 아주 좋아했어요. 아무래도 그분이 제게 있어 뛰어넘어야 하는 도전 과제처럼 느껴졌기 때문이었을 거예요. 그분은 함께 지내기 까다로운 분이셨고, 전 그분을 잘 다루려고 노력하는 게 재미있었어요."

"그래서 그 사람을 잘 다뤘어요?"

"뭐, 잘 다뤘다고는 할 수 없지만 어쩌면 그분이 생각하시는 것보다는 조금 더 잘 다뤘을 수도 있어요."

마플 양은 길을 따라 걷다가 뒤를 한 번 돌아보고 손을 흔들었다. 여전히 문 앞에 서 있던 에스더 앤더슨도 활기차게 손을 흔들어 보였다.

"이 일이 에스더나 그녀가 알고 있는 무언가와 연관이 있을 줄 알았는데. 내 생각이 틀린 모양이야. 그래. 이 일은 에스더와는 연관이 없는 것 같아. 오, 이런, 라피엘 씨가 나를 너무 과대평가한 건 아닐까? 그 사람은 내가 정보를 착실히 모으길 바란 모양인데……. 도대체 정보가 있어야 말이지. 이제 어떻게 해야 하지?"

마플 양은 고개를 설레설레 저었다.

아주 신중하게 생각해야 했다. 이번 일은 그녀에게 달려 있었다. 거절하든 수락하든, 이 일이 무슨 일인지 알아내든 다 그녀에게 달려 있었다. 혹은 아무것도 알아내지 못한 채로 앞으로 나아가며 어떤 길잡이가 나타나기를 바라야 하는 것일까? 그녀는 이따금씩 눈을 감으며 라피엘 씨의 얼굴을 떠올려 보았다. 여름용 양복을 입고 서인도 제도의 호텔 정원에 앉아 있던 모습, 성급한 성미로 인해 주름이 잡힌 얼굴, 가끔씩 던지는 재치 있는 말들. 정말로 알고 싶은 것은 그가 이 계획을 세울 당시, 이 계획에 착수할 당시 무슨 생각을 하고 있었냐 하는 점이었다. 그녀가 이 제안을 수락하도록 미끼를 던져 유인하려 했을까, 설득하려 했을까……. 아니면 우격다짐으로 어떻게든 떠맡기려 했을까. 라피엘 씨의 성격으로 보아서는 세 번째가 가장 그럴싸했다. 하지만 그는 자신이 원하는 일을 해 줄 사람으로 마플 양을 선택했다. 이유가 뭘까? 문득 생각이 나서? 하지만 왜 갑자기 그녀를 떠올린 걸까?

그녀는 라피엘 씨와 생 오노레에서 일어난 일들을 되새겼다. 혹시 그가 죽을 당시 생각하고 있던 문제로 인해 서인도 제도에서의 일을 다시 떠올리게 됐던 걸까? 혹시 당시 그곳에 있던 누군가, 그 사건과 연루되었던 혹은 방관하던 누군가와 연관이 있어 마플 양이 떠올랐던 것일까? 그때의 일과 어떤 관련이 있을까? 그렇지 않다면 왜 갑자기 마플 양을 떠올렸을까? 도대체 그녀의 어떤 면이 도움이 될 거라 생각했을까? 그녀는 늙었고 건망증이 심한 지극히 평범한 사람으로, 몸도 건강하지 않은 데다 예전만큼 예리하지도 않았다. 그녀에게서 어떤 특별한 능력을 엿보았을까? 그런 건 아무것도 생각나지가 않았다. 혹시 라피엘 씨가 장난을 친 것일까? 라피엘 씨라면 죽는 순간에도 기묘한 유머 감각을 발휘할 수도 있었다.

죽는 그 순간에도 장난을 칠 만한 사람이긴 했다. 그만의 빈정대는 유머를 발휘한 건지도 몰랐다.

"나한테 뭔가 특별한 능력을 기대한 게 분명해."

마플 양은 단호하게 말했다. 어쨌든 라피엘 씨는 더 이상 이 세상에 없으니 장난을 친다 해도 본인이 즐기지 못할 것이 아닌가. 도대체 그녀가 어떤 특별한 능력을 가지고 있는 걸까?

"내가 다른 사람들에게 도움이 되는 어떤 능력을 가지고 있는 걸까?"

그녀는 자신에 대해 겸손하게 생각해 보았다. 그녀는 호기심이 많고 이것저것 질문하길 좋아할 만한 나이와 성격이었다. 어쩌면 그것 때문인지도 몰랐다. 뭔가를 알아보기 위해 사립 탐정이나 심리학에 능통한 조사관을 보낼 수도 있지만, 원하는 것을 최대한 자연스럽게 얻어내려면 염탐하고 꼬치꼬치 캐묻는 습성인 노부인을 보내는 게 훨씬 좋은 방법일 것이다.

"수다스러운 노인네지. 그래, 다른 사람들에게는 내가 수다스러운 노인네로 비쳐지겠지. 이 세상에 할머니들은 너무나도 많고 다들 비슷비슷하잖아. 그래, 난 아주 평범해. 평범하고 다소 부산스러운 노부인이야. 그리고 그건 아주 좋은 위장술이지. 이런, 제대로 알아낸 건지 모르겠네. 나는 때로 사람들을 정확히 꿰뚫어 보지. 예전에 알던 사람들과 어떤 점이 비슷한지 잘 발견해서 사람들을 잘 파악하는 거야. 그 사람들의 단점이 뭔지 장점이 뭔지 잘 아니까. 어떤 사람인지를 아는 거야. 그렇지."

마플 양은 다시 한번 생 오노레와 골든 팜 호텔을 떠올렸다. 그녀는 에스더 월터스를 방문해서 그 사건과의 연관성을 조사해 보았다. 하지만 괜한 짓이었다고 결론을 내렸다. 에스더 월터스와는 아무런 연관도 없는 것 같았다. 아직도 전혀 감조차 오지 않는 임무와는 아무런 연관도 없었다!

"이런. 정말 골치 아픈 사람이군요, 라피엘 씨!"

마플 양의 목소리에는 책망하는 기색이 역력했다.

하지만 나중에 침대에서 허리의 가장 아픈 부분에 뜨거운 물병을 가져다 대며 사과하듯 중얼거렸다.

"난 최선을 다했어요."

그녀는 라피엘 씨가 방에 있는 듯 공중에 대고 말했다. 그가 어딘가에 존재할지도, 아니면 텔레파시나 그런 게 통할지도 모르는 일이었으므로 확실하게 말했다.

"할 수 있는 건 다 했어요. 할 수 있는 한도까지는 최선을 다했으니까 이제는 당신에게 맡겨 둘게요."

그녀는 좀 더 편안하게 자리를 잡고 누운 다음, 한 손을 뻗어 전깃불을 끄고 잠에 빠져들었다.

저승에서 온 편지

I

두 번째 배달 편에 편지가 도착한 것은 그로부터 삼사 일 후였다. 마플 양은 언제나처럼 편지를 집어 든 다음 겉봉투와 우표, 필체를 확인하고 영수증이 아니라는 걸 확인한 후에 봉투를 열었다. 타자로 친 편지였다.

친애하는 마플 양에게

당신이 이 편지를 읽을 때쯤이면 나는 이미 죽어 땅에 묻혔을 거요. 화장하지 않은 게 정말 다행이지. 재로 가득한 청동 유골 보관병에서 일어나 누군가를 쫓아다니는 건 불가능하니까! 반면에 무덤에서 일어나 누군가를 쫓아다니는 건 꽤 그럴싸하지 않소? 내가 그러길 바라는 걸까? 모를 일이지. 어쩌면 마플 양과 이야기를 나누고 싶어 할지도 모르겠소.

지금쯤이면 이미 내 변호사들을 만나서 이야기를 들었을 거요. 당신이 그 제안을 수락했으면 하오. 하지만 수락하지 않았더라도 죄책감은 갖지 마시오. 어디까지나 선택은 당신의 몫이니까. 내 변호사들이 내가 시킨 대로 했고, 우편 배달부가 주어진 임무를 충실히 수행했다면 이 편지는 11일에 도착했을 거요. 이제부터 이틀 후에 런던에 있는 한 여행사에서 당신에게 연락을 할 거요. 여행사의 제안이 마음에 들었으면 좋겠구려. 내가 굳이 더 말할 필요는 없겠지. 넓은 마음으로 받아들여 주면 좋겠소. 부디 몸조심하시오. 당신이라면 충분히 해내리라 믿소. 당신은 아주 예리한 사람이니까. 당신에게 언제나 행운이 가득하기를, 수호천사가 늘 함께하기를 바라겠소. 그런 게 하나 필요할 수도 있으니까.

당신의 친구 J. B. 라피엘

"이틀이라니!"

마플 양이 중얼거렸다.

기다림은 그녀에게 고역이었다. 우체국은 임무를 어김없이 충실히 수행했고 '대영제국의 유명 저택과 정원' 여행을 주관하는 여행사도 마찬가지였다.

친애하는 제인 마플 양께

고(故) 라피엘 씨의 지시에 따라 다음 주 목요일, 17일에 런던에서 출발하는 대영제국의 유명 저택과 정원 순례 그 37번째 여행에 마플 양을 모시게 되었습니다.

마플 양께서 런던에 있는 저희 사무실에 와 주신다면, 이번 여행의 가이드인 샌드번 부인이 자세한 설명을 드리고 문의 사항에도 답해 드릴 겁니다.

저희 여행 상품의 기간은 2주에서 3주 정도입니다. 라피엘 씨께서는 이 여행 상품이 평소 경험하기 힘든 매력적인 풍경과 정원에의 경험을 제공해 주기 때문에 마플 양께 어울린다고 생각하신 모양입니다. 또한 마플 양께 최고의 숙소를 제공하고 최대한의 편의를 봐 드리라고 부탁하셨습니다.

버클리가에 있는 저희 사무실에 언제쯤 방문이 가능하신지 알려 주시겠습니까?

마플 양은 편지를 접어 가방 안에 집어넣고, 친구들의 전화번호를 살펴보다 그중 2명에게 전화를 걸었다. 1명은 유명 저택과 정원 여행을 가 봤는데 아주 좋았다고 했으며 다른 1명은 직접 가 보지는 못했지만 갔다 온 친구들 말로는 좀 비싸긴 하지만 아주 훌륭했으며 나이 든 사람들도 수월하게 다닐 수 있는 여행이라고 했다고 말했다. 마플 양은 곧 버클리가(家)의 여행사로 전화를 걸어 다음 주 화요일에 찾아가겠다고 말했다.

다음 날, 그녀는 체리에게 그 이야기를 꺼냈다.

"내가 잠시 집을 비우게 될 것 같아, 체리. 여행을 좀 가려고."

"여행을요? 여행사에서 가는 여행 말씀이신가요? 아니면 해외 패키지 여행 말씀이세요?"

"해외 여행이 아니라 국내 여행이야. 주로 유서 깊은 건축물과 정원을 방문하는 여행이지."

"연세도 많으신데 괜찮으시겠어요? 너무 피곤하지 않으시려나? 한참 걷기도 해야 할 텐데요."

"내 건강은 아주 좋아. 그리고 이런 여행은 노약자를 배려해서 쉬엄쉬엄 진행한다더군."

"뭐, 그래도 건강에 유념하셔야 해요. 아무리 화려한 분수 같은 걸 보더라도 심장 마비로 쓰러지시면 안 돼요. 나이가 있으시잖아요. 제가 이런 말 한다고 실례라거나 건방지게 생각지 마세요. 너무 무리하시다 큰일이라도 당하시면 어떡해요."

"내 몸은 내가 돌볼 수 있어."

마플 양은 점잔을 빼며 대꾸했다.

"좋아요. 하지만 제발 조심하셔야 해요."

마플 양은 짐 가방을 싸고 런던으로 가 수수한 호텔에 방을 하나 잡았다.('아, 버트럼 호텔. 정말 근사한 호텔이었는데! 오, 이런, 그건 다 잊어버려야지. 세인트 조지 호텔도 꽤 괜찮은 곳이야.') 그녀는 약속한 시간에 맞춰 버클리가의 여행사로 갔다. 35살쯤 된 상냥한 여자가 일어나 그녀를 맞이하며 자신이 샌드번 부인이며 이번 여행의 진행을 맡고 있다고 설명했다.

"이 여행이 내 형편에 맞는 건지……."

마플 양이 말을 얼버무렸다.

샌드번 부인은 그녀가 약간 부끄러워한다는 걸 감지하고 재빨리 입을 열었다.

"그럼요. 제가 편지로 미리 알려 드렸어야 했는데. 라피엘 씨께서 여행 비용은 모두 지불하셨어요."

"그분이 돌아가셨다는 건 알고 계시죠?"

"네, 하지만 이 여행은 그분께서 돌아가시기 전에 미리 예약을 해 두신걸요. 라피엘 씨는 건강이 좋지 않지만 원하는 만큼 여행할 기회가 없었던 오랜 친구에게 선물을 하고 싶다셨어요."

II

이틀 후, 멋진 새 여행 가방을 운전수에게 넘겨준 마플 양은 작은 손가방 하나를 들고 런던 북서쪽으로 가는 아주 안락하고 화려한 장거리 버스에 올랐다. 그녀는 근사한 안내서에 적힌 승객 목록을 유심히 살펴보았다. 안내서에는 여행 스케줄과 호텔과 식사, 볼만한 장소가 적혀 있었다. 만약의 경우 대체할 관광지, 즉 젊고 활동적인 사람들을 위한 선택 관광과 나이 들고 다리가 시원찮고 관절염으로 고생이라 앉아 있는 걸 더 좋아하고 오래 걷거나 언덕을 오르기 힘든 사람들을 위한 관광지도 상세하게 설명되어 있었다. 아주 짜임새 있는 여행 상품이었다.

마플 양은 승객 명단을 읽으며 함께 버스에 탄 사람들을 살펴보았다. 다른 승객들도 마찬가지였기 때문에 어려울 건 조금도 없었다. 그녀를 살펴보는 사람은 있었지만 현재로서는 그녀에게 특별히 관심을 품고 있는 듯한 사람은 없어 보였다.

리즐리 포터 부인

조애너 크로포드 양

워커 대령과 워커 부인

H. T. 버틀러 부부

엘리자베스 템플 양

원스테드 교수

리처드 제임슨 씨

럼리 양

벤담 양

카스페르 씨

쿡 양

배로 양

에믈린 프라이스 씨

제인 마플 양

노부인은 넷이었다. 마플 양은 그 사람들을 제외하기 위해 먼저 살펴보았다. 그중 둘은 동행이었는데 칠순 정도 됐을 거라는 생각이 들었다. 둘 다 대략 마플 양과 동년배쯤 되어 보였다. 하나는 인상을 보니 쨍알쨍알 불만이 많은 타입일 게 분명했다. 앞자리에 앉고 싶다, 뒷자리에 앉고 싶다, 햇빛이 드는 곳에 앉고 싶다, 그늘진 곳에 앉고 싶다, 신선한 공기가 들어오는 곳이 좋다, 바깥 공기가 덜 들어오는 곳이 좋다는 식으로. 두 노부인은 여행용 담요와 털실로 짠 숄, 꽤 많은 가이드북을 가지고 있었다. 둘 다 약간씩 다리를 절었으며 이따금씩 발이나 등, 무릎이 쑤시는 듯 두드려 댔지만 나이나 병은 그들이 인생을 즐기는 데 방해가 되지 않는 듯했다. 늙긴 했지만 집에만 들어박혀 있는 할머니들은 결코 아니었다. 마플 양은 가지고 있던 작은 수첩에 그 점을 적어 넣었다.

그녀와 샌드번 양을 제외하고 승객은 15명이었다. 라피엘 씨가 그녀를 이 버스 여행에 보낸 이상, 이 15명 중 최소한 1명 정도는 어떤 식으로든 사건과 연관이 있을 게 분명했다. 정보원이거나 법률 관계자, 혹은 살인범일 수도 있다. 이미 살인을 저질렀거나 저지를 준비를 하고 있는 살인범. 라피엘 씨와 연관이 있는 거라면 뭐든 가능할 것이다! 어쨌든 이 사람들에 대한 세세한 사항들을 모두 적어야 했다.

수첩의 오른쪽 페이지에는 라피엘 씨의 관점에서 주목할 만한 가치가 있을 법한 사람들을, 왼쪽 페이지에는 그녀에게 유용한 정보를 줄 수 있을 만한 사람들과 그렇지 않은 사람들을 적기로 작정했다. 본인이 정보를 알고 있다는 것조차 의식하지 못하는 수도 있었다. 알고 있더라도, 그것이 마플 양이나 라피엘 씨, 또는 법이나 정의에 도움이 되리란 것은 모를 것이었다. 그리고 수첩의 뒤편에는 그들이 세인트 메리 미드와 다른 곳에서 만났던 사람들과 비슷한 구석을 가지고 있는지 적어 볼 생각이었다. 아무리 사소한 유사성이라도 유용한 참고가 될지 모르는 일이었다. 예전에도 그랬듯이.

 다른 두 노부인들은 따로따로 온 사람들 같았다. 둘 다 대략 예순 정도 되어 보였다. 한 명은 나이보다 젊어 보이는 데다 근사하게 차려 입었으며 사회적 지위에 대한 자부심이 상당한 것 같았고, 어쩌면 남들도 그렇게 보고 있는지도 몰랐다. 목소리는 크고 독선적이었다. 18살에서 19살 정도 되어 보이는 한 아가씨가 그녀를 제럴딘 고모라고 부르는 것으로 보아, 조카딸과 함께 여행을 온 모양이었다. 그 조카딸은 고모의 거만한 성격에 이골이 난 듯 잘 대처하고 있었다. 매력적일 뿐 아니라 유능한 아가씨였다.

 마플 양의 건너편 옆 좌석에는 떡 벌어진 어깨를 가졌으며, 성질 급한 어린아이가 장난감 블록으로 어설프게 쌓아 만든 것처럼 두루뭉술한 몸을 한 남자가 있었다. 자연은 본래 그의 얼굴을 둥글게 만들 계획이었으나 얼굴이 이에 반발해 강한 턱을 발달시켜 각진 인상을 심어 주기로 한 모양이었다. 그의 회색빛 머리카락은 숱이 많았으며, 무성한 눈썹은 말할 때마다 오르락내리락 함께 움직였다. 말하는 건 마치 수다스러운 양치기 개가 짖는 것 같았다. 그의 옆자리에는 끊임없이 꼼지락꼼지락 손짓을 해 가며 이야기를 하는 키가 크고 까무잡잡한 외국인이 앉아 있었다. 그는 아주 희한한 영어를 구사했으며 이따금씩 불어와 독일어를 섞어 쓰기도 했다. 두루뭉술한 남자는 외국어에 꽤 능숙한지 친절하게 불어나 독일어로 먼저 말을 걸기도 했다. 그들을 다시 한번 흘끗 바라본 마플 양은, 무성한 눈썹을 한 남자가 윈스테드 교수이며 정신 사나운 외국인이 카스페르 씨일 거라고 결론을 내렸다.

그녀는 둘이 뭘 그렇게 활발하게 토론을 하는지 궁금했지만, 카스페르 씨가 정신없이 빠르게 이야기하는 탓에 통 알아들을 수가 없었다.

그 두 남자의 앞좌석에는 예순 정도, 어쩌면 예순이 좀 넘었을 키 큰 여자 하나가 앉아 있었는데, 아무리 많은 군중들 사이에 끼어 있더라도 눈에 띌 만한 여자였다. 여전히 아름다운 외모에 어두운 회색 머리카락은 고운 이마 뒤로 넘겨 머리 위로 높게 말아 올리고 있었다. 목소리는 낮고 맑으며 날카로웠다. 매력적인 여자라고 마플 양은 생각했다. 대단한 사람일 것이다! 그래, 분명 대단한 사람일 것이다.

'저 사람을 보니 데임(남자의 기사 작위에 준하는 작위를 받은 여성에 대한 존칭 — 옮긴이) 에밀리 월드론이 생각나네.'

마플 양은 생각했다. 데임 에밀리 월드론은 옥스퍼드 대학의 학장이자 저명한 과학자였고, 마플 양은 조카의 회사에서 한 번 그녀를 만난 뒤 잊은 적이 없었다.

마플 양은 승객들을 다시 살펴보기 시작했다. 결혼한 부부는 두 쌍이 있었는데, 한 쌍은 미국인 중년 부부로 상냥하고 수다스러운 아내와 조용하고 온화한 남편이었다. 둘 다 여행을 즐기는 게 분명했다. 또한 영국인 중년 부부도 1쌍 있었는데, 마플 양은 머뭇거리며 퇴직한 군인과 아내라고 적었다. 그녀는 승객 명단을 보고 그들이 워커 대령과 워커 부인일 거라고 생각했다.

그녀의 뒷자리에는 30살쯤 되어 보이는 호리호리한 남자가 한 명 앉아 있었는데, 아주 전문적인 용어를 구사하는 걸로 보아 건축가가 분명했다. 또한 더 멀리 앞좌석에는 일행인 2명의 중년 여성이 앉아 있었다. 둘은 안내 책자를 보며 어떤 여행이 마음에 드는지 이야기를 나누고 있었다. 하나는 까무잡잡하고 말랐으며 다른 하나는 금발 머리에 튼튼한 체격이었는데, 왠지 금발 머리의 얼굴이 낯익었다. 그녀는 언제 어디서 그 여자를 본 건지 생각해 보았지만 딱히 떠오르지가 않았다. 어쩌면 칵테일파티에서 만났거나 기차에서 맞은편에 앉았던 사람일 수도 있었다. 특별히 기억나는 게 없었다.

그녀가 평가해야 할 승객은 이제 1명 남아 있었다. 19살에서 20살 정도 되어 보이는 청년이었다. 청년은 나이와 성별에 맞는 적절한 옷차림을 하고 있었다. 딱 달라붙는 블랙진, 보라색 터틀넥 스웨터, 마치 가발을 쓴 것처럼 크고 까만 더벅머리. 그는 거만한 여자의 조카딸을 관심있게 바라보고 있었고, 그녀 또한 그 남자에게 관심을 보이는 것 같았다. 나이 많은 할머니들과 중년 여성들이 압도적으로 많았으며, 그중 젊은 사람은 그 둘뿐이었다.

버스는 근사한 강변 호텔에서 점심 식사를 하기 위해 멈췄고, 오후 관광은 블레넘 궁(宮)이었다. 마플 양은 이미 블레넘 궁에 2번 와본 적이 있어 일부만 살펴보기로 했고 곧 정원과 아름다운 경치에 푹 빠져들었다.

그날 밤에 묵기로 한 호텔에 도착했을 때쯤엔 승객들은 서로 안면을 튼 상태였다. 유능한 샌드번 양이 가이드 임무를 아주 충실히 수행하여, 관광지를 안내하면서도 뒤처진 사람들에게 다가가 "워커 대령님에게 정원 이야기를 해 달라고 하세요. 대령님께서 아주 근사한 수령초를 키우고 계세요."라는 식으로 말을 건네 일행들이 서로 친해지도록 배려했다.

마플 양은 이제 모든 승객들의 이름을 알았다. 눈썹이 무성한 사람은 그녀의 생각대로 원스테드 교수였으며, 옆자리의 외국인은 카스페르 씨였다. 거만한 여자는 리즐리 포터 부인이었고 그녀의 조카딸은 조애너 크로포드였다. 머리가 한 짐인 청년은 에믈린 프라이스였으며, 그와 조애너 크로포드는 경제와 예술, 일반적으로 싫어하는 것들, 정치 등 그 비슷한 주제에 있어 공통점이 많은 듯 이야기꽃을 피웠다.

가장 나이가 많은 두 노부인은 자연스레 비슷한 나이인 마플 양과 친해졌다. 셋은 관절염과 류머티즘, 식이요법, 새 의사들, 전문적인 병원 치료와 다른 방법이 다 실패해도 항상 효과를 보는 오랜 민간요법에 대해 즐겁게 토론을 벌였다. 그동안 다닌 유럽 여행이며 호텔, 여행사들, 그리고 마침내는 럼리 양과 벤담 양이 사는 서머싯 카운티 이야기까지 나왔는데 그곳에서는 유능한 정원사를 구하기가 식은 죽 먹기라고 했다.

일행인 두 중년 여성들은 쿡 양과 배로 양으로 밝혀졌다. 마플 양은 아직도 금발 머리 쿡 양이 왠지 낯이 익었지만, 전에 어디서 봤는지 기억이 나질 않았다. 어쩌면 그저 그녀의 추측일 뿐인지도 몰랐다. 그리고 또한 왠지 배로 양과 쿡 양이 그녀를 피하는 것 같다는 느낌이 들었다. 그녀가 다가갈라치면 재빨리 자리를 피하는 것 같기도 했다. 상상에 불과한 것일까?

15명의 사람들 중 적어도 1명은 중요한 의미가 있는 사람일 것이다. 그날 저녁, 마플 양은 이야기 도중 라피엘 씨의 이름을 언급해 사람들의 반응을 살펴보려 했다. 하지만 아무런 반응도 없었다.

미모의 노부인은 이름이 엘리자베스 템플로, 유명한 여학교의 교장직에서 은퇴한 것으로 밝혀졌다. 언뜻 보아 카스페르 씨를 제외하고는 살인범이 될 만한 사람은 없는 것 같았지만, 그것도 외국인에 대한 편견 때문이었을 터였다. 호리호리한 젊은 남자는 리처드 제임슨으로 건축가였다.

"내일은 뭔가 더 알아낼 수 있을 거야."

마플 양은 스스로에게 말했다.

III

마플 양은 그날 밤, 완전히 지쳐 떨어져 침대에 누웠다. 여행이라는 건 즐겁지만 피곤한 일인 데다, 열대여섯 명이나 되는 사람들을 한꺼번에 살펴보며 살인 사건과의 연관성을 궁리하다 보니 더더욱 지쳐 버린 거였다. 상황이 지극히 비현실적이며, 진지하게 생각할 일이 아니라는 느낌이 들었다. 다들 아주 좋은 사람들로 크루즈 여행이나 이런저런 여행을 다니는 그런 사람들 같았다. 하지만 그녀는 다시 한번 승객 명단을 흘끗 바라보고 수첩에 몇 가지를 더 적었다.

리즐리 포터 부인? 범죄와는 아무런 연관도 없어. 그러기에는 너무 사교적이고 자기중심적이야.

조카딸인 조애너 크로포드? 고모와 같을까? 하지만 아주 영리해. 그래도 어쩌면 리즐리 포터 부인이 유용한 정보를 가지고 있을지도 몰랐다. 리즐리 포터 부인과 친분을 유지해야 했다.

엘리자베스 템플 양? 매력적인 여성. 흥미롭다. 하지만 여태껏 마플 양이 알았던 살인자들과 비슷한 구석은 전혀 없었다.

마플 양은 혼잣말로 중얼거렸다.

"그 여자는 솔직히 정말로 고결한 분위기를 내뿜잖아. 만약 그 여자가 살인을 저지른다면 아주 유명한 살인 사건이 될 거야. 뭔가 숭고한, 혹은 그녀가 숭고하다고 생각하는 이유로 살인 사건을 저지르겠지?"

하지만 그것 또한 만족스럽지가 않았다. 템플 양이라면 자기가 어떤 행동을 왜 하는지에 대한 신념이 언제나 확실할 것이며, 숭고함을 제멋대로 해석해 악한 짓을 저지르지는 않을 터였다.

"그래도 그래. 그 여자는 대단한 사람이고…… 어쩌면 어떤 이유에서든 라피엘 씨가 내가 만나길 원했던 사람일지도 몰라."

그녀는 이러한 생각을 수첩의 오른쪽 페이지에 적어 넣었다.

이번에는 생각의 관점을 바꾸어 보았다. 잠재적인 살인자…….
잠재적인 희생자가 될 만한 사람을 생각해 보았다. 범죄의 희생양이 될 만한 사람은 누구일까? 그럴 만한 사람은 없어 보였다. 어쩌면 리즐리 포터 부인이 적격일 수도 있지……. 부유하고 성미가 까다로우니. 어쩌면 유능한 조카딸이 유산 상속을 받게 될 수도 있었다. 그 조카딸과 무정부주의자인 에믈린 프라이스가 반자본주의라는 명분 하에 손을 잡을 수도 있는 일이었다. 그럴싸한 생각은 아니었지만 달리 생각나는 게 없었다.

버틀러 부부? 마플 양은 그들은 제외했다. 사람 좋은 미국인들이었다. 서인도 제도나 그 전에 알던 사람들과는 아무런 연관도 없었다. 그래, 버틀러 부부는 관련이 없을 것이다.

리처드 제임슨? 비쩍 마른 건축가였다. 건축과 이 일이 무슨 상관이 있는지는 알 수 없었지만 어쨌든 생각은 해 보았다. 어쩌면 비밀 통로가 있는 건 아닐까? 앞으로 방문하게 될 저택 중에 해골이 놓인 비밀 통로가 있는지도 몰랐다. 그리고 건축가인 제임슨 씨만이 비밀 통로가 어디 있는지 아는 것이다. 어쩌면 그가 날 도와 그걸 발견하거나, 내가 그를 도와 그걸 발견한 다음, 둘이 시체를 찾아내는 거지.

"오, 이런. 내가 무슨 말도 안 되는 생각을 하고 있는 거지?"

마플 양은 중얼거렸다.

쿡 양과 배로 양? 지극히 평범한 여자들이었다. 하지만 그중 1명은 분명히 본 적이 있었다. 적어도 쿡 양은 전에 본 적이 있었다.

'아, 뭐 언젠가는 기억이 나겠지.'

워커 대령과 워커 부인? 좋은 사람들이었다. 퇴직한 군인과 그 부인. 주로 해외에서 근무를 했다. 이야기 상대로는 좋지만, 그들에게서 뭔가를 알아낼 수 있을 거라는 생각은 하지 않았다.

벤담 양과 럼리 양? 늙은 할머니들. 범죄자일 가능성은 낮지만, 나이가 많은 할머니인 탓에 뜬소문을 많이 알고 있을 터였다. 혹은 관절염, 류머티즘, 약에 관한 것이나마 유용한 정보를 가지고 있을 수도 있었다.

카스페르 씨? 좀 위험한 사람일 수도 있었다. 아주 산만하고 흥분을 잘 하는 사람이었다. 일단은 주시해야겠다고 생각했다.

에믈린 프라이스? 학생인 것 같았다. 학생들은 아주 과격했다. 혹시 학생의 뒤꽁무니를 쫓으라고 그녀를 보낸 것일까? 뭐, 그건 그 학생이 무슨 짓을 했는지, 또는 무슨 짓을 저지르려 하는지, 또는 무슨 짓을 저지르려 했는지에 달려 있을 거였다. 어쩌면 골수 무정부주의자일 수도 있었다.

마플 양은 갑자기 온몸의 기운이 다 빠져나가는 것 같았다.

"오, 이런. 이제 그만 자야지."

발과 등이 쑤셨으며 머리도 원활하게 돌아가는 상태가 아니었다. 즉시 잠에 빠져든 그녀는 자는 내내 꿈을 꾸었다.

원스테드 교수의 덥수룩한 눈썹이 떨어졌는데, 그게 본인의 눈썹이 아니라 가짜인 꿈도 꾸었다. 그 꿈을 꾸고 잠에서 깨어나 처음으로 떠올린 건 꿈은 모든 문제를 해결해 준다는 믿음이었다.

'그래. 그거야!'

그의 눈썹이 가짜라면 모든 게 해결이었다. 그는 범죄자인 거였다.

슬프게도 그게 사실이라 해도 해결되는 건 아무것도 없었다. 원스테드 교수의 눈썹이 떨어진대도 도움은 되지 않았다.

그리고 불행히도 이제는 더 이상 잠이 오지 않았다. 그녀는 결심을 하고 일어났다.

그러고는 한숨을 쉬고 가운을 걸친 다음 침대에서 벗어나 등받이가 곧은 의자에 가 앉은 다음, 가방에서 약간 더 큰 공책을 꺼내들고 작업에 착수했다.

어떤 범죄와 연관이 있는 게 분명하다. 라피엘 씨는 편지에서 이를 분명히 언급했다. 그는 내가 정의감이 투철하기 때문에 범죄 수사에도 재능이 있는 게 분명하다고 했다. 따라서 이건 범죄와 연관이 있는 일일 것이다. 하지만 간첩이나 사기, 강도 사건은 아마도 아니리라. 나는 그런 사건에 아무런 경험이 없으며, 그에 관한 지식도, 특별한 재능도 없기 때문이다. 라피엘 씨가 나에 대해 아는 것은 함께 생 오노레에 있을 당시의 모습뿐이다. 우리는 그곳에서 살인 사건과 인연을 맺었다. 신문에 실린 대로 살인범들은 절대로 나를 주목하지 않았다. 나는 범죄학에 관한 책을 읽어 본 적도 없고 그런 문제에 관심을 가져 본 적도 없다. 그저 어쩌다 보니 평범한 사람들보다 더 자주 살인 사건의 근처에 가게 된 것이다. 내 주목을 끄는 것은 친구나 지인들이 연루된 살인 사건뿐이다. 살다 보면 특정한 분야와 연관되는 신기한 우연들이 일어나곤 한다. 고모 중 1명은 배가 난파하는 사건을 5번이나 당했으며, 또 내 친구 중 하나는 가는 곳마다 사고가 일어나기로 유명했다. 그녀의 친구들 중 몇몇은 그녀와 함께 택시 타길 꺼리기도 한다. 택시 사고 4번과 차 사고 3번, 기차 사고 2번을 당했을 정도니까. 이처럼 아무런 이유 없이 특정 사람들에게 이런 일들이 일어나는 것 같다. 이렇게 적고 싶지는 않지만 내 경우에는 살인 사건이, 다행히도 내게 직접 일어나지는 않지만 주위에서 일어나는 것 같다.

마플 양은 펜을 내려놓고 자세를 바꾸고 등에 쿠션을 하나 댄 다음 다시 적어 내려갔다.

내가 맡은 이번 임무에 관해 가능한 한 논리적인 조사를 해야 한다. 내가 받은 지시, 혹은 해군인 내 친구의 표현을 빌리자면 내가 받은 '지령'은 아직까지는 너무나도 모호하다. 아예 존재하지 않는 것이나 마찬가지이다. 따라서 나는 스스로에게 한 가지 분명한 질문을 던져 봐야 한다. 이게 도대체 무슨 일일까? 해답은! 나는 모른다. 기이하고 흥미롭다. 라피엘 씨 같은 남자가, 특히나 성공한 사업가인 그가 벌인 일치고는 좀 이상하다. 그는 내가 추측하기를, 본능에 따르기를, 내게 주어지거나 암시를 해 준 지시에 따르고 관찰하기를 원한다.

따라서 핵심 1. 나는 지시를 받게 될 것이다. 죽은 남자로부터의 지시. 핵심 2. 내가 관여하게 된 문제는 정의와 연관이 있다. 부당한 조치를 바로잡거나 악을 처벌하는 일 중 하나일 것이다. 이는 라피엘 씨가 전해 준 암호명 네메시스와도 일맥상통한다.

　대략적인 설명을 들은 후, 나는 첫 번째로 구체적인 지시를 받았다. 라피엘 씨는 죽기 전에 '유명 저택과 정원' 37번째 여행에 내 이름으로 예약을 해 두었다. 왜? 그건 내 자신에게 물어야 하는 질문이다. 지리적인 이유 때문일까? 이번 임무와 어떤 연관성이 있거나 실마리가 되는 무언가가 있는 것일까? 특정한 저택? 특정한 정원이나 지역과 연관이 있는 무언가? 그렇지는 않을 것이다. 이번 여행에 참가한 사람들, 또는 그 사람들 중 1명과 연관이 있다는 게 더 그럴싸한 설명일 것이다. 이중 개인적으로 아는 사람은 1명도 없지만, 그중 적어도 1명은 내가 풀어야 하는 수수께끼와 연관이 있는 게 분명하다. 우리 일행 중 누군가는 살인과 연관이 있다. 그 누군가는 범죄의 희생자에 대한 정보를 가지고 있거나 특별한 연관이 있을 것이다. 혹은 살인범일 수도 있다. 아직까지 아무런 의심도 받지 않은 살인범.

마플 양은 갑자기 펜을 멈추더니 고개를 끄덕였다. 지금까지의 분석이 만족스러웠다.
　그리고 침대로 갔다.
마플 양은 수첩에 이렇게 덧붙였다.

　첫째 날 끝.

사랑

 다음 날 아침, 일행은 자그마한 저택인 퀸 앤드 매너 하우스를 방문했다. 그곳까지 가는 시간은 그리 길지도 피곤하지도 않았다. 그곳은 매력적인 저택이었으며 아주 아름답고 드물게 정취가 있는 정원이 딸려 있을 뿐 아니라 역사 또한 흥미로웠다.
 건축가인 리처드 제임슨은 그 저택의 구조적 아름다움에 푹 빠져, 젊은이스럽게 지나가는 방마다 사람들을 붙잡고 서서 벽난로의 특별한 몰딩을 일일이 가리키며 역사적인 설명을 늘어놓았다. 처음에는 그의 말에 따라 감상을 하던 몇몇 일행들은 다소 지루한 강의가 계속되자 점점 힘들어하기 시작했다. 그중 일부는 차차 뒤처져 일행에서 이탈하기 시작했다. 안내를 맡은 저택 관리자 또한 관광객에게 자기 역할을 빼앗겨 못마땅해하는 눈치였다. 그는 자신의 자리를 되찾기 위해 몇 번 애를 썼으나 제임슨 씨는 절대 물러서지 않았다. 관리인은 마지막으로 애를 썼다.

"신사 숙녀 여러분, 화이트 팔러라 불리는 이 방에서는 시신이 발견된 일이 있습니다. 한 청년이 단도에 찔린 채 벽난로 앞 깔개에 쓰러져 있었죠. 그때가 18세기경이었습니다. 이 저택에 살던 레이디 모팻의 애인이었죠. 그 청년은 작은 옆문으로 들어와 가파른 계단을 오른 다음 벽난로 왼쪽에 있던 느슨한 합판을 열고 이 방으로 들어왔다고 합니다. 당시 그녀의 남편인 리처드 모팻 경은 바다 건너 미개국에 가 있었는데, 이 저택에 돌아왔다가 둘이 함께 있는 장면을 목격한 겁니다."

그는 흡족한 듯 말을 멈추었다. 그는 그동안 차마 말은 못했지만 건축적인 세세한 설명을 듣는 데서 해방되어 기뻐하는 청중들의 반응이 만족스러운 듯했다.

"세상에, 너무 로맨틱하지 않아요, 헨리? 이 방에는 뭔가가 있는 게 분명해요. 난 느껴져요. 확실히 느껴져요."

버틀러 부인이 낭랑한 미국식 발음으로 말했다.

"메이미는 분위기에 아주 예민하죠."

그녀의 남편은 사람들을 둘러보며 자랑스럽게 말했다.

"세상에, 한 번은 루이지애나에 있는 낡은 저택에 갔었는데……."

메이미의 특별난 민감성에 대한 이야기가 이어졌다. 마플 양과 다른 한두 명은 그 기회를 타 조용히 방 안을 빠져나가 섬세하게 몰딩이 된 계단을 따라 1층으로 내려갔다.

"내 친구 중 1명이 몇 년 전에 아주 끔찍한 경험을 했어요. 어느 날 아침에 집 서재에서 죽은 시신을 발견했지 뭐예요."

"가족 중의 1명이요? 간질 같은 걸로 쓰러진 거예요?"

배로 양이 물었다.

"아니에요. 살인 사건이었어요. 이브닝드레스를 입은 난생 처음 보는 아가씨였죠. 금발이었는데……. 실은 염색한 금발이었어요. 원래는 갈색 머리였죠. 그리고…… 오…….''

마플 양은 갑자기 말을 멈추더니 머리에 쓴 스카프에서 빠져 나온 쿡 양의 금발 머리카락을 빤히 바라보았다.

그러다 문득 생각이 났다. 쿡 양의 얼굴이 왜 낯익은지, 전에 어디서 봤는지 떠올랐다. 하지만 전에 봤을 때 쿡 양의 머리카락은 어두운색……. 거의 검은색이었다. 그리고 지금은 밝은 금발이었다.

리즐리 포터 부인이 그들을 밀치고 계단을 내려와 바닥에 발을 디디며 단호하게 말했다.

"더 이상은 계단을 못 다니겠어요. 방을 돌아다니며 구경하는 것도 정말 힘드네요. 그런데 듣자니 이 저택의 정원은 크진 않아도 원예하는 사람들이 아주 높게 평가한대요. 시간 낭비하지 말고 정원에나 가 보는 게 좋겠어요. 아무래도 곧 날씨가 흐려질 것 같아요. 점심시간이 되기 전에는 비가 올 것 같네요."

리즐리 포터 부인의 말에 담긴 권위는 언제나 같은 결과를 낳았다. 근처에 있던 모든 사람들, 또는 그녀의 말을 들은 사람들은 모두 순순히 식당의 유리문을 지나 정원으로 나갔다. 정원은 리즐리 포터 부인의 말대로였다. 리즐리 포터 부인은 워커 대령을 독차지하고 경쾌하게 정원을 걸어갔다. 나머지 사람들 중 일부는 그들을 뒤따랐고, 일부는 반대 방향으로 난 길로 갔다.

마플 양은 정원을 가로질러 가 예술적일 뿐 아니라 아주 편안해 보이는 벤치에 앉을 작정이었다. 그녀는 안도의 한숨을 쉬며 벤치에 주저앉았고, 뒤따라온 엘리자베스 템플 양 또한 옆에 앉으며 함께 한숨을 쉬었다.

"저택을 둘러보는 건 언제나 피곤한 일이죠. 세상에서 가장 피곤한 일이에요. 특히 들르는 방마다 세세한 강의까지 들어야 할 때는 더욱 그렇지 않나요."

"그래도 아주 흥미로웠어요."

마플 양은 다소 모호하게 말했다.

"오, 그렇게 생각하세요?"

템플 양은 고개를 살짝 돌려 마플 양의 눈을 마주 보았다. 순간 두 여자 사이에 무언가가 통했다……. 즐거움이 깃든 공감대가 형성되었다고 할까.

"템플 양께선 그렇게 생각하지 않으세요?"

"예."

이 순간 서로에 대한 공감대는 더없이 확실해졌다. 둘은 아무 말 없이 편안하게 앉아 있었다. 이제 엘리자베스 템플은 정원들, 특히 현재 앉아 있는 정원에 대해 이야기하기 시작했다.

"이 정원은 홀먼이 대략 1800년 혹은 1798년에 설계한 거예요. 홀먼은 젊은 나이에 죽었죠. 안타까운 일이에요. 위대한 천재였는데."

"젊은 나이에 죽는 건 너무 슬픈 일이에요."

엘리자베스 템플은 곰곰이 생각하며 반문했다.

"그럴까요?"

"너무나 많은 것들을 놓치잖아요. 너무나도 많은 것들을요."

"반대로 너무나 많은 것들로부터 도망칠 수도 있죠."

"이제 이렇게 나이가 들어 보니 일찍 죽는 건 놓치는 거라는 생각이 드네요."

"저는 한평생을 젊은 학생들과 같이 지내며 순식간에 삶이 완성되는 걸 지켜봤어요. T. S. 엘리엇이 이런 말을 했잖아요. '장미의 일생과 나무의 일생은 동등하다.'라고."

"무슨 말씀이신지 알겠어요. 인생이란 그 길이에 상관없이 완성된 경험이라는 거죠. 하지만 템플 양께서는……."

마플 양은 머뭇거렸다.

"……너무 일찍 잘려 버리는 인생은 불완전할 수도 있다는 생각 안 해 보셨나요?"

"예, 그건 그래요."

마플 양은 옆에 핀 꽃들을 바라보며 다시 입을 열었다.

"작약꽃이 너무 아름답네요. 이렇게 길게 죽 늘어져 있으니……. 너무나도 당당해 보이는 동시에 너무나도 처연하고 연약해 보여요."

엘리자베스 템플은 고개를 돌려 그녀를 바라보았다.

"저택이나 정원을 보려고 이번 여행에 참가하신 거예요?"

"그런 셈이죠. 정원을 가장 좋아하긴 하지만 저택들은……. 저택을 구경하는 건 처음이에요. 다양성과 역사, 아름다운 고가구들과 그림들."

마플 양은 이렇게 덧붙였다.

"실은 친절한 친구가 제게 이 여행을 선물했죠. 정말 고맙게 생각해요. 평생에 이렇게 거대하고 유명한 저택들은 본 적이 없거든요."

"친절한 분이시네요."

"관광을 자주 다니세요?"

"아니요. 이번 여행은 제게 있어서는 관광이 아니에요."

마플 양은 흥미로운 기색으로 그녀를 바라보았다. 마플 양은 무언가 말하려고 입을 반쯤 열다가 다시 닫아 버렸다. 템플 양은 그런 그녀를 보고 미소를 지었다.

"제가 왜 이번 여행에 참가했는지, 동기나 이유가 뭔지 궁금하시죠? 한번 맞춰 보실래요?"

"아니에요."

"한번 해 보세요. 재미 삼아 말이에요. 예, 정말 재미있을 것 같아요. 한번 맞춰 보세요."

엘리자베스 템플은 재촉했다.

마플 양은 잠시 침묵했다. 그녀는 엘리자베스 템플을 빤히 응시하며 이런저런 평가를 해 보았다. 그러다 마침내 입을 열었다.

"나는 템플 양에 대해 아는 바도 없고 들은 바도 없어요. 당신과 당신의 학교가 아주 유명하다는 건 알지만요. 음, 그냥 겉으로 보이는 모습만 보고 추측해 볼게요. 내가 보기에…… 템플 양은 순례자 같아요. 순례길에 오른 사람 같아 보여요."

침묵이 흘렀고 엘리자베스가 입을 열었다.

"아주 정확하게 맞추셨어요. 예, 전 순례 중이에요."

마플 양은 잠시 후 입을 열었다.

"나를 이 여행에 보내 주고 비용까지 대 준 친구는 이제 죽은 사람이죠. 라피엘 씨라고 아주 부자예요. 혹시 그 사람을 아세요?"

"제이슨 라피엘 씨요? 물론 이름은 알아요. 개인적으로 아는 사이도 아니고 만난 적도 없지만요. 한번은 제가 관심을 가지고 있던 교육 프로젝트에 막대한 기부금을 내셨어요. 정말 고마운 분이죠. 마플 양의 말씀대로 굉장히 부유한 분이셨어요. 몇 주 전에 신문에서 그분 부고 기사를 봤는데……. 그렇다면 그분과는 오랜 친구 사이신가요?"

"아니에요. 고작 1년 전쯤에 외국에서 만난걸요. 서인도 제도에서요. 그 사람에 대해 아는 건 없어요. 그의 인생이나 가족, 친구들, 아무것도 아는 게 없죠. 대단한 사업가긴 했지만 그 외에는 일절 알려진 게 없었답니다. 다른 사람들도 비슷하게 말하긴 하더군요. 자기 이야기는 절대 하지 않는 사람이었다고요. 혹시 그분 가족 중에 아는 분이라도? 가끔 궁금하긴 했지만, 너무 꼬치꼬치 캐묻는 것 같아 물어보지 않았거든요."

엘리자베스는 잠시 아무 말 하지 않다가 곧 입을 열었다.

"예전에 알던 아가씨가 1명 있어요. 팰로필드에 있는 제 학교 학생이었어요. 그 아가씨는 라피엘 씨와는 아무런 관련도 없지만, 한

때 라피엘 씨의 아드님과 약혼을 한 사이였죠."
"그런데 결혼은 하지 않았고요?"
"예."
"왜 안 했죠?"
"그 아가씨가 사람 보는 눈이 있었달까요. 라피엘 씨의 아드님은 아가씨들이 결혼하고 싶어 할 만한 남자가 아니었어요. 그 아가씨는 아주 사랑스럽고 참했지요. 전혀 들은 얘기가 없다 보니 그 아가씨가 라피엘 씨의 아드님과 결혼하지 않은 진짜 이유는 모르겠네요."
그녀는 한숨을 쉬고는 다시 말했다.
"어쨌든 그 아가씨는 죽고 없어요……."
"어쩌다가요?"
엘리자베스 템플은 한동안 작약꽃을 뚫어지게 응시했다. 그러다 한 마디를 내뱉었다. 그 말은 깊은 종소리처럼 울려 퍼졌다……. 그만큼 놀라운 말이기도 했다.
"사랑!"
"사랑이라고요?"
마플 양이 날카롭게 되물었다.
"이 세상에서 가장 무서운 말이죠."
엘리자베스 템플이 말했다.
다시 그녀는 쓸쓸하고 비장한 목소리로 말했다.
"사랑……."

초대

I

마플 양은 그날 오후 관광은 가지 않기로 결심했다. 좀 피곤해서 고대 성당과 14세기의 스테인드글라스 관광은 빼먹는 편이 나을 것 같았다. 그녀는 쉰 다음 메인가(街)에 있는 찻집에서 일행들과 합류하기로 했다. 샌드번 부인은 현명한 선택이라고 맞장구쳤다.

찻집 바깥의 편안한 벤치에 앉아 쉬던 마플 양은 다음 계획과 그 실행을 신중하게 저울질해 보았다.

티타임이 되어 다른 일행들이 합류하자 그녀는 슬그머니 쿡 양과 배로 양의 곁으로 가 4인용 테이블에 함께 앉았다. 네 번째 의자는 마플 양이 보기에 영어가 그리 능통하지는 않은 카스페르 씨가 차지했다.

마플 양은 잼이 든 빵을 오물거리며 테이블 앞으로 몸을 숙여 쿡 양에게 말했다.

"있잖아요, 우리 전에 만난 적 있죠? 계속 생각해 봤는데……. 내가 사람들 얼굴은 잘 기억 못 하긴 해요. 하지만 당신을 어딘가에서 만난 게 분명해요."

쿡 양은 상냥하지만 미심쩍은 표정이었다. 그녀는 친구인 배로 양에게 눈길을 돌렸다. 마플 양 또한 배로 양에게 눈길을 돌렸다. 배로 양은 이 미스터리를 해결하는 데 도움을 줄 형편이 아닌 듯했다.

마플 양이 말을 이었다.

"혹시 내가 사는 동네에 산 적이 있는지 모르겠네요. 난 세인트 메리 미드에 살아요. 아주 작은 마을이죠. 물론 요즘에는 그렇게 작지 않아요. 사방에 건물들이 들어서고 있으니까요. 머치 벤햄과도 그리 멀지 않은 데다 루머스에 있는 해변과는 20킬로미터밖에 안 떨어져 있어요."

"어디 보자. 음, 제가 루머스에는 자주 갔으니까 어쩌면……."

순간 마플 양이 느닷없이 탄성을 질렀다.

"세상에, 그러네요! 내가 세인트 메리 미드의 집 정원에 서 있는데 당신이 그 앞길을 지나가다 말을 걸었잖아요. 마을 아래쪽에 산다고 했던 것 같은데요, 친구랑……."

쿡 양이 재빨리 맞장구를 쳤다.

"그러네요. 제가 참 바보 같죠. 이제 기억이 나네요. 요즘에는 정원일하는 사람을, 그러니까 쓸 만한 정원사를 구하기가 어렵다는 이야기를 나눴었죠."

"맞아요, 맞아요. 그때 나한테 그곳에 산다고 하지 않았어요? 다른 누구랑 살고 있다고 했었는데."

"예, 전…… 그러니까……."

쿡 양은 잠시 머뭇거렸는데, 아마도 이름을 모르거나 기억나지 않는 모양이었다.

"서덜랜드 부인이었나요?"

마플 양이 운을 떼었다.

"아니, 아니요, 그게……. 음……."

"헤이스팅스 부인."

배로 양이 초콜릿 케이크 한 조각을 먹으며 단호하게 말했다.

"오, 그래요. 새 건물에 사는 사람이죠."

마플 양이 말했다.

"헤이스팅스."

카스페르 씨가 뜬금없이 말하더니 환하게 웃었다.

"저는 헤이스팅스에 가 봤습니다……. 이스트번에도 가 봤습니다. 아주 멋있어요……. 해변이요."

그는 다시 환하게 웃었다.

"정말 우연이네요. 이렇게 빨리 다시 만나다니……. 세상 참 좁죠?"

"오, 뭐, 우리 모두 다들 정원을 아주 좋아하는 모양이네요."

쿡 양이 애매하게 대꾸했다.

"꽃은 아주 예뻐요. 저는 아주 많이 좋아합니다……."

카스페르 씨는 이렇게 말하며 다시 환하게 미소를 지었다.

"우리 동네엔 희귀하고 아름다운 관목들이 아주 많지요."

쿡 양이 말했다.

마플 양은 전문 용어를 써 가며 정원 이야기를 정신없이 쏟아놓았고 쿡 양은 그에 적절히 대꾸했다. 배로 양은 이따금씩 한마디를 던졌으며 카스페르 씨는 미소만 띤 채 침묵했다.

마플 양은 언제나 그렇듯 저녁 식사 전에 휴식을 취하며 낮에 얻은 정보를 곰곰이 곱씹어 보았다. 쿡 양은 세인트 메리 미드에 있었다는 사실을 인정했다. 또한 마플 양의 집 앞을 지나갔다는 사실을 인정했다. 우연이라는 것도 인정했다. 우연? 마플 양은 어린아이가 맛을 알아내기 위해 사탕을 입 안에서 가만히 굴리듯 그 단어를 가만히 입 안에서 굴려 보며 생각에 잠겼다. 그게 우연이었을까? 아니면 어떤 목적이 있어 그곳에 왔던 것일까? 누군가 그녀를 그곳으로 보낸 걸까? 그곳으로 보내다니…… 무슨 이유로? 너무 과민한 생각일까?

"우연이라는 건 언제나 주목할 만한 가치가 있지. 그저 우연일 뿐이라면 나중에 제외할 수 있어."

마플 양은 혼잣말로 중얼거렸다.

쿡 양과 배로 양은 본인들 말에 의하면 매년 여행을 함께하는 지극히 정상적인 친구 사이 같았다. 둘은 작년에는 그리스로 유람선 여행을 다녀왔고, 재작년에는 네덜란드로, 그 전해에는 북아일랜드로 여행을 갔다 왔다. 둘 다 아주 상냥하고 평범한 사람 같았다. 하지만 쿡 양은 한순간 세인트 메리 미드에 갔던 걸 부인하려 했던 것 같다는 생각이 들었다. 쿡 양은 마치 무슨 말을 해야 할지에 대한 지시를 바라는 듯 친구인 배로 양을 보았더랬다. 배로 양이 마치 자신의 상관인 양…….

'아무렴, 생각이야 마음껏 해 볼 수 있지. 어쩌면 별것 아닐 수도 있어.'

마플 양은 생각했다.

순간 그녀의 머릿속에 '위험'이라는 단어가 갑자기 떠올랐다. 라피엘 씨가 처음으로 보낸 편지에도 쓰여 있었다……. 또 그는 두 번째 편지에서 그녀에게 수호천사가 필요할 거라고도 했다. 그녀가 이번 임무를 수행하면서 위험에 처하게 될 거란 뜻인가? 왜? 누구로 인해?

분명히 쿡 양과 배로 양으로 인해 위험에 처하게 되진 않을 것이었다. 너무나도 평범해 보이는 1쌍이 아닌가.

하지만 쿡 양은 머리카락을 염색하고 헤어스타일을 바꿨다. 가능한 한 겉모습을 바꾸려고 한 거였다. 그건 아무리 생각해도 이상했다! 마플 양은 다시 한번 앞서의 일행들에 대해 생각해 보았다.

카스페르 씨가 갑자기 더 위험한 인물 같아 보였다. 보기보다 영어에 능숙한 건 아닐까? 그녀는 카스페르 씨를 의심하기 시작했다.

마플 양은 외국인에 대한 빅토리아 시대 사람의 시각을 완전히 버릴 수가 없었다. 외국인들이란 알 수 없는 존재였다. 아주 불합리한 편견이긴 했다. 그녀에게도 외국 친구들이 많았다. 그래도 어쩌면……? 쿡 양, 배로 양, 카스페르 씨, 정신 사나운 머리카락을 한 그 젊은이, 에믈린 뭐라던 혁명……. 아니 무정부주의자? 버틀러 부부……. 너무나도 상냥한 미국인 부부……. 하지만 어쩌면…… 본심이라기에는 너무 착하고 상냥한 걸까?

"이런. 정신을 차려야지."

마플 양은 여행 스케줄에 다시 관심을 돌렸다. 내일은 다소 힘든 일정이 될 것 같았다. 아침에 좀 일찍 버스로 출발해 관광하고, 오후에는 해변가를 따라 한참을 걸어야 했다. 해변가의 아름다운 꽃들을 보는 것도 흥미롭긴 하겠지만…… 분명 피로할 터였다. 가이드는 융통성 있는 제안을 했다. 쉬고 싶은 사람은 골든 보어 호텔 뒤편의 아주 아름다운 정원을 둘러보거나, 호텔에서 1시간밖에 걸리지 않는 근처 명승지로 간단하게 소풍을 다녀와도 좋다고 했다. 마플 양은 그러는 편이 좋겠다고 생각했다.

이때까지만 해도 그녀는 계획이 갑자기 변경될 줄은 꿈에도 몰랐다.

II

다음 날, 점심 식사를 하기 전에 손을 씻은 후 호텔방에서 내려오던 마플 양 앞에, 트위드재킷과 스커트를 입은 한 여자가 초조한 모습으로 다가와 말을 걸었다.

"실례지만 마플 양……. 제인 마플 양이세요?"

"예, 그런데요."

마플 양은 살짝 놀란 표정으로 대꾸했다.

"저는 글린 부인이에요. 러비니아 글린요. 두 여동생과 함께 이 근처에 사는데, 마플 양께서 오신다는 이야기를 듣고……."

"내가 온다는 이야기를 들었다고요?"

마플 양은 적잖이 놀란 표정으로 되물었다.

"예. 저희 자매의 오랜 친구가 편지를 보내왔어요……. 오, 꽤 오래전이었답니다. 한 3주 전이었는데, 이 날짜를 꼭 기억해 두라는 내용이었죠. 저택과 정원 여행 날짜요. 그분의 오랜 친구가…… 아니 친척이었나? 그 여행에 참가한다면서요."

마플 양은 놀란 표정을 지우지 못했다.

글린 부인이 말했다.

"그 친구의 이름은 라피엘 씨랍니다."

"오! 라피엘 씨. 부인께서는……. 라피엘 씨가……."

"그분이 돌아가신 걸 아냐고요? 예. 너무 슬픈 일이죠. 그분 편지를 받은 후에야 알았어요. 아무래도 저희에게 편지를 쓰고 바로 돌아가신 것 같아요. 하지만 그 마지막 부탁은 꼭 들어 드려야 할 것 같아서. 마플 양을 이틀 정도 저희 집에서 모시는 게 어떠냐고 하셨더랬죠. 이곳 여행은 좀 힘들잖아요. 젊은 사람들이야 괜찮지만 나이 든 사람에게는 힘에 부치죠. 몇 킬로미터씩이나 걷고 높은 벼랑도 올라야 하니까요. 제 여동생들과 저는 마플 양께서 집으로 와 주신다면 정말 기쁠 거예요. 이 호텔에서 걸어서 10분밖에 안 걸리는 데다, 이 동네의 재미있는 것들도 많이 보여 드릴 수 있어요."

마플 양은 잠시 망설였다. 그녀는 포동포동하며 온화하고 약간 수줍은 듯하지만 상냥한 글린 부인이 마음에 들었다. 게다가…… 이건 라피엘 씨의 지시가 분명했다……. 그녀가 밟아야 할 다음 단계일 터였다. 그래, 틀림없었다.

하지만 왠지 모르게 불안했다. 어쩌면 일행들과 친해져서, 비록 안 지 사흘밖에 되지 않았지만 그룹의 일원이 된 듯한 느낌이었기 때문인 모양이었다.

그녀는 가만히 서서 초조하게 자신을 바라보고 있는 글린 부인을 향해 고개를 돌렸다.

"고마워요……. 정말 친절한 제안이시네요. 기쁘게 받아들일게요."

세 자매

마플 양은 창밖을 내다보며 서 있었다. 뒤쪽의 침대 위에는 여행 가방이 놓여 있었다. 그녀는 멍하니 정원을 내다보았다. 정원을 바라볼 때 그녀가 느끼는 감정은 감탄에 차거나 못마땅해하거나 둘 중의 하나였다. 이번 경우에는 못마땅했다. 황폐한 정원, 수년 동안 돈을 전혀 투자하지 않았으며 아무런 손질도 하지 않은 정원이었다. 집 또한 마찬가지였다. 집 자체는 균형이 잘 잡혀 있으며 가구 또한 한때는 훌륭한 것이었겠지만, 최근 제대로 관리를 하거나 닦지 않은 모양이었다. 최소한 몇 년간은 어떤 식으로든 합당한 대접을 받지 못한 집이라고 그녀는 생각했다. 올드 매너 하우스라는 이름과 걸맞는 모양새였다. 우아함과 어느 정도의 아름다움을 갖춘 이 집은 한때 가족들의 세심한 관리를 받았을 것이었다. 딸들과 아들들이 결혼해 떠난 지금 이 집엔 현재 글린 부인 자매들이 살고 있었다. 마플 양에게 침실을 안내해 주며 글린 부인이 해 준 말에 따르면 여긴 돌아가신 그녀의 삼촌이 글린 부인 자매에게 물려준 집이며 글린 부인은 남편이 세상을 뜬 후에 이곳에 와 함께 살게 되었다고 한다. 세 자매는 점점 나이가 들어 갔고 수입은 점차 줄어들었으며, 일자리를 구하기는 더 힘들어졌다.

글린 부인의 언니와 여동생인 브래드버리스콧 자매는 결혼을 하지 않은 모양이었다.

이 집에는 아이들용 물건은 아무것도 보이지 않았다. 바닥에 굴러다니는 공도, 유모차도, 작은 의자나 탁자도 없었다. 이 집에는 세 자매뿐이었다.

"아주 러시아적이네."

마플 양은 혼잣말로 중얼거렸다. '세 자매'라. 체호프였나? 아니면 도스토옙스키? 기억이 나질 않았다. 세 자매. 하지만 이 세 자매는 모스크바에 가길 열망하던 세 자매는 아닐 터였다. 이 세 자매는 아마도, 아니 거의 확실하게, 자신들이 있는 이곳에 만족할 사람들이었다. 마플 양은 이 집에 들어서는 자신을 맞이하러 주방에서 나온 한 사람과 계단에서 내려온 또 한 사람과 인사를 나누었다. 훌륭한 교육을 받은 듯 둘 다 태도가 우아했다. 지금은 폐어가 되어 버렸지만 마플 양이 젊었을 때라면 '레이디'라고 불릴 만한 사람들이었다······. 예전에 '지독한 귀부인'이라는 말을 썼던 일이 기억이 났다. 그때 그녀의 아버지는 이렇게 말했다.

"아니란다, 제인. 지독한 게 아니야. 궁핍한 귀부인이지."

요즘의 귀부인들은 그리 궁핍하게 살 일이 없었다. 정부나 사회단체, 또는 부유한 친척의 도움을 받으니까. 혹은 라피엘 씨 같은 사람에게라도. 결국 그녀가 이 집에 온 것도 그 이유가 아니겠는가? 라피엘 씨가 준비해 둔 것이었다. 그가 해 둔 만반의 준비. 그는 어쩌면 한 사오 주 전쯤부터 자신의 죽음을 예견하고 있었을지도 몰랐다. 시한부 인생을 사는 환자들은 예기치 않게 끈질기게 오래 살아남는 경우가 많다는 걸 경험한 의사들의 긍정적인 의견을 적절히 가감하면 더욱 그렇다. 반면에 환자들을 담당하는 간호사들은 다음 날이면 죽을 거라고 예상한 환자가 죽지 않을 경우 오히려 놀라는 경우가 많다는 걸 마플 양은 경험에 비추어 알았다. 하지만 그 비관적인 의견을 의사에게 말하면, 의사는 문을 열고 나가며 이렇게 대꾸할 것이다. "아직 이삼 주는 더 견딜 수 있을 거야."

간호사는 그건 너무 낙관적이라고, 의사가 틀렸다고 생각할 것이다. 하지만 의사는 웬만해서는 틀리지 않는다. 의사는 무기력하고 고통에 시달리며 불구에 불행하기까지 한 사람들도 살기를 원한다는 걸 알고 있다. 환자들은 하룻밤을 무사히 넘기기 위해 약을 먹겠지만, 아무도 모르는 저세상으로 가기 위해 정량 이상을 먹지는 않는다!

라피엘 씨. 그녀가 멍한 눈으로 정원을 바라보며 생각하고 있던 것은 바로 라피엘 씨였다. 라피엘 씨? 이제는 그녀에게 주어진 임무를 좀 더 이해할 수 있을 것 같았다. 라피엘 씨는 계획을 꾸민 사람이었다. 사업적 협상을 준비하듯 계획을 세웠다. 그녀의 하녀 체리의 표현을 빌리자면, 그에게는 고민거리가 있었던 것이다. 체리는 고민거리가 있을 때면, 간혹 마플 양에게 상담을 하곤 했다.

이번 임무는 라피엘 씨가 혼자서 해결할 수 없었던 고민거리, 그를 아주 많이 괴롭히던 고민거리였을 거였다. 그는 웬만하면 무엇이든 혼자서 해결하려고 고집을 부렸기 때문이었다. 하지만 그는 몸져누워 있었고 죽어 가고 있었다. 평소처럼 사업상의 동료나 변호사 및 직원들, 친구와 가족들과는 이야기를 나눌 수 있었겠지만, 그가 만날 수 없었던 누군가와 할 수 없었던 무언가가 있었던 거였다. 그가 해결하지 못한 고민거리, 해결하길 원했고, 아직도 해결하길 원하는 고민거리. 그리고 그 고민거리는 단순히 돈이나 협상, 변호사로 해결되는 게 아닐 것이었다.

"그래서 날 생각해 낸 거로군."

마플 양은 중얼거렸다.

그래도 여전히 놀라운 일이었다. 아주 놀라웠다. 하지만 이제 생각해 보니 그의 편지는 아주 솔직했다. 그는 마플 양이 이번 임무에 적격이라고 생각한 거였다. 그 임무란 범죄의 본성, 또는 범죄와 연관이 있는 무언가일 거라고 그녀는 다시 한번 생각했다. 그가 마플 양에 대해 알고 있는 다른 한 가지는 그녀가 정원에 헌신적이라는 것뿐이었다. 하지만 그가 해결하길 원했던 고민거리가 정원 문제일 리는 없었다. 아마도 그는 범죄와 관련하여 마플 양을 떠올렸을 것이었다. 서인도 제도에서의 범죄와 마플 양이 사는 동네에서 일어난 범죄들.

범죄……. 어디서 일어난 범죄?

라피엘 씨는 준비를 해 두었다. 그 준비는 먼저 변호사들부터가 시작이었다. 변호사들은 주어진 역할을 수행했다. 적당한 시간이 흐른 뒤 그들은 마플 양에게 라피엘 씨의 편지를 전했다. 그녀는 신중하고 용의주도한 편지라고 생각했다. 물론 더 간단하게 그녀가 해 주길 바라는 일이 무엇이고, 왜 그러기를 원하는지 정확히 썼을 수도 있었다. 그가 죽기 전에 그녀를 부르지 않았다는 게, 자신이 죽어 간다는 점을 강조하며 다소 독단적으로 그녀가 부탁을 들어줄 때까지 강요하지 않았다는 게 이상했다. 하지만 그렇게 했더라면 라피엘 씨답지 않았으리라. 그러면 충분히 사람들에게 강요할 수 있지만, 이번 일은 강요할 만한 일이 아니며, 마플 양에게 호소를 하고 애원하거나 강요하고 싶지도 않았을 거라는 확신이 들었다. 분명했다. 그것 또한 라피엘 씨답지 않은 일이었다. 그는 아마도 평생 그래 왔듯이, 원하는 것에 대한 대가를 치르길 원했을 것이었다. 그는 그녀에게 대가를 지불하기를 바랐으며, 따라서 특정한 임무를 부과해 흥미를 끌고자 한 것이었다. 제시한 돈은 그녀를 유혹하기 위한 것이 아니라 흥미를 유발하기 위한 것이었다. 그리고 실제로 그 돈이 그녀의 관심을 끌었다. 마플 양도 아주 잘 알고 있듯 그 돈이 꽤 큰 액수이긴 했지만 돈이 그리 궁하지는 않았다. 그렇기 때문에 라피엘 씨가 자신에 대해 "상당한 돈을 쥐여 주면 당장 뛰어들겠지."라고 생각하지는 않았을 거라 판단했다. 그녀에게는 집을 수리해야 한다거나 특별히 누군가를 만나러 멀리 떠나야 해서 돈이 필요할 때면 언제나 선뜻 돈을 내주는 사랑스러운 조카 레이먼드가 있었다. 그래. 그가 제시한 돈은 호기심을 불러일으키기 위한 것이었다. 아이리시 스윕 티켓을 손에 넣었을 때와 같은 호기심을. 운을 제외한 다른 수단으로는 절대 손에 넣을 수 없는 꽤 큰 액수였다.

하지만 그래도 이번 일에는 노력뿐 아니라 약간의 운도 필요할 것이며, 많은 숙고가 필요할 것이며, 어느 정도의 위험도 내포되어 있을 수 있다고 마플 양은 생각했다. 하지만 이번 임무가 어떤 것인지, 어쩌면 그가 그녀에게 부담을 주지 않으려고 말을 삼간 것이 무엇인지 스스로 알아내야 했다. 자신의 견해를 끼워 넣지 않고 무언가를 이야기하기란 어려운 일이다. 라피엘 씨는 자신의 견해가 틀렸을지도 모른다는 생각을 했을 수도 있었다. 그런 생각을 한다는 건 그답지 않았지만, 가능한 일이었다. 어쩌면 자신의 판단력이 병 때문에 예전 같지 않다고 생각했는지도 몰랐다. 따라서 그녀가, 마플 양이, 그의 요원이, 그의 직원이 스스로 생각하고 나름의 결론을 내리길 바랐는지도 몰랐다. 자, 이제 그녀가 몇 가지 결론을 내릴 때였다. 다시 말해, 옛날의 질문으로 돌아가자. 이게 도대체 무슨 일이란 말인가?

그녀는 지시를 받았다. 마플 양은 그 부분을 먼저 살펴보기로 했다. 그녀는 이제는 죽은 한 남자의 지시를 받았다. 그의 지시를 받아 세인트 메리 미드를 떠나왔다. 따라서 이번 임무가 어떤 것이든 그곳과는 아무런 연관이 없는 게 분명했다. 이웃 동네의 일도 아니었으며, 신문 기사를 보거나 질문을 한다고 해서, 즉 어떤 질문을 해야 하는지 알아낼 때까지는 그런다고 해서 해결될 일이 아니었다. 그녀는 처음에는 변호사 사무실로 가라는 지시를 받았으며, 그다음에는 편지 1통(2통)을 받았으며, 그 후에는 '대영제국의 유명 저택과 정원'이라는 즐겁고 만족스러운 여행에 참가했다. 그 여행에서 그녀는 다음 단계를 밟게 되었다. 현재 그녀가 있는 이 집이 바로 그 다음 단계였다. 클로틸드 브래드버리스콧 양과 글린 부인, 그리고 앤시아 브래드버리스콧 양이 사는 조슬린 세인트 메리의 올드 매너 하우스. 라피엘 씨가 미리 준비해 둔 것이었다. 죽기 몇 주 전에. 어쩌면 변호사들에게 지시를 내리고 여행사에 그녀의 이름으로 예약을 한 다음 준비해 둔 일일 거였다. 따라서 그녀는 어떤 목적으로 이 집에 있는 것이었다. 이틀 밤만 묵을 수도 있었고 더 길어질 수도 있었다. 그녀를 더 오래 머물게 할 무언가가 준비되어 있을 수도 있었고, 어쩌면 그녀가 더 오래 머물겠다고 부탁을 할 수도 있었다. 그러자 다시 그녀가 발을 딛고 서 있는 이 집에 생각이 미쳤다.

글린 부인과 두 자매. 그들에게는 무슨 일인지는 몰라도 근심거리가 있는 게 분명했다. 그녀는 그것이 무엇인지 알아내야 했다. 시간이 없었다. 문제는 그뿐이었다. 마플 양은 단 한순간도 자신의 능력을 의심하지 않았다. 그녀는 수다스럽고 건망증이 있는 노부인이었으니 호기심에 이런저런 질문을 던져도 아무도 이상하게 생각하지 않을 터였다. 그녀가 자신의 어린 시절에 대해 이야기하면 그 자매들 중 1명도 어린 시절 이야기를 꺼낼 것이었다. 예전에 먹었던 음식이나 예전에 알던 하인, 딸들, 사촌들, 친척들, 여행, 결혼, 탄생 그리고……. 그래……. 죽음에 대해 이야기한다면……. 죽음에 대해 들었을 때 특별한 흥미는 절대 보이지 말아야 할 것이었다. 절대. 그녀는 자신이 자동적으로 "오, 이런. 정말 슬픈 일이네요!"라며 적절한 반응을 보일 수 있을 거라 확신했다. 그녀는 자매들의 인간관계와 사건, 인생 이야기들을 알아내서, 어느 사건이 무언가를 암시하지는 않는지 살펴봐야 했다. 어쩌면 이 세 자매와 직접적인 관련이 없이 이웃에서 일어난 사건일 수도 있었다. 하지만 이 자매들이 알고 있고 말할 수 있는, 어쩌면 분명히 말하게 될 무언가일 수도 있었다. 어쨌든 그 무언가가, 실마리가 이곳에 존재할 것이었다. 이틀 후까지 딱히 실마리를 발견하지 못하면 일행에 합류할 생각이기는 했다. 마플 양의 머릿속은 이 집과 버스, 버스 안에 앉아 있을 사람들을 오갔다. 그녀가 찾는 것이 그 버스 안에 있을 수도 있었으며, 그녀가 다시 여행에 합류할 때도 그곳에 있을 수 있었다. 누군가의 순결한(그리고 어떤 사람은 그리 순결하지는 않을 수도 있는) 과거사. 그녀는 무언가를 떠올리려 애쓰며 얼굴을 살짝 찌푸렸다. 무언가가 갑자기 머릿속을 스쳤다. 정말 그게 확실한데……. 뭐가 확실하다는 것일까?

  그녀의 생각은 다시 세 자매에게로 돌아갔다. 이곳에 너무 오래 있어서는 안 되었다. 이틀 밤을 지내기에 필요한 몇 가지 물건들, 저녁에 입을 옷가지와 잠옷, 세면도구를 꺼내 놓은 다음, 아래층으로 내려가 집주인들과 즐거운 이야기를 나눠야 했다. 한 가지 중요한 점을 결정해야 했다. 이 세 자매들이 그녀의 동지일까, 아니면 적일까? 어느 쪽에도 속할 수 있을 터였다. 그녀는 그 점을 신중하게 생각해야 했다.

방문을 두드리는 소리가 나더니 글린 부인이 안으로 들어섰다.

"이 방이 마음에 드셨으면 좋겠어요. 제가 짐 푸는 걸 도와 드릴까요? 집안일을 도와주는 아주 착한 여자가 있는데 아침에만 오죠. 하지만 마플 양 일이라면 그 여자가 뭐든 도와줄 거예요."

"고맙지만 괜찮아요. 그저 필요한 거 몇 가지만 꺼냈는걸요."

"마플 양께 아래층으로 내려오는 길을 다시 안내해 드려야 할 것 같아서요. 집 구조가 좀 산만해서요. 계단이 2개라 좀 헷갈리실 거예요. 가끔은 길을 잃는 사람들도 있어요."

"참 친절하시네요."

"그럼 아래층으로 함께 내려가셔서 점심 식사 전에 셰리주 한잔 할까요?"

마플 양은 그 제안을 기꺼이 받아들였고, 글린 부인의 안내를 받으며 아래층으로 내려갔다. 글린 부인은 겉보기보다 나이가 훨씬 적을 거라고 마플 양은 생각했다. 50살 정도? 그보다 많지는 않을 것 같았다. 마플 양은 조심조심 계단을 내려갔다. 왼쪽 무릎이 항상 불안불안했다. 하지만 계단 한쪽으로 난간이 있었다. 정말 아름다운 계단이었다. 마플 양은 그에 대해 한마디 했다.

"정말 아름다운 집이에요. 1700년대에 지어진 것 같은데 맞나요?"

"1780년에 지어졌어요."

글린 부인은 마플 양의 안목에 기분이 좋은 모양이었다. 그녀는 마플 양을 응접실로 안내했다. 응접실은 널따랗고 우아했다. 아름다운 가구도 한두 점 있었다. 앤 여왕 시대의 책상과 윌리엄 앤드 메리 스타일의 조개껍데기 모양을 한 책상. 또한 덩치만 커다란 빅토리아 시대의 긴 의자와 장식장들도 몇 개 있었다. 사라사 무명천으로 된 커튼은 낡고 닳았으며, 카펫은 아일랜드산일 거라고 마플 양은 생각했다. 혹은 아일랜드 오뷔송산이거나. 소파는 육중했으며 벨벳 천은 죄다 닳아 있었다. 다른 두 자매들은 이미 그 소파에 앉아 있었다. 둘은 마플 양이 들어오자 자리에서 일어나 다가오며, 1명은 셰리주 잔을 건넸고 다른 1명은 의자로 안내했다.

"좀 높은 의자가 더 좋으실까요? 대부분은 높은 의자를 더 좋아하긴 하던데요."

"나도 높은 걸 좋아해요. 훨씬 편하죠. 허리 때문에요."

자매들은 허리 문제에 대해 잘 아는 모양이었다. 자매 중 맏이는 검은색 곱슬머리를 한 키가 크고 잘생긴 여자였다. 막내는 언니들과는 꽤 나이 차가 나는 것 같았다. 앙상하게 마른 데다 회색 머리카락은 지저분하게 어깨 위로 늘어뜨렸으며 마치 유령 같은 모습이었다. 나이 든 오필리아 역에 딱이라고 마플 양은 생각했다.

맏이인 클로틸드는 절대 오필리아 같지는 않았지만 클리템네스트라(그리스 신화에 나오는 아가멤논 왕의 왕비로 남편을 암살했다 — 옮긴이)에는 딱 어울릴 거 같았다……. 클로틸드라면 욕조에 누워 있는 남편을 환희에 차 찌를 수 있을 법했다. 하지만 그녀는 결혼한 적이 없으므로 불가능한 일이었다. 마플 양은 그녀가 누군가를 살해한다면 그건 남편뿐일 거라는 생각이 들었지만…… 이 집에 아가멤논은 존재하지 않았다.

클로틸드 브래드버리스콧, 앤시아 브래드버리스콧, 러비니아 글린. 클로틸드는 잘생겼고 러비니아는 못생겼지만 기분 좋은 외모였고, 앤시아는 이따금씩 눈꺼풀을 실룩거렸다. 그녀는 커다란 회색 눈을 오른쪽에서 왼쪽으로 쭉 훑은 다음 이상하게도 느닷없이 어깨 뒤쪽을 흘끗 바라보곤 했다. 마치 누군가가 항상 자신을 지켜보는 것처럼. 마플 양은 이상하다고 생각했다. 그녀는 앤시아를 조금 의심해 보았다.

모두들 자리에 앉았고 이야기가 시작되었다. 글린 부인은 응접실을 나갔는데, 주방에 간 게 분명했다. 그녀가 집안일을 도맡아 하는 모양이었다. 이야기는 여느 때와 마찬가지로 흘러갔다. 클로틸드 브래드버리스콧은 이 집이 대대로 가족 소유였다고 설명했다. 처음에는 그녀의 종조부 소유였다가 작은 아버지가 물려받았으며, 작은 아버지가 돌아가시면서 그녀 및 두 자매에게 물려주었다고 했다.

"작은 아버지에게는 아들이 하나뿐이었는데 전쟁 중에 죽었어요. 그야말로 우리가 가문의 마지막 후손인 셈이죠. 먼 친척 몇 명 빼고는요."

"정말 근사한 집이에요. 동생 분 말이 1780년에 지어진 집이라던데요."

"예, 그럴 거예요. 이렇게 크고 복잡하지만 않았다면 좋았을 텐데."

"요즘에는 집 수리도 돈이 아주 많이 들죠?"

마플 양의 말에 클로틸드는 한숨을 쉬었다.

"정말 그래요. 그저 이렇게 무너지는 걸 보고 있을 수밖에요. 슬프지만 어쩔 수 없어요. 이 집에는 별채가 아주 많아요, 이를테면 온실요. 예전에는 참 아름다운 온실이었는데."

"그 안에는 사랑스러운 머스캣 포도나무도 있었어요."

앤시아가 끼어들었다.

"그리고 온실 안쪽 벽을 따라 온통 다 체리 파이가 심어져 있었고요. 예, 정말이지 너무 안타까워요. 물론 전쟁 중에는 정원사를 통 구할 수가 없었죠. 전에 아주 젊은 정원사가 1명 있었는데 전쟁 통에 소집되어 버렸어요. 그걸 탓할 수는 없지만, 그래도 그 때문에 아무것도 수리할 수가 없었던 통에 온실도 완전히 망가져 버렸어요."

"집 옆에 있는 작은 저장실도 마찬가지죠."

두 자매는 한숨을 쉬었다. 세월이 지났음을, 시대가 변했음을…… 하지만 좋은 방향으로 변하지는 않았음을 감지한 사람들의 한숨이었다.

이 집에는 우울한 기색이 감돈다고 마플 양은 생각했다. 어쩐 일인지 슬픈 기운……. 너무나도 깊이 배어 있어 떨쳐 낼 수 없는 슬픈 기운이 스며들어 있었다. 깊이 가라앉은 슬픈 기운이……. 마플 양은 갑자기 몸이 으스스 떨려 왔다.

폴리고넘 발드슈아니컴

식사는 전통적이었다. 양고기, 구운 감자에 작은 크림 단지와 함께 건포도 파이와 다소 맛없는 페이스트리가 곁들여 나왔다. 식당 벽에는 가족사진일 거라고 추측되는 사진 몇 개가 걸려 있었고 특별한 장점이라고는 없는 빅토리아 시대의 초상화가 몇 점 더 걸려 있었다. 찬장은 크고 육중했으며, 식탁은 자줏빛의 근사한 마호가니 였다. 커튼은 어두운 진홍색 다마스크 천이었으며, 커다란 마호가니 식탁에는 열 명이라도 너끈히 앉을 수 있었다.

마플 양은 여태껏 여행에서 있었던 일들을 이야기했다. 하지만 여행을 다닌 지는 고작 사흘밖에 되지 않은 터라 화젯거리가 많지 않았다.

"라피엘 씨께서는 마플 양의 오랜 친구라죠?"

세 자매 중 맏이가 물었다.

"그렇지는 않아요. 서인도 제도로 크루즈 여행을 갔을 때 처음 만난 걸요. 그분은 요양차 그곳에 왔었고요."

"예, 오랫동안 다리를 심하게 저셨어요."

앤시아가 맞장구를 쳤다.

"너무 슬픈 일이에요. 정말 너무 슬픈 일이죠. 나는 그분의 꿋꿋함을 아주 존경했답니다. 엄청난 일도 소화해 내셨죠. 매일 비서에게 이런저런 지시를 내리고 끊임없이 해외로 전보를 치셨어요. 자신이 환자라고 절대 자포자기하지 않으셨죠."

마플 양이 말했다.

"오, 그럼요. 그분이라면 절대 포기하지 않으셨을 거예요."

앤시아가 말했다.

"저희도 최근 몇 년 동안은 그분을 많이 뵙지 못했어요. 워낙 바쁘신 분이었잖아요. 하지만 친절하게도 크리스마스 때면 언제나 저희를 잊지 않고 챙겨 주셨죠."

글린 부인이 말했다.

"마플 양께서는 런던에 사세요?"

앤시아가 물었다.

"오, 아니에요. 나는 시골에 살아요. 루머스와 마켓 베이싱 중간쯤에 있는 아주 작은 마을이죠. 런던에서 40킬로미터쯤 떨어져 있어요. 아주 고풍스러운 마을이었지만 이제는 요즘 사람들 말마따나 발전하고 있죠."

그리고 마플 양은 이렇게 덧붙였다.

"라피엘 씨도 런던에 사셨겠죠? 생 오노레의 호텔 투숙객 명단에서 그분 주소가 이튼 스퀘어로 되어 있는 걸 본 것 같아요. 아니면 벨그레이브 스퀘어였던가요?"

"켄트에 시골 별장을 하나 가지고 계셨어요. 이따금씩 그곳에 내려가 대접을 하곤 하셨던 것 같아요. 대부분이 사업상 파트너들이거나 해외에서 온 손님들이죠. 저희는 그곳에 가 본 적이 없어요. 어쩌다 저희를 만날 때면 항상 런던으로 초대하셨거든요."

클로틸드가 말했다.

"라피엘 씨는 참 자상도 하시지. 여행 중에 나를 이리로 초대해 달라고 부탁해 두시다니요. 정말 배려심이 깊어요. 그렇게 바쁜 분이 이런 생각을 다 했을 줄 누가 알았겠어요."

마플 양이 말했다.

"전에도 여행에 참가한 그분 친구들을 집으로 초대한 적이 있어요. 전반적으로 잘 짜여진 일정이긴 하죠. 하지만 모든 사람들의 취향을 다 맞추는 건 불가능하잖아요. 젊은 사람들은 멀리 나가 멋진 경관을 보려고 언덕도 오르는 등 활동적인 걸 좋아하죠. 그리고 그걸 따라갈 수 없는 나이 드신 분들은 호텔에 남아 있지만, 여기 호텔은 전혀 쾌적하지가 않아요. 오늘 여행 일정도 그렇고 내일 일정에 포함된 세인트 보나벤투라도 그렇고 마플 양께는 많이 힘드실 거예요. 게다가 배를 타고 섬에도 간다는 것 같은데 그것도 아주 힘 듭니다."

"저택들을 둘러보는 것도 아주 힘든 일이에요."

글린 부인의 말에 마플 양이 맞장구를 쳤다.

"오, 그럼요. 계속 걸어야 하고 서 있어야 하니까요. 발이 몹시 아프죠. 이런 여행은 오지 말았어야 했는데, 아름다운 건축물들이며 근사한 방과 가구를 볼 수 있다는 데 혹했어요. 그리고 물론 훌륭한 그림들도요."

앤시아가 끼어들었다.

"그리고 정원도요. 마플 양께서는 정원을 좋아하시죠?"

"특히 정원을 좋아하죠. 여행 안내서를 보고 앞으로 방문하게 될 옛 저택들의 근사한 정원들을 손꼽아 기다리고 있답니다."

그녀는 세 자매를 둘러보며 환하게 미소를 지었다.

아주 기분 좋고, 아주 자연스러웠지만 왠지 모르게 긴장감이 느껴졌다. 뭔가 부자연스러웠다. 하지만 도대체 뭐가 부자연스럽다는 걸까? 대화는 상투적인 말만 늘어놓아 지극히 평범했다. 마플 양은 틀에 박힌 이야기만 했고 세 자매 또한 마찬가지였다.

세 자매, 마플 양은 다시 한번 그 말을 생각해 보았다. 왜 셋이라는 숫자는 불길한 느낌을 주는 걸까? 세 자매. 맥베스에 나오는 세 마녀. 뭐, 이 세 자매를 세 마녀에 비유하긴 힘들었다. 물론 마플 양은 언제나 마음 한구석으로 연극 연출가들이 세 마녀를 엉뚱하게 묘사했다는 생각을 가지고 있었다. 실제로 그녀가 본 한 연극은 아주 터무니없었다. 망토를 휘날리고 우스꽝스러운 고깔모자를 쓴 모양새가 마녀라기보다는 팬터마임 배우 같았다. 그 마녀들은 춤을 추고 펄쩍펄쩍 뛰었다. 마플 양은 이 셰익스피어의 연극을 보여 준 조카에게 이렇게 말했던 게 기억났다.

"있잖니, 레이먼드, 내가 이 연극을 만들었다면 저 세 마녀를 전혀 다르게 표현했을 거야. 나라면 세 명의 아주 평범한 노부인으로 설정할 텐데. 스코틀랜드의 노부인으로. 춤을 추거나 경박스럽게 뛰지도 않을 테고. 세 여자는 서로를 다소 음흉하게 쳐다보게 해서, 평범한 겉모습 이면에서 위험스러운 기운이 느껴지게 만들 거야."

마플 양은 마지막 한 입 남은 건포도 파이를 입에 넣고 맞은편에 앉은 앤시아를 건너다보았다. 평범하고, 단정치 못하며, 아주 멍한 표정에 약간 맹해 보이기까지 했다. 왜 앤시아를 불길한 여자라고 생각해야 한단 말인가?

'지나친 상상을 하고 있는 거야. 그래선 안 돼.'

마플 양은 스스로를 다잡았다.

그녀는 점심 식사를 마친 후 정원 산책을 나갔다. 안내를 맡은 사람은 앤시아였다. 마플 양은 정원을 거닐며 슬픈 기분에 빠져들었다. 이곳은 한때 뛰어나거나 대단하지는 않더라도 잘 정돈된 정원이었을 것이었다. 평범한 빅토리아풍의 정원에 필요한 요소는 갖추고 있었을 터였다. 관목과 월계수 덩굴, 깔끔하게 정돈된 잔디밭과 길이 있었을 것이었다.

6000제곱미터에 달하는 뒤뜰 채마밭은 지금 이곳에 살고 있는 세 자매에게는 너무 큰 게 분명했다. 채마밭 한쪽에는 아무것도 심어져 있지 않았으며 잡초만 무성했다. 웃자란 잡초들이 화단 대부분을 차지하고 있었다. 마플 양은 저도 모르게 손으로 무성한 잡초를 뽑아냈다.

앤시아의 긴 머리카락이 바람에 휘날렸고, 머리카락에 대충 걸려 있던 핀이 이따금씩 길이나 잔디밭 위로 떨어졌다.

그녀는 불쑥 말을 꺼냈다.

"마플 양 댁의 정원은 아주 멋있겠죠?"

"그래 봐야 아주 작은 정원인걸요."

둘은 풀이 무성한 길을 따라 걷다가 막다른 곳의 벽에 기대어 있는 작은 둔덕 앞에 멈춰 섰다.

"우리 온실이에요."

앤시아는 애처롭게 말했다.

"그렇군요. 이곳에서 아주 달콤한 포도도 키우셨다고요."

"포도가 세 종류나 됐었죠. 블랙 함부르크와 작은 백포도 종류였는데 아주 달콤해요. 그리고 마지막으로는 아름다운 머스캣 포도도 있었고요."

"그리고 헬리오트로프도 키우셨다고 하셨죠."

"체리 파이 말씀이시죠.(헬리오트로프는 관목 식물로 달콤한 꽃향기 때문에 '체리 파이'라고도 불린다 — 옮긴이)"

앤시아가 말했다.

"아, 예. 체리 파이. 정말 향이 근사하죠. 이 근처에도 폭탄이 떨어졌었나요? 폭탄 때문에 온실이…… 무너져 내린 건가요?"

"아니에요. 그런 일은 없었어요. 이 동네에는 폭탄이 떨어진 적이 없어요. 그냥 오래되다 보니 무너져 내린 것 같아요. 아주 오랫동안 여긴 와 보지도 않았고 수리하거나 새로 지을 돈도 없었거든요. 그리고 사실 그렇게 한다고 해도 우리가 유지할 수가 없으니까 쓸모없는 일이죠. 그냥 무너지게 내버려 둘 수밖에 없었어요. 우리가 할 수 있는 건 아무것도 없었어요. 그리고 이제는 풀로 다 뒤덮였죠."

"아, 저기 온통 뒤덮고 있는 덩굴이…… 꽃망울이 진 저게 뭐죠?"

"오, 예. 아주 흔한 꽃이에요. 프 뭔데, 이름이 뭐더라?"

앤시아는 어정쩡하게 말을 이었다.

"폴리 뭐였던 것 같아요. 그런 이름이었던 것 같아요."

"오, 예. 이제야 알 것 같네요. 폴리고넘 발드슈아니컴이죠. 아주 빨리 자라죠? 건물이 낡았거나 보기 흉한 걸 감추고 싶을 때 아주 유용한 식물이죠."

그녀의 앞에 놓인 흙무더기는 초록색과 흰색의 꽃으로 빽빽하게 뒤덮여 있었다. 그 식물은 다른 것들은 아예 자라지도 못하게 만든다는 것을 마플 양은 잘 알고 있었다. 폴리고넘은 모든 것을, 그것도 놀라울 정도로 짧은 시간 내에 뒤덮는다.

"온실이 무척 컸나 봐요."

마플 양이 말했다.

"오, 예……. 복숭아도 키웠는걸요……. 그리고 승도복숭아도요."

앤시아는 괴로운 표정이었다.

"지금은 아주 예쁘네요. 하얀 꽃이 정말 작고 예뻐요, 안 그래요?"

마플 양이 위로하듯 말했다.

"이 길 아래쪽으로 내려가면 왼쪽에 근사한 목련이 있어요. 한때는 여기에 멋진 울타리가…… 관목 울타리가 있었어요. 하지만 그것 또한 제대로 유지할 수가 없었어요. 너무 힘들어요. 모든 게 너무 힘들어요. 모든 게 예전과 달라요……. 다 엉망이에요……. 모든 게 다."

앤시아는 재빨리 측벽으로 이어진 오른쪽 길로 앞장서 갔다. 그녀의 발걸음은 점점 빨라졌다. 마플 양은 그녀를 따라잡을 수가 없었다. 일부러 폴리고넘 언덕을 피하는 것 같다는 생각이 들었다. 추하고 불쾌한 장소를 피하는 것처럼. 스러진 과거의 영광이 창피했던 걸까? 폴리고넘은 분명 마구잡이로 자라고 있었다. 다듬거나 정리하지도 않은 상태였다. 일부러 내버려 둔 정원처럼 꽃이 무성했다.

마플 양은 앤시아의 뒤를 따르며 그녀가 마치 그곳에서 도망치려는 것 같다고 생각했다. 이제 그녀의 관심은 장미 덩굴이 주위를 둘러싼 무너진 돼지우리로 옮겨 갔다.

"종조부께서 돼지를 몇 마리 키우셨어요. 하지만 요즘 세상에 돼지를 키우는 사람은 없겠죠? 좀 지저분하잖아요. 집 옆에도 플로리번다(장미의 일종 — 옮긴이)를 키우고 있어요. 전 플로리번다를 키우는 게 훨씬 좋다고 생각해요."

앤시아가 설명했다.

"그렇죠."

마플 양은 최근에 새로 나온 장미 품종들을 몇 가지 언급했다. 하지만 앤시아는 전부 처음 듣는 모양이었다.

"이런 여행을 자주 다니세요?"

느닷없는 질문이었다.

"저택과 정원 여행 말인가요?"

"예. 매년 다니는 사람들도 있더라고요."

"난 그렇게는 못 해요. 좀 비싸잖아요. 아주 상냥한 친구 1명이 생일 선물이라며 이번 여행을 보내 줬어요. 친절하기도 하죠."

"전 궁금했어요. 마플 양이 왜 오셨는지가요. 그러니까…… 좀 힘든 여행이잖아요, 안 그래요? 하지만 주로 서인도 제도나 그런 곳을 다니시면……."

"서인도 제도에 간 것도 친절함 덕분이었어요. 그때는 조카가 준 선물이었죠. 착한 애예요. 늙은 고모를 어찌나 깊이 생각해 주는지."

"그렇군요. 예, 알겠어요."

"정말이지 젊은 사람들이 없으면 어쨌을지 모르겠어요. 젊은 사람들은 참 상냥하잖아요, 안 그래요?"

"그…… 그런 것 같아요. 저는 잘 모르겠어요. 저는…… 우리에겐…… 아이가 없으니까요."

"언니인 글린 부인에게 아이가 있나요? 글린 부인은 아무 말 하지 않던데. 그런 질문은 하기가 그렇잖아요."

"없어요. 언니 부부에게는 아이가 없었어요. 하지만 차라리 잘된 건지도 몰라요."

'그게 무슨 뜻일까?'

마플 양은 집으로 발걸음을 옮기며 생각에 잠겼다.

"오! 사랑스러워라, 오! 아름다워라, 지나간 날들."

I

다음 날 아침 8시 30분이 되자 경쾌하게 문을 두드리는 소리가 들렸다. 마플 양이 "들어오세요."라고 답하자 문이 열리며 나이 지긋한 여자가 찻주전자와 컵, 우유 주전자, 빵과 버터가 담긴 쟁반을 들고 들어왔다. 그녀는 경쾌하게 말했다.
"아침 차예요. 정말 날씨가 좋죠? 벌써 커튼을 치셨네요. 지난밤에는 편안하게 주무셨어요?"
"아주 잘 잤어요."
마플 양은 읽고 있던 작은 성경책을 옆에다 내려놓으며 말했다.
"날이 아주 화창하답니다. 보나벤투라 섬에 가기 딱 좋은 날씨네요. 물론 마플 양께서는 가시지 않는 편이 좋겠지만요. 다리에 너무 무리가 갈 거예요."
"난 여기 오게 돼서 너무 좋아요. 나를 이렇게 초대해 주다니 브래드버리스콧 양과 글린 부인도 정말 친절하시죠."

"그분들에게도 잘된 일이에요. 집에 손님이 오시면 그래도 기운이 나실 테니까요. 아, 요즘에는 집 안이 너무 우울해요."

여자는 커튼을 끝까지 더 밀어젖히고, 의자를 뒤로 밀고서 도자기 대야에 뜨거운 물을 부었다.

"위층에 욕실이 있긴 하지만 나이 드신 분들은 계단 오르기가 힘드니 뜨거운 물을 방으로 가져오는 게 나아요."

"정말 고마워요, 이 집에 대해서는…… 잘 아시겠네요?"

"어릴 적부터 살았는걸요……. 그때는 하녀로 왔어요. 당시에는 이 집에 하인이 요리사에 하녀 둘, 이렇게 3명이 있었고 한때는 식모도 따로 뒀었어요. 그때가 대령님이 계실 때였죠. 그분은 말도 키웠고 마부도 따로 있었어요. 아, 그때가 좋았는데. 일이 이렇게 되다니 너무 슬퍼요. 대령님은 젊으실 적에 아내를 잃었어요. 아들은 전쟁 중에 전사했고 하나 있던 딸은 지구 반대편으로 가서 살았죠. 뉴질랜드 사람이랑 결혼을 했대요. 그런데 아이를 낳다가 죽었고 아이도 죽어 버렸어요. 처음에 대령님이 이 집을 조카딸인 클로틸드 양과 두 자매에게 물려줬을 때, 클로틸드 양과 앤시아 양이 여기 와서 살았고…… 후에 남편을 잃은 러비니아 양이 와서 함께 살게 됐어요……."

그녀는 한숨을 쉬며 고개를 절레절레 저었다.

"셋 다 이 집에는 통 신경을 쓰지 않아요. 감당할 돈이 없으니까요. 정원도 저렇게 내버려 두고요……."

"너무 안타깝네요."

"그리고 세 분 다 정말 참한 숙녀분들이세요. 앤시아 양은 좀 이상하긴 하지만 클로틸드 양은 대학까지 나온 데다 머리가 아주 좋으세요. 3개 국어를 하신다니까요. 그리고 글린 부인도 아주 훌륭한 숙녀분이시고요. 그분께서 이 집에 살러 오셨을 때는 상황이 좀 나아질지도 모른다고 생각했는데. 하지만 앞일을 누가 알겠어요? 가끔씩은 이 집에 저주가 내린 것 같은 느낌이 들어요."

마플 양은 무슨 말이냐고 묻는 듯한 표정을 지었다.

"계속해서 일이 터지니까 말이에요. 그 끔찍한 비행기 사고가 나서……. 스페인에서요. 전부 죽어 버렸죠. 비행기는 정말 끔찍한 물건이에요. 전 절대 비행기는 안 탈 거예요. 여하튼 그래서 클로틸드 양의 친구 부부가 모두 돌아가셨죠. 다행히 그 딸은 학교에 다니느라 사고를 피했고요. 클로틸드 양은 그 아이를 이곳으로 데려와서 함께 살며 뭐든 다 해 주셨어요. 이탈리아며 프랑스로 여행을 데리고 다니고 친딸처럼 대하셨죠. 정말 예쁜 아이였어요. 성품도 아주 착하고요. 그런데 그런 끔찍한 일이 일어날 줄 누가 알았겠어요."

"끔찍한 일이라뇨? 그게 뭔데요? 이 집에서 일어났나요?"

"아니에요, 감사하게도 여기서 일어나지는 않았어요. 물론 어떻게 보면 이곳에서 일어났다고 할 수도 있겠지만요. 그 아이가 그 청년을 만난 게 바로 이곳이었거든요. 그 청년은 이웃집에 묵고 있었고……. 세 숙녀분들이 아주 부자라는 그 청년 아버지와 아는 사이라, 이 집에 놀러 왔던 거예요. 그게 시작이었죠……."

"둘이 사랑에 빠졌나요?"

"예, 그 애는 청년을 보자마자 첫눈에 반해 버리고 말았어요. 아주 잘생긴 청년인데다 싹싹하고 이 집에도 자주 들르곤 했어요. 그런데 그럴 줄은……. 단 한순간도…….".

그녀는 말을 멈췄다.

"둘이 사랑에 빠졌는데 뭐가 잘못된 건가요? 그래서 그 아가씨가 자살을 한 거예요?"

노부인은 눈을 동그랗게 뜨고 마플 양을 뚫어져라 바라보았다.

"자살요? 누가 그러던가요? 살인이었어요, 아주 파렴치한 살인요. 목을 조르고 머리가 부스러지도록 때렸더라고요. 클로틸드 양이 신원을 확인하러 갔었는데……. 그 후로는 완전히 변하셨어요. 경찰이 그 애의 시신을 여기서 50킬로미터는 족히 떨어진 버려진 채석장 수풀 속에서 발견했대요. 게다가 그 청년이 처음 저지른 살인도 아니었다지 뭐예요. 다른 아가씨들까지 죽였대요. 그 애는 6개월 동안 행방불명이 돼서 경찰들이 온 사방을 다 뒤졌어요. 오! 정말 사악한 악마예요. 태어날 때부터 썩어 빠진 놈이었던 거예요. 요즘에는 본인의 의지로 그런 짓을 저지르는 게 아니라…… 머리가 어디가 잘못되어서 그런 짓을 저지르는 사람도 있고, 그런 사람은 책임이 없다고들 하더군요. 말도 안 되는 소리예요! 살인자는 살인자죠. 게다가 요즘에는 살인자들을 교수형 시키지도 않잖아요. 물론 저도 오랜 가문에는 종종 미치광이 기질이 유전된다는 건 알아요. 브래싱턴 너머 더웬트가(家)도 그랬어요. 2세대에 한두 명씩은 미치광이 짓을 하다가 죽었죠. 그리고 폴렛 부인도요. 다이아몬드 관을 머리에 쓰고 돌아다니면서 자기가 마리 앙투아네트라고 떠벌리고 다녔다니까요. 사람들이 입을 다물게 만들 때까지 계속. 하지만 폴렛 부인은 어디가 잘못된 건 아니었어요……. 그저 지능이 좀 떨어지는 것뿐이었죠. 하지만 그 청년은……. 예, 그 청년은 악마였어요."
"그 청년은 어떻게 됐나요?"
"그때는 교수형이 폐지됐던가……. 아니면 그 청년이 너무 어려서 교수형을 받지 않았던가. 지금은 잘 기억이 나질 않네요. 어쨌든 유죄 판결은 받았어요. 보스톨인지 브로드샌드인지……. '비읍' 자로 시작하는 감옥에 갔을 거예요."
"그 청년 이름이 뭐죠?"
"마이클……. 성은 기억이 안 나네요. 벌써 10년은 된 일이라…… 잊어버렸네요. 이탈리아 이름 같은…… 무슨 화가 이름 같았는데. 래플이던가……."
"마이클 라피엘?"
"맞아요! 그 청년 아버지가 워낙에 부자라 그 청년을 감옥에서 몰래 빼냈다는 소문도 돌았었어요. 은행 강도처럼 몰래 도망쳤다고요. 하지만 그건 그냥 소문일 거라고 생각해요."
그건 자살이 아니었던 것이다. 그건 살인이었다. "사랑!" 엘리자베스 템플은 그 아가씨가 죽은 이유를 이렇게 말했다. 어떻게 보면 그녀의 말이 맞았다. 한 아가씨가 살인자와 사랑에 빠졌고……. 그를 사랑했기 때문에 예기치 못하게 끔찍한 죽음을 맞았다.

마플 양은 살짝 몸서리를 쳤다. 어제 마을 중심가를 걷다가 본 신문 헤드라인이 떠올랐다.

엡섬 다운스의 살인 사건,
두 번째 여자의 시신이 발견되다.
용의자로 지목된 청년들 경찰에 소환.

이렇게 역사는 반복되는 것이다. 과거의 사건……. 추악한 사건이. 마플 양의 머릿속에 잊고 있던 시 구절이 떠올랐다.

장미처럼 순결하고, 열정적이고, 창백한 젊음
고요한 골짜기를 흐르는 노래하는 개울
동화 속에 나오는 요정 왕자
오, 그렇게 아름답고 연약한 것은 또 없어라
장미처럼 순결한 젊음

그 누가 젊음을 고통과 죽음으로부터 지켜 줄 수 있단 말인가? 스스로를 지키지 못하는, 지킬 수 없는 젊음을. 젊은이들은 너무 많은 것을 모르는 것일까? 아니면 너무 많은 것을 아는 것일까? 그래서 자신들이 모든 걸 안다고 생각하는 것일까?

II

그날 아침, 마플 양이 계단을 내려왔을 때는 예상보다 일찍이었는지 집주인들의 기척이 없었다. 그녀는 현관문을 열고 나가 다시 한번 정원을 거닐었다. 이 정원이 좋아서가 아니었다. 그녀가 알아채야 할 무언가, 영감을 줄 무언가, 혹은 이미 영감을 주었지만…… 뭐, 솔직히 말해 미처 인식하지 못한 무언가가 이곳에 있을 거라는 모호한 느낌 때문이었다. 그녀가 주목해야 할 무언가, 의미가 있는 무언가.

현재로서는 이 세 자매 중 누구도 만나고 싶지 않았다. 마플 양은 생각을 정리해 보고 싶었다. 재닛이 아침 일찍 차를 가져와 떠든 이야기를 통해 몇 가지 새로운 사실을 알게 되었다.

샛문이 열려 있었고, 그곳을 나서자 마을 거리가 나왔으며 교회의 뾰족한 첨탑이 있는 곳까지 작은 상점들이 죽 늘어서 있었다. 마플 양은 교회 묘지의 문을 밀고 들어가 무덤 사이를 거닐었다. 어떤 무덤은 꽤 오래전의 날짜가 적혀 있었고 어떤 무덤은 최근 날짜가 적혀 있었으며 벽 뒤편에 있는 무덤 한두 개는 묻은 지 얼마 안 된 모양이었다. 오래된 무덤 중에서는 특별히 흥미로운 점이 없었다. 마을 사람들이 주로 묻혀 있다 보니 겹치는 성도 있었다. 이 마을 출신 중 프린스가(家) 사람들이 꽤 많이 묻혀 있었다. 재스퍼 프린스, 깊은 애도를 표하며. 마저리 프린스, 에드거 프린스와 월터 프린스, 멜라니 프린스, 4살. 가계도. 하이럼 브로드……. 엘렌 제인 브로드, 엘리자 브로드, 61살.

그녀가 마지막 무덤에서 몸을 돌리는 순간, 느릿느릿한 걸음으로 무덤 사이를 거닐며 청소를 하는 한 노인의 모습이 눈에 들어왔다. 노인은 마플 양에게 고개를 숙이며 인사를 건넸다.

"안녕하세요. 날씨가 아주 좋네요."

마플 양이 말했다.

"곧 비가 올 겁니다."

아주 확신하는 듯한 말투로 노인이 말했다.

"여기 무덤에는 프린스가 사람들과 브로드가 사람들이 많이 묻혀 있는 것 같네요."

"아, 그럼요. 프린스가는 대대로 이 마을에 살았죠. 한때는 꽤 많은 땅을 소유하기도 했습니다. 브로드가도 이곳에 정착한 지 꽤 됐고요."

"여기 아이의 무덤이 있는 걸 봤어요. 어린아이의 무덤을 보니 너무 슬프네요."

"아, 어린 멜라니 말씀이시죠? 우린 그 아이를 멜리라고 불렀죠. 예, 아주 슬픈 일이었습니다. 차에 치였어요. 사탕 가게에 가려고 길을 건너다가 그만 차에 치이고 말았습니다. 요즘에는 차가 쌩쌩 달려서들 사고가 많아요."

"매 순간 이렇게 많은 사람들이 죽어 간다고 생각하니 슬프네요. 게다가 묘비의 비문을 보기 전까지는 그 사실을 모르고 있잖아요. 병, 노환, 차 사고, 때로는 더 끔찍하게 죽기도 하죠. 살해당하는 아가씨들도 있잖아요. 그러니까 범죄로요."

"아, 예. 그런 일들이 많죠. 하지만 대부분은 분별없는 아가씨들이에요. 요즘에는 엄마들이 딸들 교육을 제대로 시킬 시간이 없죠. 나가서 일하느라고 말입니다."

마플 양은 그의 비판에 어느 정도 수긍했지만, 요즘 세태에 대한 이야기를 나누느라 시간 낭비를 하고 싶진 않았다.

"올드 매너 하우스에 머물고 계시죠? 버스 여행을 하러 이곳에 오셨다죠? 하지만 힘에 부치실 겁니다. 버스만 타고 다니는 게 아니라 걷기도 해야 하니까요."

노인의 말에 마플 양은 솔직히 털어놓았다.

"좀 피곤하긴 하더라고요. 그런데 아주 친절한 제 친구 라피엘 씨께서 이곳에 있는 친구들에게 편지를 썼고, 그분들이 저를 집으로 초대해 주셨답니다."

나이 든 정원사는 라피엘이라는 이름에 아무런 반응도 없었다.

"글린 부인과 두 자매분께서 아주 친절하게 대해 주셨어요. 그분들은 이곳에 산 지 오래 되셨겠죠?"

"그렇게 오래 되지는 않았습니다. 한 20년 정도 됐을까요. 본래는 브래드버리스콧 대령님 소유였죠. 올드 매너 하우스 말입니다. 칠순 정도 되셨을 때 돌아가셨지요."

"그 대령님께는 자식이 없었나요?"

"아들 하나가 있었는데 전쟁 중에 죽었습니다. 그 때문에 그 집을 조카딸들에게 물려준 겁니다. 달리 물려줄 사람이 없어서요."

노인은 다시 무덤 사이를 거닐며 일을 했다.

마플 양은 교회 안으로 들어갔다. 빅토리아 시대에 복원한 흔적이 역력했으며, 창 또한 밝은 빅토리아 시대의 유리였다. 벽에 붙은 놋쇠 장식 한두 개와 현판들은 과거의 유산이었다.

마플 양은 딱딱하고 불편한 신도 좌석에 앉아 가만히 생각해 보았다.

지금 올바른 길로 가고 있는 걸까? 실마리를 잡긴 했지만……. 너무나도 모호했다.

한 아가씨가 살해당했다(사실은 서너 명의 아가씨들이 살해당했다)……. 용의 선상에 오른 젊은이들이(요즘 사람들 말로 '청년'들이) 경찰의 조사를 받았다. 흔한 패턴이었지만, 이번 일은 10년 아니 12년도 지난 과거의 일이었다. 이제는 알아낼 것도 해결해야 할 문제도 없었다. 이미 끝난 비극이었다.

그녀가 할 수 있는 일이 뭐가 있을까? 라피엘 씨는 그녀가 어쩌기를 바랐던 것일까?

엘리자베스 템플……. 엘리자베스 템플에게서 정보를 더 알아내야 할 것 같았다. 엘리자베스는 마이클 라피엘과 약혼한 아가씨에 대해 이야기했었다. 하지만 그게 정말일까? 올드 매너 하우스 사람들은 그에 대해서 모르는 눈치였다.

마플 양의 머릿속에는 좀 더 익숙한 버전이 떠올랐다. 그녀가 사는 마을에서는 비교적 흔한 이야기였다. 언제나 '한 청년이 한 아가씨를 만났는데'로 시작되어 늘 같은 방식으로 진행이 되고…….

마플 양은 혼잣말로 중얼거렸다.

"그런 다음 아가씨가 임신한 사실을 알게 되지. 그리고 청년에게 결혼하고 싶다고 말하는 거야. 하지만 청년은 결혼을 원치 않지……. 청년은 아가씨와 결혼할 마음은 조금도 없었던 거야. 이런 상황이 청년에게는 난처했을 수도 있어. 어쩌면 청년의 아버지가 아주 완고한 분이셨을지도 몰라. 아가씨의 가족들은 청년에게 '옳은 일을 하라.'고 압박을 가할 테고. 그리고 이제 청년은 그 아가씨가 지긋지긋해졌지. 어쩌면 이미 다른 아가씨를 만나고 있었던 건지도 모르겠군. 그래서 간단하고 잔인한 방법을 택하는 거지. 아가씨를 목 졸라 죽이고 신분을 숨기기 위해 머리를 때려 짓이겨 놓았어. 청년의 전과……. 잔인하고 야비한 범죄 전과와도 딱 맞아 떨어지지. 과거를 망각하고 또다시 일을 저지른 거야."

마플 양은 자신이 앉아 있는 교회 안을 둘러보았다. 너무나도 평화로워 보였다. 악마의 존재 같은 건 믿기가 힘들었다. 악마를 단죄하는 능력……. 라파엘 씨는 그녀에게 그런 능력이 있다고 생각했다. 그녀는 자리에서 일어나 교회 바깥으로 걸어 나온 뒤, 가만히 서서 경내 묘지를 둘러보았다. 이 무덤들과 낡은 비문들 중에서 악마의 기운은 느껴지지 않았다. 어제 올드 매너 하우스에서 느꼈던 게 악마의 기운이었을까? 그 깊은 절망감, 그 어둡고 절망적인 슬픔. 앤시아 브래드버리스콧, 그녀의 눈은 누군가 항상 뒤에 서 있는 듯…… 그 존재를 두려워하는 듯 뒤를 흘끔거렸다.

그 세 자매들은 무언가를 알고 있었다. 하지만 그게 도대체 무엇이란 말인가?

엘리자베스 템플, 마플 양은 그녀를 다시 떠올렸다. 지금 현재 가파른 길을 올라 절벽 위에 서서 바다를 내려다보고 있을 일행들과 엘리자베스 템플의 모습을 그려 보았다.

내일 그녀가 여행에 다시 합류하면 엘리자베스 템플에게서 더 많은 이야기를 들을 수 있을 터였다.

III

마플 양은 올드 매너 하우스로 향했고, 이젠 지쳐 발걸음이 다소 느려졌다. 오늘 아침은 결국 아무런 소득도 없었다. 이제껏 올드 매너 하우스는 뚜렷한 실마리는 아무것도 주지 않았다. 재닛에게 과거의 비극적인 이야기를 듣긴 했지만 하녀들이란 원래 근사한 결혼식과 커다란 파티, 성공적인 수술 혹은 극적으로 살아나게 된 사고처럼 행복한 사건들과 마찬가지로 과거의 비극적인 사건들도 소중하게 기억하고 있는 법이었다.

정문에 가까이 다가가자 그 앞에 서 있는 두 여자가 보였다. 그중 하나가 문을 열고 나와 마플 양을 맞이했다. 글린 부인이었다.

"오, 거기 계셨군요. 걱정했어요. 산책 나가신 듯한데 혹시 너무 무리하시는 건 아닌가 싶어서요. 아래층으로 내려와서 나가시는 소리를 들었더라면 제가 같이 따라 나가 안내해 드렸을 텐데요. 물론 볼 게 그리 많진 않지만요."

"그냥 여기저기 어슬렁거렸을 뿐이에요. 교회랑 묘지요. 난 언제나 교회에 관심이 아주 많답니다. 가끔씩은 아주 흥미로운 비문을 발견하기도 하죠. 그냥 그런 거예요. 비문들을 수집하거든요. 여기 교회는 빅토리아 시대 때 복구한 모양이에요?"

"예, 새로 들여놓은 신도 좌석은 좀 보기 흉측해요. 질 좋은 나무이고 튼튼하지만 그리 예술적이진 않잖아요."

"복구한답시고 흥미로운 것들을 없애 버리지는 않았나 모르겠네요."

"아니요, 그렇지는 않을 거예요. 그렇게 오래된 교회도 아니니까요."

"하긴 현판이나 놋쇠 장식 같은 것도 별로 없더군요."

마플 양이 맞장구를 쳤다.

"교회 건축에 관심이 꽤 많으신가 봐요?"

"따로 공부를 하거나 그러진 않지만, 내가 사는 세인트 메리 미드에서는 모든 일들이 교회를 중심으로 돌아간답니다. 교회는 늘 그렇잖아요. 내가 젊었을 때도 그랬죠. 물론 요즘에야 좀 다르지만요. 부인은 어릴 적부터 이 동네에서 자랐나요?"

"그렇지는 않아요. 이곳에서 그리 멀지 않은 한 50킬로미터 정도 떨어진 곳에 살았어요. 리틀 허드슬리요. 제 아버지는 퇴직한 군인이셨어요. 포병대 소령이셨어요. 작은 아버지를 만나러 가끔 이 마을에 오기도 했죠. 물론 그전에는 종조부님을 뵈러 왔고요. 그러니 대답은 '아니요'예요. 전 이 곳에 산 지 얼마 안 됐어요. 언니랑 여동생은 삼촌이 돌아가신 후에 이리로 이사 왔지만, 당시에 저는 남편과 외국에 살고 있을 때라. 남편이 죽은 지는 사오 년밖에 안 됐어요."

"오, 그렇군요."

"둘 다 제가 이리로 와 함께 살길 바랐고, 정말로 최선의 선택이었던 것 같아요. 남편과 저는 오랫동안 인도에 살았어요. 남편이 죽을 당시에도 여전히 인도에 주둔 중이었고요. 요즘에는 어디에다 뿌리를 내리고 싶은 건지 마음을 결정하기가 너무 힘들어요."

"예, 정말 그래요. 나도 충분히 이해해요. 그리고 물론 가족들이 오래도록 살고 있던 이곳에 오니 뿌리를 내렸다는 기분이 들었겠죠."

"예. 예, 그런 기분이 들었어요. 물론 그전에도 언니와 여동생과는 항상 연락하고 지낸 데다 자주 만나기도 했어요. 하지만 앞일은 언제나 예측했던 것과 다르죠. 저는 런던 근처, 햄프턴 코트 근처에 작은 집을 하나 샀는데 대부분의 시간은 거기서 보내면서 이따금씩 런던 자선 단체의 일도 돕고 있어요."

"바쁘게 지내시는군요. 정말 현명한 방법이에요."

"최근 들어 이 집에서 더 많은 시간을 보냈어야 했나라는 생각이 들어요. 언니와 여동생이 좀 걱정돼서요."

"건강 말인가요? 하긴 나이가 들면 건강이 걱정되긴 하죠. 특히 몸이 약해지거나 병에 걸렸을 때 제대로 보살펴 줄 사람이 없다면 더 그래요. 류머티즘에 관절염 때문에 많이들 고생하잖아요. 욕실에서 넘어지거나 계단을 내려오다 사고나 나지 않을까 항상 걱정이 되죠. 그렇잖아요."

"클로틸드 언니는 언제나 건강했어요. 강하다고 해야 할 것 같네요. 하지만 앤시아는 가끔 걱정이 돼요. 애가 얼빠진 사람처럼 아주 멍하잖아요. 그리고 길을 잃고 헤매기도 해요……. 자기가 어디 있는지도 모르는 것 같아요."

"예, 걱정거리가 많다는 건 슬픈 일이에요. 요즘에는 걱정거리가 너무 많잖아요."

"앤시아에게 걱정거리가 많다고는 생각하지 않아요."

"어쩌면 세금이나 돈 문제로 고민하는 건 아닐까요?"

"아니요, 아니요, 그런 일로 그렇게 고민하진 않지만……. 오, 정원에 대해 굉장히 걱정하긴 해요. 그 애는 예전 정원의 모습을 기억하고 있는데, 그러니까…… 돈을 투자해서 다시 예전의 정원으로 돌려놓고 싶어 안달을 했어요. 물론 언니가 요즘에는 그럴 만한 돈이 없다고 타일렀죠. 그런데도 앤시아는 온실이며 예전에 거기서 키웠던 복숭아 이야기를 계속 해요. 포도며…… 그런 것들이요."

"건물 벽에 있는 체리 파이도요?"

마플 양은 앤시아가 한 말을 떠올리며 한마디했다.

"그런 걸 기억하고 계시다니 놀랍네요. 예, 예, 그것도 그래요. 참 매력적인 향을 내뿜죠, 헬리오트로프요. 체리 파이라니 정말 잘 어울리는 이름이에요. 그 이름은 잊어버릴 일이 없죠. 그리고 포도나무도 있었어요. 작고 이른 철에 나는 달콤한 포도요. 아, 과거 일을 너무 자세히 기억하는 것도 좋지 않은데."

"그리고 꽃으로 둘러싼 울타리도 있었겠죠."

마플 양이 한마디 거들었다.

"예. 예, 앤시아는 예전처럼 커다랗고 근사한 꽃 화단을 꾸미고 싶어 해요. 정말이지 현재로서는 불가능한 일인데 말이에요. 2주에 한 번씩 집에 와 잔디를 깎아 줄 마을 사람을 구하는 것도 힘들어요. 매년 다른 조경 업체를 고용해야 하죠. 그리고 앤시아는 팜파스 그래스(남아메리카의 대초원 팜파스에 나는 참억새 비슷한 풀 — 옮긴이)를 다시 심고 싶어 해요. 미세즈 심킨 패랭이 꽃도요. 흰색으로. 돌담 가장자리를 따라 죽 심고 싶대요. 그리고 온실 바로 바깥에 있었던 무화과나무 한 그루도 다시 심고 싶대요. 그 애는 이런 모든 것들을 다 기억하고 이야기한답니다."

"부인께서 많이 힘드시겠어요."

"뭐, 그렇죠. 말다툼이 끊이지 않으니까요. 물론 클로틸드 언니는 아주 확고하게 대처해요. 딱 잘라서 안 된다고 대꾸하고는 다시는 그런 말 듣고 싶지 않다고 하죠."

"그런 상황에 대처하기란 힘든 일이에요. 단호하고 강하게 나가야 할지, 어쩌면 조금은…… 조금은 사납게 굴어야 할지, 아니면 이뤄질 수 없는 희망을 조금이라도 더 갖게끔 이야기를 들어 주고 이해해 줘야 할지 결정하기가 힘들죠. 예, 힘들어요."

"저야 왔다 갔다 하면서 사는 터라 어려울 게 없죠. 머지않아 상황이 더 나아질 테고 그러면 뭔가 할 수 있을 거라고 이야기하기가 쉬워요. 그런데 일전에 제가 집에 왔는데 앤시아가 정원을 새롭게 단장하고 온실을 다시 세우겠다며 제일 비싼 조경 업체를 고용하려고 하지 뭐예요……. 온실에 다시 포도나무를 심는다 해도 앞으로 이삼 년 후에나 열매가 열릴 텐데 정말 바보 같은 짓이에요. 하여간 클로틸드 언니는 아무것도 모르고 있다가, 앤시아의 책상 위에 정원 새 단장 견적표가 있는 걸 발견하고 노발대발했어요. 얼마나 매몰차게 굴던지."

"정말 힘든 일이 많으시네요."

마플 양이 자주 사용하는 유용한 문구였다.

"참, 그리고 아무래도 난 내일 아침에 일찍 출발해야 할 것 같아요. 골든 보어에 물어보니 내일 아침에 일행들이 모인다나 봐요. 꽤 일찍 떠난다네요. 9시에요."

"오, 이런. 너무 고생하지 않으셨으면 좋겠어요."

"걱정 말아요. 아마 내일은……. 잠깐만, 어디였더라? 스털링 세인트 메리던가, 뭐 그런 곳에 갈 것 같으니까. 여기서 그리 멀지는 않은 곳인 모양이에요. 가는 길에 흥미로운 교회도 들르고 성도 들른다네요. 오후에는 그리 넓지는 않지만 아주 특별한 꽃이 있는 근사한 정원에도 가고요. 이 집에서 매우 편안하게 쉬어서 그런지 앞으로 여행은 문제없을 것 같네요. 이 집에서 쉬지 않고 벼랑길을 오르거나 했더라면 지금쯤 더 이상 여행할 엄두도 못 냈을 거예요."

"내일 기운 내서 여행하시려면 오늘 오후에는 푹 쉬셔야 해요."

집 안으로 향하며 글린 부인이 말했다.

"마플 양께서는 교회에 다녀오셨대."

글린 부인이 클로틸드에게 말했다.

"그 교회에는 볼거리가 별로 없을 텐데요. 빅토리아 시대의 스테인드글라스는 정말이지 끔찍하다고 생각해요. 돈을 들이지 않은 거죠. 아무래도 제 삼촌 또한 그 부분에 한몫하신 것 같아요. 삼촌께서는 그 조잡한 빨간색과 파란색을 무척 좋아하셨으니까요."

클로틸드가 말했다.

"아주 조잡해요. 볼 때마다 아주 천박하다는 생각이 들어요."

러비니아 글린이 맞장구를 쳤다.

마플 양은 점심 식사를 한 뒤 낮잠을 잤고, 거의 저녁 식사 시간이 다 되어서야 집주인들과 합류했다. 저녁 식사를 한 후에는 취침 시간이 될 때까지 이야기꽃을 피웠다. 마플 양은 추억(어린 시절의 추억, 가 봤던 곳들, 그녀가 갔던 여행들, 알고 지냈던 사람들) 이야기를 했다.

그녀는 패배감에 지쳐 잠자리에 들었다. 아무것도 알아내지 못했으며, 그건 아마도 알아낼 게 없었기 때문일 터였다. 물고기는 하나도 잡지 못한 낚시 여행……. 그건 어쩌면 물고기가 1마리도 없기 때문일 터였다. 아니면 적절한 미끼를 사용하지 못했기 때문일까?

사고

I

다음 날 아침, 마플 양이 여유 있게 짐을 쌀 수 있도록 배려하기 위해 7시 30분에 침실로 차가 대령되었다. 그녀가 막 작은 짐가방을 쌌을 때 다소 급한 듯한 노크 소리가 들리더니 클로틸드가 당황한 표정으로 들어왔다.

"오, 이런, 마플 양, 아래층에 한 청년이 찾아왔어요. 에믈린 프라이스라는군요. 마플 양과 함께 여행하던 일행이래요."

"그럼요, 기억해요. 예. 아주 젊은 사람이죠?"

"오, 예. 신세대 같아요. 풍성한 머리하며 옷차림이, 그런데 그 청년이……. 그러니까 나쁜 소식을 전하러 왔다네요. 이런 말씀드리게 되어 유감이지만 사고가 있었대요."

마플 양은 눈을 동그랗게 떴다.

"사고요? 그러니까…… 버스 사고요? 길에서 사고를 당했대요?

누가 다쳤대요?"

"아니요. 버스 사고가 아니에요. 버스에는 아무런 문제가 없어요. 어제 오후 여행을 하던 중에 사고가 났대요. 기억하실지 모르겠지만 어제 바람이 아주 강했잖아요, 물론 저는 바람과는 아무런 상관이 없다고 생각하지만 누군가 길에서 이탈한 모양이에요. 큰 길이 하나 있긴 하지만 다른 길로 가로질러 오르내릴 수도 있거든요. 두 길 다 보나벤투라 꼭대기에 있는 기념탑으로 이어져요……. 사람들이 다들 가는 곳이죠. 일행들이 서로 흩어져서 안내하는 사람이나 돌봐 주는 사람이 전혀 없었나 봐요, 있었어야 했는데. 사람들이 항상 발밑을 조심하는 것도 아니고 골짜기 옆 비탈길은 아주 가파르거든요. 언덕 경사면에서 돌인지 바위인지가 쏟아져 내려 그 아래 길을 가고 있던 사람을 덮쳐 떨어졌대요."

"오, 이런. 어떻게 그런 일이. 정말 끔찍한 일이네요. 그래서 다친 사람이 누구래요?"

"템플 양인지 텐더돈 양인지 하는 분이래요."

"엘리자베스 템플. 오, 이런. 이럴 수가. 그분과 이야기를 많이 나눴었는데. 버스에서 그분 옆자리에 앉았거든요. 은퇴한 학교 교장이신데 아주 유명한 분이세요."

"그럼요. 저도 그분을 아주 잘 알아요. 팰로필드라고 아주 유명한 학교 교장이셨어요. 그분이 이번 여행에 참가하신 줄은 전혀 몰랐어요. 제가 듣기로는 일이 년 전에 은퇴하셨고, 지금은 진보적인 성향의 젊은 교장이 부임했다고 하던데. 하지만 템플 양도 그렇게 나이가 많진 않으시잖아요, 한 육십 정도 되셨나, 거기다 아주 활동적이셔서 등산이나 산책 같은 것들을 아주 좋아하시고요. 정말이지 끔찍한 일이에요. 부상이 심하지 않으셨으면 좋겠는데요. 저도 아직 자세한 이야기는 듣지 못했어요."

마플 양은 여행 가방 뚜껑을 탁 닫으며 말했다.

"이제 여행 준비는 다 됐어요. 당장 내려가서 프라이스 씨를 만나 봐야겠어요."

클로틸드가 여행 가방을 들었다.

"제가 할게요. 이 정도는 쉽게 들 수 있어요. 저와 함께 내려가시죠, 계단 조심하시고요."

마플 양은 아래층으로 내려갔다. 에믈린 프라이스가 그녀를 기다리고 있었다. 그의 머리카락은 평소보다 더 중구난방으로 흐트러져 있었으며, 화려한 부츠에 짧은 가죽조끼, 밝디밝은 진녹색 바지 차림이었다.

그가 마플 양의 손을 잡으며 말했다.

"정말 끔찍한 일입니다. 제가 직접 와서…… 사고 소식을 전해야 할 것 같아서요. 브래드버리스콧 양에게서 이미 들으셨겠죠? 템플 양이 사고를 당하셨어요. 학교 교장이셨던 분이요. 그분이 무엇을 하고 계셨는지, 어떤 일이 일어난 건지 정확히는 모르겠지만 위에서 돌이 굴러 떨어진 모양입니다. 좀 가파른 골짜기인 데다 돌에 맞으셔서 어젯밤에 뇌진탕으로 병원에 실려 가셨어요. 아무래도 상태가 많이 안 좋으신 것 같아요. 그래서 오늘 여행은 취소됐고 오늘 밤은 이곳에서 머물 예정입니다."

"오, 이런. 너무 안됐어요. 너무 안됐어요."

"템플 양 상태가 어느 정도인지 의사의 말을 들어 봐야 하기 때문에 오늘 일정을 취소한 것 같아요. 그래서 여기 골든 보어에서 하룻밤 더 묵고 내일 가기로 한 저택 관광은 아예 취소하는 게 어떠냐고 하시던데요. 그리 흥미로운 곳도 아니라고, 그렇게들 말씀하시면서요. 샌드번 부인께서 오늘 아침 일찍 상황을 보러 병원으로 가셨어요. 11시 커피 타임에 맞춰 골든 보어에 온다고 하셨고요. 마플 양께서도 함께 가서 병원 소식을 들어 보는 게 좋을 것 같은데요."

"물론 가야죠. 물론이에요. 당장 가죠."

그녀는 돌아서서 클로틸드와 글린 부인에게 작별 인사를 했다.

"정말 감사드려요. 그동안 정말 친절하게 잘해 주셨고, 이곳에서 이틀을 묵게 되어 정말 기뻤어요. 아주 편안하게 잘 쉬다 가요. 그런데 이렇게 끔찍한 일이 일어나서."

"혹시 이곳에 더 머물고 싶으시다면······."

글린 부인이 이렇게 말하며 클로틸드의 눈치를 살폈다.

누구보다 눈치가 빠른 마플 양은 클로틸드가 약간 못마땅한 표정을 짓는 걸 포착했다. 아주 미약해 눈치를 채지 못할 정도이긴 했지만, 클로틸드는 거의 고개를 저으려고까지 했다. 그녀가 글린 부인의 입을 다물게 하려는 거라고 생각이 들었다.

"······물론 일행분들과 함께 지내시는 편이 더 좋으시겠죠······."

마플 양이 대답했다.

"오, 그럼요. 그 편이 더 나을 거예요. 앞으로 일정이 어떻게 되는지 뭘 해야 하는지도 알아봐야 하고, 어쩌면 도울 일이 있을지도 모르니까요. 모를 일이죠. 다시 한번 감사드려요. 골든 보어에 방을 하나 더 잡는 건 힘들지 않을 거예요."

그녀가 에믈린을 바라보자 그는 자신 있게 대답했다.

"그건 문제없을 겁니다. 오늘은 빈 방이 좀 있어요. 꽉 차지는 않을 겁니다. 샌드번 부인이 오늘 밤 일행 전원의 방을 예약한 모양이고, 내일은…… 상황을 더 지켜봐야겠죠."

다시 한번 작별 인사와 감사 인사가 오갔다. 에믈린 프라이스는 마플 양의 가방을 들고, 성큼성큼 앞장을 섰다.

"저 코너만 돌면 바로 왼편에 있는 첫 번째 거리에 있어요."

"예, 나도 어제 그 길을 지나왔던 것 같네요. 불쌍한 템플 양. 부상이 심하지 않았으면 좋겠는데."

"제 생각에는 좀 심하신 것 같아요. 물론 의사들이나 병원 사람들은 빤한 말만 하죠. 언제나 '경과를 두고 봐야 안다.'는 말만 하잖아요. 그 근처에는 병원도 없어서…… 12킬로미터 정도 떨어져 있는 캐리스타운으로 데려갔어요. 어쨌든 저희가 호텔에 도착할 때쯤이면 샌드번 부인이 소식을 가지고 와 있을 겁니다."

호텔에 도착하니 일행들은 커피 룸에 모여 있었고, 웨이터가 모닝 빵과 패스트리를 나르고 있었다. 버틀러 부부는 이야기를 나누고 있었다.

버틀러 부인이 말했다.

"오, 정말 너무 비극적인 사건이에요. 정말 너무 당황스럽지 않아요? 다들 그렇게나 행복하고 재미있게 보내던 때에 말이에요. 불쌍한 템플 양. 그리고 그분은 언제나 발밑을 아주 조심하셨는데. 하지만 물론 사람의 앞일이야 알 수 없는 거죠, 안 그래요, 헨리?"

"그래, 그렇지. 절대 알 수 없지. 난……. 그래, 시간이 아주 짧긴 했지만…… 이 시점에서 여행을 그만두는 게 낫지 않을까 싶어. 확실한 소식을 알기 전까지는 여행을 다시 하긴 좀 힘들 것 같은데. 만약…… 그러니까 상태가 아주 심각해서 돌아가실지도 모른다면……. 그러니까 심리나 뭐 그런 게 열릴 수도 있잖아."

"오, 헨리. 끔찍한 소리 말아요!"

"아무래도 좀 지나치게 비관적이신 것 같네요, 버틀러 씨. 절대 그 정도는 아닐 거예요."

쿡 양이 말했다.

카스페르 씨가 외국인 억양이 한껏 배어나는 목소리로 입을 열었다.

"하지만 그래요. 심각합니다. 어제 들었어요. 샌드번 부인이 의사에게 전화할 때요. 아주 아주 심각해요. 뇌진탕이 아주…… 아주 심각하대요. 전문의가 와서 수술을 할 수 있는지 아닌지 본대요. 예……. 아주 심각해요."

럼리 양이 말했다.

"오, 이런. 혹시라도 그런 일이 생긴다면 우리는 집으로 가야 할 것 같아, 밀드레드. 기차 편을 알아봐야겠어."

그녀는 고개를 돌려 버틀러 부인에게 말했다.

"제가 이웃집에 고양이를 맡겨 놨는데 하루 이틀 늦기라도 한다면 여러 사람이 곤란해질지도 몰라요."

리즐리 포터 부인이 깊고 권위적인 목소리로 말했다.

"뭐, 우리끼리 이렇게 소란을 떨어 봐야 아무 소용없어요. 조애너, 이 빵을 쓰레기통에 버려 주겠니? 도무지 먹을 게 못 되는구나. 잼 맛이 이상해. 접시 위에 올려 두고 싶지 않아. 괜히 기분만 나빠질 테니까."

조애너는 빵을 가져다 버리고는 말했다.

"저는 에믈린과 함께 산책을 나가도 괜찮을까요? 마을 구경이나 좀 할까 해서요. 이렇게 가만히 앉아서 우울한 생각만 해 봐야 좋을 건 없잖아요, 그렇죠? 어차피 우리가 할 수 있는 일도 없고요."

"산책을 나가는 게 현명할 것 같네요."

쿡 양이 말했다.

"예, 어서 나가 봐요."

리즐리 포터 부인이 말도 하기 전에 배로 양이 말했다.

쿡 양과 배로 양은 서로를 바라보고 고개를 절레절레 흔들며 한숨을 쉬었다.

"풀밭이 아주 미끄럽더라고요. 그 얼마 안 되는 풀밭에서 저도 한두 번 미끄러졌죠."

배로 양의 말에 쿡 양이 맞받아쳤다.

"돌도 그래요. 모퉁이를 막 도는데 작은 돌들이 우수수 떨어지지 뭐예요. 그중 하나가 제 어깨를 세게 내리쳤어요."

II

차와 커피, 비스킷과 케이크를 모두 먹은 다음 사람들은 어쩔 줄 몰라 안절부절못했다. 재난이 일어났을 때는 그에 적절히 대처하는 방법을 알기란 아주 어려운 노릇이었다. 모두들 각자의 의견을 내놓았고, 놀라고 불안한 마음을 털어놓았다. 이제 그들은 새로운 소식을 기다리는 동안 잠깐 산책이라도 나가고 싶어 했다. 점심은 1시나 되어 먹을 수 있을 테고, 이렇게 가만히 앉아 똑같은 말만 반복하는 것은 좀 우울한 일 같았다.

쿡 양과 배로 양은 잠깐 쇼핑을 나가야겠다고 설명하며 자리에서 일어섰다. 한두 가지 살 게 있으며, 우체국에 가 우표도 좀 사야 한다고 말했다.

"엽서를 보내려고요. 그리고 중국으로 보내는 편지가 얼마나 걸리는지도 물어봐야 하고요."

배로 양이 말했다.

"그리고 난 털실도 좀 구경하고 싶어요. 또 마켓 스퀘어 반대편에 좀 흥미로운 건물이 있는 것 같더라고요."

쿡 양이 덧붙였다.

"제 생각에는 다 함께 나가는 게 좋을 것 같아요."

배로 양이 말했다.

워크 대령 부부 또한 자리에서 일어나며 버틀러 부부에게 밖으로 나가 한 바퀴 둘러보는 게 어떻겠냐고 제안했다. 버틀러 부인은 골동품 가게에 가 보고 싶다고 했다.

"진짜 골동품 가게 말고요. 고물상이라는 표현이 더 맞겠죠. 그런 곳에서 정말 괜찮은 물건들을 건질 수도 있어요."

모두들 밖으로 나섰다. 에믈린 프라이스는 이미 아무런 양해도 구하지 않고 슬쩍 빠져나가 조애너의 뒤를 쫓아간 터였다. 리즐리 포터 부인은 뒤늦게 조카딸을 다시 불러들이려고 하며, 라운지에 앉는 편이 더 편안할 것 같다고 말했다. 럼리 양은 그 말에 동의했다. 카스페르 씨는 외국인 시종 무관 같은 분위기를 풍기며 숙녀들을 에스코트했다.

원스테드 교수와 마플 양은 남았다.

원스테드 교수가 마플 양에게 말을 건넸다.

"제 생각에는 호텔 밖에 앉는 게 더 좋을 것 같습니다. 길가 쪽으로 작은 테라스가 있던데요. 같이 가시자고 청해도 될까요?"

마플 양은 그에게 감사를 표하며 자리에서 일어섰다. 이제까지 원스테드 교수와는 말을 섞어 본 적이 없었다. 그는 언제나 학술서 같아 보이는 책 몇 권을 가지고 다녔으며, 그중 1권을 언제나 읽고 있었다. 버스에 타고 있는 동안에도 계속해서 책을 읽었다.

"마플 양께서도 쇼핑을 원하시는데 제가 괜한 청을 드린 건 아닌지 모르겠습니다. 저는 어디 조용한 데 앉아서 샌드번 부인이 돌아오는 걸 기다리는 편이 나을 것 같습니다. 현재 저희가 어떤 상황에 처한 건지 정확히 아는 게 중요하다고 생각하니까요."

그의 말에 마플 양이 대꾸했다.

"나도 같은 생각이에요. 어제 마을을 꽤 걸어 다녀서 그런지 오늘은 별로 움직이고 싶지 않기도 하고요. 혹시 내가 도울 일이 있을지도 모르니까 여기서 기다리는 게 좋겠어요. 꼭 내가 도울 일이 있을 거라기보다 앞일은 모르는 거니까요."

둘은 함께 호텔 문을 나섰고, 모퉁이를 돌자 호텔 벽 가까이로 석재 보도가 솟아 있고 그 위에는 여러 가지 모양의 버들가지 의자가 놓인 작은 사각형의 정원이 모습을 드러냈다. 그곳에는 아무도 없었기에 둘은 의자에 가 앉았다. 마플 양은 동행을 유심히 바라보았다. 주름진 얼굴, 덥수룩한 눈썹, 풍성한 회색 머리카락. 그는 약간 구부정하게 걸었다. 흥미로운 얼굴이라고 마플 양은 결론을 내렸다. 그의 목소리는 건조하고 날카로웠으며, 전문직에 종사하는 사람일 거라는 생각이 들었다.

"제가 틀린 게 아니겠죠? 제인 마플 양 맞으시죠?"

원스테드 교수가 말했다.

"그래요, 내가 제인 마플이에요."

그녀는 별다른 이유도 없이 약간 놀랐다. 서로의 이름을 잘 알 정도로 오래 함께 지낸 것은 아니었다. 게다가 지난 이틀 동안 그녀는 일행과 떨어져 있지 않았던가. 지극히 당연한 일이었다.

"제가 전해 받은 인상착의를 보고 그럴 거라고 생각했습니다."

"내 인상착의요?"

마플 양은 다시 약간 놀란 표정을 지었다.

"예, 저는 마플 양의 인상착의를 전해 받았습니다……."

그는 잠시 말을 멈추었다. 그가 특별히 목소리를 낮춘 것은 아니었지만 목소리가 작았고, 그래도 "…… 라피엘 씨에게서요."라는 말은 뚜렷하게 들을 수 있었다.

"오. 라피엘 씨에게서요?"

마플 양은 깜짝 놀라 말했다.

"놀라셨습니까?"

"뭐, 예. 좀 놀랐어요."

"놀라실 줄은 몰랐습니다."

"상상도 못 했어요……."

마플 양은 말을 우뚝 멈췄다.

원스테드 교수는 아무 말도 하지 않았다. 그저 가만히 앉아 그녀를 유심히 바라보았다. 잠시 후면 자신에게 말을 걸 거라고 마플 양은 생각했다.

"증세가 정확히 어떠십니까, 마플 양? 음식을 삼키는 게 힘드신가요? 잠을 이루기가 힘드신가요? 소화는 잘 되십니까?"

이제 마플 양은 그가 의사라는 확신이 들었다.

"그분이 언제 원스테드 교수님께 내 이야기를 하셨나요? 분명……."

"한참 전일 거라고…… 몇 주 전일 거라고 말씀하시려고 하셨죠?

그분이 죽기 전에 말입니다……. 예, 그렇습니다. 마플 양께서 이 여행에 참가하실 거라고 말씀해 주셨죠."

"그분은 원스테드 교수님께서 이 여행에 참가하실 거란 걸 알고 있었군요."

"그렇게 볼 수도 있습니다. 그분은 마플 양께서 이번 여행에 참가할 것이며, 사실은 자신이 이번 여행을 주선해 뒀다고 말했습니다."

"아주 친절한 분이시죠. 정말 아주 친절하세요. 나를 위해 이번 여행을 예매해 둔 걸 알고 정말 깜짝 놀랐답니다. 기분 좋은 선물이죠. 난 그만한 돈이 없으니까요."

"예. 아주 잘하셨군요."

그는 훌륭한 학생을 칭찬하듯 고개를 끄덕였다.

"이런 일로 여행이 중단되다니 너무 슬픈 일이에요. 정말 슬픈 일이에요. 다들 재밌게 지냈었는데."

"예, 아주 슬픈 일이죠. 그리고 예상치 못했던 일이고요. 아니면 예상했던 일인가요?"

"그게 무슨 말씀이시죠, 원스테드 교수님?"

그는 마플 양의 도전적인 눈을 마주하며 입술 끝을 말아 올려 살짝 미소 지었다.

"라피엘 씨께서 당신에 대해 아주 자세하게 이야기해 주셨습니다. 저더러 마플 양과 함께 이 여행에 참가했으면 좋겠다고 하셨죠. 함께 여행하는 일행들은 하루 이틀 지나면 언제나 그렇듯 비슷한 취향과 관심거리를 지닌 사람들끼리 그룹을 짓기 마련이지만, 저는 머지않아 마플 양과도 친분을 쌓아야 했죠. 그리고 라피엘 씨는 저더러 마플 양을 주시하라고 하셨습니다."

"나를 주시하라고요? 도대체 무슨 목적으로요?"

마플 양은 약간 불쾌하다는 듯 말했다.

"제 생각에는 보호가 목적인 것 같습니다. 그분은 마플 양께 아무런 일도 없길 바라셨으니까요."

"내게요? 내게 무슨 일이 일어난다는 말인지 통 모르겠네요."

"엘리자베스 템플 양에게 일어난 것 같은 일이겠지요."

순간 조애너 크로포드가 호텔 모퉁이를 돌아 나타났다. 그녀는 장바구니를 들고 있었다. 그녀는 두 사람 앞을 지나며 고개를 살짝 숙여 인사하고, 약간 호기심 어린 눈빛을 보내며 길을 따라 내려갔다. 윈스테드 교수는 그녀가 시야에서 사라질 때까지 아무 말도 하지 않았다.

"참한 아가씨입니다. 적어도 전 그렇게 생각합니다. 독재적인 고모의 노예 노릇을 잘 참고 견디지만, 머지않아 반역을 할 게 분명해요."

"그 전에 하신 말씀은 무슨 뜻이에요?"

조애너가 일으킬지 모르는 반역에 대해 아무런 관심이 없는 마플 양이 물었다.

"이번에 일어난 일 같은 것 말입니다."

"사고요?"

"예. 그게 사고였다면 말입니다."

"그게 사고가 아니었다고 생각하세요?"

"글쎄요, 그럴 가능성이 있다고 생각합니다. 그것뿐입니다."

"물론 난 그에 대해서는 아는 게 전혀 없어요."

마플 양은 머뭇거리며 말했다.

"예. 마플 양께서는 그곳에 계시지 않았으니까요. 마플 양께서는…… 이렇게 말해도 될지……. 마플 양께서는 다른 곳에서 임무를 수행하고 계셨습니까?"

마플 양은 잠시 침묵했다. 그녀는 윈스테드 교수를 한 번, 두 번 바라보다가 입을 열었다.

"무슨 말씀이신지 잘 모르겠네요."

"마플 양께서는 신중하시군요. 물론 신중하셔야겠죠."

"습관이에요."

"신중한 것이요?"

"꼭 그렇게 말하긴 힘들지만, 언제나 내가 듣는 것들을 믿는 동시에 믿지 않을 준비도 하고 있답니다."

"예, 마플 양 말씀이 옳으십니다. 마플 양께서는 저에 대해 아무것도 모르시니까요. 성과 유서 깊은 저택, 근사한 정원을 방문하는 여행객 명단에서 제 이름을 보셨겠죠. 아마도 마플 양께서 가장 관심이 있으신 건 정원이겠고요."

"어쩌면요."

"여기 일행 중에 정원에 관심이 있는 사람들이 좀 있더군요."

"아니면 정원에 관심 있는 척하거나요."

"아, 눈치채셨군요."

윈스테드 교수는 말을 이었다.

"뭐, 제가 맡은 역할은, 적어도 처음에는, 마플 양이 무엇을 하는지 지켜보고, 혹시라도…… 그러니까 이를테면 위험이 닥칠 경우 지켜 드리는 것이었습니다. 하지만 이제는 상황이 조금 변했습니다. 마플 양께서는 제가 적인지 동지인지 판단을 내리셔야 합니다."

"어쩌면 교수님 말이 옳을 수도 있겠네요. 교수님께서는 아주 분명하게 말씀하셨지만, 교수님에 대해 판단할 정보는 아무것도 알려 주지 않으셨잖아요. 교수님께서는 돌아가신 라피엘 씨와 친구 사이셨나요?"

"아닙니다. 저는 라피엘 씨의 친구는 아니었습니다. 그분을 만난 것도 고작 한두 번이고요. 한 번은 병원 운영 위원회에서, 한 번은 공식 행사에서요. 그분은 저에 대해 알고 있었던 것 같습니다. 이렇게 말씀드려도 될지 모르겠습니다만 저는 제 분야에서 꽤 유명한 사람입니다. 저를 지나치게 자만하는 사람으로 생각하실지도 모르겠군요."

"그렇게 생각하지 않아요. 교수님께서 그렇게 말씀하신다면 그건 사실일 거라고 생각해요. 교수님께서는 의사시죠?"

"아. 날카로우십니다, 마플 양. 예, 정말 날카로우세요. 저는 의대를 나왔고 전문의도 땄습니다. 병리학자이자 심리학자죠. 물론 자격증을 가지고 다니진 않습니다. 하지만 제 앞으로 온 편지와 공식 서류들을 보여 드릴 수 있으니 제 말을 믿으시는 편이 좋으실 겁니다. 저는 주로 법의학과 연관된 일을 담당하고 있습니다. 쉽게 말해, 여러 가지 유형의 범죄자들의 뇌에 관심이 있습니다. 오랫동안 연구하던 분야지요. 그 주제에 대해 책도 여러 권 썼는데, 그중 몇 권은 격렬한 논란을 불러일으켰고, 또 몇 권은 열렬한 지지를 받기도 했습니다. 요즘에는 쉬엄쉬엄, 그저 흥미를 끄는 부분들만 중점적으로 책을 쓰며 시간을 보내고 있습니다. 이따금씩 꽤 흥미로운 점들을 발견하기도 하죠. 더 자세히 연구해 보고 싶은 점들을 말입니다. 아무래도 이런 이야기는 좀 지루하겠죠?"

"전혀요. 이야기를 들어보니, 교수님이라면 라피엘 씨께서 내게 설명해 주지 않은 것들을 설명해 주실 수 있을 거라는 희망이 생기네요. 라피엘 씨께서는 내게 특정한 임무를 맡아 달라고 부탁했지만, 어떤 일인지는 아무런 정보도 주지 않으셨어요. 그저 아무것도 모른 채 그 일을 수락하고 진행하게 내버려 두셨죠. 그런 식으로 일을 처리하시다니 라피엘 씨께서 아주 어리석으셨던 것 같아요."

"하지만 마플 양께서는 그 일을 수락하셨죠?"

"수락했죠. 솔직히 말씀드리죠. 보수를 받기로 했거든요."

"그것 때문에 수락하셨습니까?"

마플 양은 잠시 침묵하다 천천히 입을 열었다.

"믿지 않으실지도 모르겠지만, 내 대답은 '그렇지 않다.'예요."

"저도 그럴 줄 알았습니다. 하지만 흥미가 생기셨겠죠. 그렇게 말씀하시려던 거죠?"

"예. 흥미가 생겼어요. 난 라피엘 씨를 잘 알진 못하지만, 한동안…… 사실은 몇 주 동안 서인도 제도에서 함께 지냈죠. 교수님께서도 그 일을 거의 알고 계시리라 생각해요."
"그곳에서 라피엘 씨가 마플 양을 만났고, 그곳에서 두 분이 협력했다고 할까요. 협력하셨다는 것도 알고 있습니다."
마플 양은 다소 의아한 듯 그를 바라보다가 고개를 저었다.
"그분이 말씀하셨군요, 그렇죠?"
"예, 그러셨습니다. 그리고 마플 양께서 범죄 문제에 관한 놀라운 재능을 가지고 계시다고도 하셨죠."
마플 양은 그를 바라보며 눈썹을 치켜 올렸다.
"교수님은 말도 안 되는 소리라고 생각하셨겠죠. 놀라셨겠네요."
"저는 그 어떤 일에도 잘 놀라지 않습니다. 라피엘 씨는 아주 예리하고 눈치가 빠른 데다, 사람 보는 눈이 정확하셨죠. 그분은 마플 양 또한 사람 보는 눈이 정확하다고 생각하셨습니다."
"나는 내가 사람 보는 눈이 정확하다고는 생각하지 않아요. 그저 어떤 사람들을 보면 내가 알았던 사람들이 연상되고, 따라서 그 둘 사이의 유사점을 추론할 수 있는 정도예요. 내가 이곳에서 무얼 해야 하는지 전부 알고 있다고 생각하신다면, 그건 오산이에요."
"우리가 특정한 문제를 이 장소에서 의논하게 된 것은 계획했다기보다는 우연입니다. 여기라면 창문이나 문 근처도 아니고 위에 발코니나 창도 없으니 누군가 엿볼 수도, 엿들을 수도 없을 겁니다. 그러니 이야기를 나눌 수 있지요."
"정말 그러네요. 나는 내가 무얼 하고 있는지, 무얼 해야 하는지 아무것도 모른다는 사실 때문에 괴로워요. 라피엘 씨께서 왜 이런 식으로 일을 진행하시려 했는지 그 이유를 모르겠어요."

"저는 알 것 같습니다. 그분은 마플 양께서 일련의 사건에 대한 사실들을 아무런 선입관 없이 접하길 바라셨던 겁니다."

"그래서 교수님께서도 아무 말 안 하실 작정이에요? 정말이지! 너무들 하네요."

마플 양은 짜증스러운 목소리였다.

"그렇죠."

원스테드 교수는 이렇게 말하고는 갑자기 미소를 지었다.

"저도 동의합니다. 이제는 말씀드려야죠. 마플 양이 상황을 좀 더 정확히 파악할 수 있도록 몇 가지 사실을 말씀드리겠습니다. 그러면 마플 양 또한 제게 몇 가지 사실을 말씀해 주시겠죠."

"그럴 수 있을까요. 좀 이상한 징조가 한두 가지 있긴 하지만, 징조는 사실이 아니잖아요."

"그렇다면……."

원스테드 교수가 입을 열다 말았다.

"하느님 맙소사, 뭐든 말 좀 해 봐요."

마플 양이 다그쳤다.

고문

 "길게 말씀드리지는 않겠습니다. 제가 어쩌다 이 문제에 개입하게 되었는지 아주 간단하게 설명드리죠. 저는 이따금씩 내무부의 비밀 고문으로 활동하고 있습니다. 특정 단체들과도 접촉하고 있죠. 그중에는 범죄를 저질러 유죄 판결을 받은 죄수들 중 특정한 유형의 죄수들을 수용하고 있는 시설들도 있습니다. 나이에 따라 구금 시기가 결정되기도 하며, 그곳에 남아 특별 사면을 기다리는 겁니다. 만약 죄수가 특정 나이가 안 되었다면 특별 구금 장소로 보내지죠. 이해하시겠죠?"
 "예, 무슨 말씀이신지 충분히 이해했어요."
 "저는 보통…… 그러니까…… 사건이 일어난 직후에 처리법이라든가, 사건의 가능성, 유리하거나 불리한 예후들, 그런 다양한 것들을 판단하는 데 조언을 해 줍니다. 사실 이런 것들은 별로 중요하지도 않고 저도 깊이 검토하지는 않습니다. 하지만 이따금씩 그러한 시설의 소장이 특별한 이유로 제 조언을 요청하는 일도 있지요. 이번 경우에는 한 시설에서 내무부를 통해 제게 연락을 해 왔습니다. 저는 그 시설의 소장을 찾아가 봤죠. 사실 죄수나 환자, 하여간 뭐라고 부르든 그 사람들에 대한 책임은 교도소장에게 있습니다. 그리고 그 교도소장이 제 친구라고 할 수 있습니다. 아주 친밀한 사이는 아니지만 꽤 오래 알고 지냈죠. 제가 그 문제의 시설로 찾아갔고 교도소장이 고민거리를 털어놓더군요. 한 입소자에 대한 고민거리였습니다. 그는 이 입소자가 뭔가 석연치 않았던 겁니다. 뭔가 이상하다는 생각을 하고 있었어요. 그 입소자는 처음 입소할 당시 청년, 아니 갓 소년티를 벗은 어린 청년이었답니다. 그게 벌써 몇 년 전이었죠. 시간이 지나고 현재의 교도소장이 그곳에 부임하면서(그 청년이 입소할 때는 그 교도소장이 부임하기 전이었습니다.) 고민에 빠지게 됐습니다. 그 사람이 전문가라서가 아니라, 범죄 성향을 지닌 환자와 죄수들을 많이 겪어 본 사람이었기 때문이었습니다. 아주 간단하게 말하자면, 이 어린 청년의 어린 시절 이야기를 들어 본 결과 전혀 이해가 가지 않았던 겁니다. 그걸 뭐라고 부르든 상관없습니다. 비행 소년, 깡패, 망나니, 한정책임능력자. 여러 가지로 부를 수 있죠. 그중 몇 가지는 맞아떨어지고, 또 몇 가지는 맞지 않고, 또 몇 가지는 아리송한 정도입니다. 그 청년은 범죄자 유형이었죠. 그건 확실했습니다. 깡패들과 어울리며 사람들을 패고 다녔고, 도둑질에 횡령, 사기 행각에 가담하기도 했습니다. 사실 그 어떤 아버지라도 포기할 만한 그런 아들이었죠."

"오, 그렇군요."

"마플 양께서는 어떻게 생각하십니까?"

"글쎄요, 내 생각에는 교수님께서 지금 말씀하시는 그 청년이 라피엘 씨의 아들인 것 같네요."

"맞습니다. 라피엘 씨의 아들 이야기를 해 드렸습니다. 그 사람에 대해 뭘 좀 알고 계십니까?"

"아무것도요. 그저 어젠가…… 라피엘 씨에게 문제가 있는, 둘러서 말하자면, 만족스럽지 못한 아들이 하나 있다는 이야기만 들었을 뿐이에요. 전과가 있는 아들이요. 그 아들에 대해 아는 건 거의 없어요. 그 청년이 라피엘 씨의 외아들이었나요?"

"예, 그 청년이 라피엘 씨의 외아들이었습니다. 하지만 라피엘 씨에게는 두 딸도 있었죠. 그중 작은 딸은 14살에 죽었고, 큰 딸은 결혼해서 잘 살았지만 자식이 없었습니다."

"라피엘 씨가 정말 안됐네요."

"그럴지도 모르죠. 사람 속을 어떻게 알겠습니까. 라피엘 씨의 아내는 일찍 죽었고 그녀의 죽음으로 인해 많이 힘들었을 테지만, 정작 본인은 아무런 내색도 하지 않았습니다. 그분이 자식들을 얼마나 아꼈는지는 저도 모릅니다. 그분은 아이들을 양육했습니다. 아들에게도 최선을 다했지만, 그 속내가 어땠는지는 아무도 모릅니다. 알기 쉬운 사람이 결코 아니었으니까요. 그 사람은 모든 인생과 흥미를 돈 버는 데 쏟았던 것 같습니다. 다른 위대한 금융업자들과 마찬가지로 돈을 버는 일이 흥미로웠던 겁니다. 그렇게 해서 획득한 건 실질적인 돈이 아니었습니다. 마플 양 세대의 표현을 빌리자면, 훌륭한 하인에게 보내, 보다 흥미롭고 예기치 못한 방식으로 더 많은 돈을 벌어 오게 했죠. 그는 금융을 즐겼습니다. 금융을 사랑했어요. 그 외에 다른 것들은 생각도 하지 않았습니다.

라피엘 씨는 아들에게 해 줄 수 있는 것은 모두 다 해 주었을 겁니다. 학교에서 말썽을 부려 곤경에 처한 걸 빼내 주기도 하고, 가능한 한 법정으로 가기 전에 빼내기 위해 훌륭한 변호사들을 선임하기도 했지만, 결국에는 전조일지도 모르는 사건이 일어났습니다. 그 아이가 한 아가씨를 폭행한 죄목으로 법정에 가게 된 겁니다. 강간 폭행죄였고 그 청년은 감옥에 가게 되었지만 어린 나이를 감안해서 어느 정도 관대한 처분이 내려졌습니다. 하지만 후에 두 번째 사건이 일어났고 아주 심각한 죄목이었습니다."

"한 아가씨를 죽였죠. 맞죠? 난 그렇게 들었어요."

"아가씨를 집 밖으로 꾀어냈습니다. 한참 후에야 그 아가씨의 시신이 발견되었죠. 그 아가씨는 목이 졸렸고 죽은 후에 무거운 돌이나 바위로 얼굴을 내려쳤는지 엉망이었죠. 아무래도 신분이 밝혀지는 걸 막으려 했던 모양입니다."

"올바른 일이 아니네요."

마플 양은 노부인다운 말투로 대꾸했다.

윈스테드 교수는 잠시 그녀를 바라보았다.

"그렇게 생각하십니까?"

"내가 보기에는 그래요. 난 그런 일은 좋아하지 않아요. 전에도 그랬고요. 내가 그 청년의 불행한 어린 시절을 동정하거나 안타까워하고 주위의 환경을 비난할 거라고 예상했다면, 내가 이 어린 살인범을 위해 눈물이라도 훌쩍일 거라고 예상했다면, 그건 오산이에요. 나는 사악한 짓을 하는 사악한 존재들을 좋아하지 않는답니다."

"반가운 말씀이십니다. 제가 이 일을 하면서 가장 힘든 건 사람들이 자기 신세를 한탄하며 분노로 이를 앙 물고, 과거에 있었던 사건 탓을 다른 데로 돌리려 한다는 점입니다. 어느 정도인지 마플 양께서는 상상도 못 하실 겁니다. 그 어떤 환경에서도 올곧게 자랄 수 있었는데도 불구하고 나쁜 환경에서 자랐고, 살면서 어려운 일이 많았다는 것만 내세우며 그저 환경 탓을 하는 겁니다. 사회 부적응자는 동정을 받는 존재들이고, 예, 전 그들이 타고난 유전자와 스스로를 통제하지 못한다는 점에서는 동정을 받아야 할 존재라고 생각합니다. 같은 맥락에서 간질 환자들도 동정하죠. 유전자가 어떤 건지 아신다면······."

"나도 알아요, 어느 정도는요. 요즘에 유전자는 상식이죠. 물론 난 화학이나 기술적인 지식은 전무하지만요."

"경험이 풍부한 그 교도소장이 제 판단에 왜 그렇게 불안해했는지 그 이유를 다 털어놓았습니다. 그는 이 청년 수감자와 함께 지내는 동안, 솔직히 말하자면, 그 청년이 살인자가 아니라는 의구심이 점점 커졌던 겁니다. 교도소장은 그 청년이 살인자 유형이 아닌 데다 그가 전에 보았던 살인자들과는 전혀 다르다고 생각했어요. 그리고 그 청년은 어떤 처벌을 받아도 마음을 잡고 개과천선할 만한 사람이 절대 아닌, 한마디로 전혀 손을 쓸 수 없는 망나니긴 하지만 동시에 그가 받은 판결이 잘못된 것이라는 확신이 점점 커졌다는 겁니다. 교도소장은 그 청년이 그 아가씨를 죽였다고, 먼저 목을 조르고 난 뒤 돌로 얼굴을 짓이겨 도랑에 밀어 넣었다고 생각하지 않았습니다. 왠지 그랬다고는 믿기지가 않았던 겁니다. 그는 사건 보고서를 읽어 보았고, 보고서만 보면 모든 상황이 명백한 것 같았습니다. 그 청년은 그 아가씨와 아는 사이였고, 사건이 일어나기 전에 여러 번 그녀와 어울리는 장면을 목격한 사람들이 있었습니다. 두 사람은 아마도 같이 잠자리를 했을 것이며 다른 주안점들도 있습니다. 청년의 자동차가 그 아가씨의 이웃에 있는 걸 목격한 사람들이 있었죠. 그를 본 사람 또한 많았습니다. 너무나도 명백한 사건이었죠. 하지만 제 친구인 그 교도소장은 뭔가 꺼림칙하다고 했습니다. 그 친구는 정의감이 유달리 투철한 사람입니다. 그는 다른 의견을 원했습니다. 이미 알고 있는 경찰 측 의견이 아닌 전문적이고 의학적인 의견을 원했죠. 그게 바로 제 분야라고 그 친구가 말했습니다. 확실히 제 전문 분야이긴 했죠. 그 친구는 제가 그 청년을 만나서 이야기를 해 보고, 전문적인 평가를 내려 보길 원했습니다."

"아주 흥미롭네요. 예, 아주 흥미로워요. 그러니까 교수님의 친구 분은…… 그러니까 그 교도소장님은…… 경험이 풍부한 사람이자 정의를 사랑하는 사람이었군요. 교수님이 기꺼이 귀를 기울여 들을 만한 사람이었고요. 그렇다면 교수님은 그분 부탁을 들어주셨겠죠."

"예. 저도 깊은 흥미가 생겼으니까요. 저는 이 피실험자를 만나 보았고, 여러 가지 다른 태도로 접근해 보았습니다. 그와 이야기를 나눴고, 법률상에 일어날 수 있는 여러 가지 변화에 대해 의논해 보았습니다. 저는 어쩌면 그에게 유리한 정황을 왕실 고문 변호사에게 댈 수 있을지도 모른다고 했습니다. 그에게 친구뿐 아니라 적으로도 다가가, 그가 이렇게 서로 다른 접근 방식에 어떻게 대처하는지 살펴보았어요. 또한 요즘에 자주 사용하는 체력 검사도 꽤 많이 해 봤습니다. 물론 마플 양께는 체력 검사를 하지 않을 겁니다. 기계를 많이 사용하니까요."

"그렇다면 교수님께서는 어떤 결론을 내리셨나요?"

"저는 제 친구 생각이 옳을지도 모른다는 생각이 들었습니다. 저 또한 마이클 라피엘이 살인자라는 생각은 들지 않았습니다."

"앞에서 언급하셨던 그 이전의 사건은요?"

"물론 그게 마이클 라피엘에게 더 불리하게 작용했습니다. 배심원들이야 판사가 약술하기 전까지는 그 사실을 몰랐지만, 판사는 잘 알고 있었으니까요. 그에게 불리한 정황이긴 하지만, 저는 후에 스스로 몇 가지 자문을 해 보았습니다. 마이클 라피엘은 한 아가씨를 폭행했습니다. 어쩌면 강간도 했을 수 있지만, 제 소견으로는 그가 그 아가씨의 목을 조르려 했던 것 같지는 않습니다……. 저는 법정에 가게 된 수많은 사건들을 지켜봤습니다만……. 확실하게 강간이라고 말할 수 있는 사건은 없었습니다. 마플 양께서도 잘 아시겠지만, 요즘 아가씨들은 예전 아가씨들보다 강간 사건에 훨씬 많이 노출되어 있습니다. 그 아가씨들의 어머니들은 툭하면 딸이 강간을 당했다고 주장하고 말입니다. 문제의 그 아가씨는 마이클 라피엘 말고도 깊은 관계에 있던 남자 친구가 서넛 있었습니다. 이것이 그에게 유리한 증거가 될 거라고는 생각하지 않습니다. 살인 사건이니까요……. 네, 분명히 살인이었죠……. 하지만 체력 검사, 지능 검사, 심리 검사 등 모든 검사를 해 보았지만 이 특정 범죄와 일치하는 결과는 나오지 않았습니다."

"그래서 어떻게 하셨나요?"

"저는 라피엘 씨에게 연락을 했습니다. 아들과 관련한 문제에 대해 이야기를 나눠 보고 싶다고 했죠. 그리고 라피엘 씨를 찾아갔습니다. 가서 제 생각과 교도소장의 생각을 말했고, 현재로서는 그를 뒷받침할 증거는 전혀 없지만 우리 둘 다 법률상의 실책이라고 믿는다고 말했습니다. 저는 비용이 많이 들긴 하겠지만 조사를 다시 해 보면 내무부에 증거를 제출할 수 있을지도 모르며, 성공할 수도 있고 없을 수도 있다고 했습니다. 찾아보면 무언가가, 어떤 증거가 나올지도 모른다고요. 증거를 찾는 데 많은 돈이 들겠지만 그 정도 위치에 있는 사람이라면 별 어려움이 없을 거라고도 했습니다. 그리고 저는 그때야 그가 환자라는 것을, 아주 심각한 환자라는 걸 알았습니다. 본인이 그렇게 말했죠. 살 날이 얼마 남지 않았다고, 2년 전에 1년 정도 남았다는 선고를 받았지만 유달리 튼튼한 체력 덕에 다소 길어져서 이제는 정말 얼마 남지 않았다고 말했습니다. 저는 아들에 대해 어떻게 생각하는지 물어보았습니다."

"그래서 뭐라고 하던가요?"

"아, 마플 양께서도 그게 궁금하셨군요. 저도 그랬죠. 라피엘 씨는 아주 솔직하게 대답하셨던 것 같습니다. 좀…….'

"……좀 냉혹한 것 같긴 하지만?"

마플 양이 끼어들었다.

"예, 마플 양. 정확히 짚으셨습니다. 라피엘 씨는 냉혹한 남자였지만, 공평하고 솔직한 남자였습니다. 라피엘 씨는 이렇게 말씀하셨죠. '나는 내 아들이 어떤 인간인지 잘 알고 있소. 하지만 누군가 그 애를 변화시킬 수 있을 거라고는 생각하지 않기 때문에 그런 노력은 하지 않았소. 원래가 그렇게 생겨 먹은 녀석이라오. 비뚤어졌지. 망나니야. 앞으로도 말썽만 피우겠지. 불성실한 녀석이라오. 그 누구도, 그 무엇도 그 애를 올바른 길로 이끌지 못할 거요. 그건 확신해. 나는 그 녀석에게서 어느 정도 손을 뗐소. 하지만 법적으로나 외견상으로는 아니오. 그 녀석이 손을 벌리는 한 돈은 대 줄 거요. 곤경에 처하면 법률적인 도움이나 다른 도움은 줄 테고. 나는 이제껏 내가 할 수 있는 일은 다 했소. 뭐, 나에게 경련성 마비나 간질을 앓고 있는, 치료가 불가능한 아들이 하나 있다면 그 애를 위해 할 수 있는 건 다 할 거요. 그 이상도 그 이하도 아니오. 내가 이제 와서 그 애를 위해 뭘 할 수 있겠소?' 그래서 저는 뭘 원하시느냐에 달려 있다고 말했습니다. 그러자 이렇게 말하더군요. '그건 간단하오. 난 몸을 제대로 쓰지 못하는 불구이지만 내가 뭘 원하는지는 아주 분명히 아니까. 그 애의 결백이 입증되길 바라오. 그 애가 수감 생활에서 풀려나길 바라오. 그 애가 나름대로 최선을 다해 자유롭게 스스로의 인생을 이끌어 나가길 바라오. 만약 그 애가 더 부정한 길로 가야겠다면 그런 인생을 살아야겠지. 나는 그 애를 위해 모든 걸 해 주라는 유언장을 남길 거요. 그 애가 그저 타고난 본성과 불운한 실수로 인해 감옥에 갇히고 고통받고 좌절하는 건 원치 않소. 만약 그 아가씨를 죽인 것이 다른 누군가, 다른 어떤 남자라면 그 사실이 확실히 밝혀지길 바라오. 나는 마이클에게 정의가 실현되길 원하오. 하지만 난 불구의 몸이오. 심각한 환자지. 앞으로 남은 시간은 몇 년, 몇 달이 아니라 고작 몇 주뿐이라오.'

저는 변호사를 선임하는 게 어떠냐고 아는 변호사 사무실이 있다고 했지만, 라피엘 씨는 제 말을 가로막았습니다. '변호사도 소용없을 거요. 변호사를 고용해 봐야 쓸모없을 거요. 내가 제한된 시간 내에 가능한 준비를 다 해 놔야 해.' 그리고 라피엘 씨는 진실에 대한 조사와 가능한 모든 것들을 비용을 아끼지 말고 맡아 달라시며 많은 수임료를 주셨습니다. '나는 아무것도 할 수가 없소. 죽음이 어느 순간 찾아올지 모르니까. 모든 권한을 당신에게 위임하고, 당신을 도울 사람을 하나 붙여 드리겠소.' 그리고 라피엘 씨는 이름 하나를 적어 주었습니다. 제인 마플 양. 그는 이렇게 말했습니다. '당신에게 마플 양의 주소를 알려 드리지는 않을 거요. 내가 선택한 장소에서 그녀를 만나 보셨으면 하오.' 그런 후에 이번 여행, 유서 깊은 저택과 성, 정원을 둘러보는 이 매력적이고 무해한 여행 이야기를 꺼내시더군요. 특정일 전에 제 자리도 예매해 두겠다고 하셨습니다. 그러면서 이렇게 덧붙이셨죠. '제인 마플 양 또한 그 여행에 참가하게 될 거요. 당신은 그곳에서 그녀를 만나게 될 테고, 자연스럽게 마주치게 될 테니 지극히 자연스러운 만남으로 비춰질 거요.'

저는 적당한 때가 왔을 때 마플 양께 저를 알리려고 했습니다. 마플 양께서는 이미 저나 제 친구인 교도소장이 그 사건의 범인을 다른 사람이라고 의심하거나, 단정 짓는 어떤 근거가 있느냐고 물으셨죠. 교도소장은 담당 경찰관과 함께 그 사건을 조사해 보았지만 아무런 근거도 발견하지 못했습니다. 아주 믿을 만한 총경으로 이런 사건들을 다뤄 본 경험이 아주 많은데 말이죠."

"다른 용의자를 찾지 못했다고요? 그 아가씨의 다른 남자 친구들 중에 범인이 없었어요? 전에 사귀었던 남자 친구들 중에서도요?"

"전혀 없었습니다. 저는 라피엘 씨에게 당신에 대한 이야기를 조금 더 해 달라고 부탁했습니다. 하지만 그는 승낙하지 않으셨습니다. 그저 당신이 나이가 지긋하고, 사람에 대해 잘 아는 사람이라고만 했습니다. 그리고 다른 한 가지를 말씀해 주셨습니다."

그가 말을 멈춘 사이에 마플 양이 물었다.

"다른 한 가지가 뭔데요? 내가 타고난 호기심은 어느 정도 있긴 해요. 하지만 그 외에 어떤 장점이 있다는 건지 도무지 모르겠네요. 나는 귀도 약간 어둡다고요. 시력도 예전만 하지 못하고요. 어쩌면 좀 어리석고 단순하고, 그리고 옛날 말로 '수다스러운 노인네'라는 것 외에 어떤 장점이 있다는 건지 도무지 모르겠어요. 라피엘 씨가 혹시 그런 걸 말씀하셨나요?"

"아닙니다. 그분은 마플 양께서 사악한 기운을 아주 예리하게 감지하시는 것 같다고 말씀하셨습니다."
"오."
마플 양은 당황한 기색이 역력했다.
원스테드 교수는 그녀를 유심히 살펴보더니 물었다.
"정말 그러십니까?"
마플 양은 한동안 아무 말 하지 않다가, 마침내 입을 열었다.
"어쩌면 그럴지도 모르겠네요. 예, 어쩌면요. 그동안 이웃에서, 내 주위에서 일어난 사건과 연관이 있는 사악한 기운을 가진 사람을 몇 번 알아낸 적이 있긴 해요."
그녀는 갑자기 원스테드 교수를 바라보며 미소를 지었다.
"그러니까 예민한 후각을 타고난 것과 비슷하다고 할 수 있어요. 다른 사람은 아무도 못 맡는데 혼자만 가스 새는 냄새를 맡는 사람이 있잖아요. 향수 냄새도 아주 쉽게 구분을 하죠. 옛날에 고모는……"
마플 양은 곰곰이 생각하며 말을 이었다.
"사람들이 거짓말을 할 때면 냄새가 난다고 하셨어요. 아주 독특한 냄새가 난다는 거예요. 거짓말하는 사람의 코가 씰룩거린 다음 냄새가 난다고 말씀하셨어요. 그게 사실인지 어쩐지는 모르겠지만…… 뭐, 이따금씩은 아주 놀라울 정도긴 하셨어요. 한번은 고모가 작은 아버지에게 이렇게 말씀하신 적이 있어요. '잭, 네가 오늘 아침에 이야기하던 그 젊은이와는 어울리지 마. 계속 네게 거짓말만 하더구나.' 그리고 그게 사실이었다는 게 밝혀졌어요."

"사악한 기운을 감지하는 능력이라. 뭐, 사악한 기운을 감지하신다면 말씀해 주십시오. 저도 꼭 알고 싶습니다. 제게 특별히 사악한 기운을 감지하는 능력 같은 건 없는 것 같습니다. 병마에 대한 지식은 있어도……. 악마에 대한 지식은 여기에 없으니까요."

원스테드 교수는 앞이마를 톡톡 두드렸다.

"내가 어떻게 이 일에 개입하게 되었는지 간단하게 말씀드리는 게 좋겠네요. 교수님도 아시는 것처럼 라피엘 씨는 돌아가셨어요. 그 후에 라피엘 씨의 변호사들이 나를 사무실로 불러, 라피엘 씨의 제안을 전해 줬어요. 그리고 아무런 설명도 되어 있지 않은 편지를 한 통 받았죠. 그 뒤에는 한동안 아무런 소식도 없었어요. 그러다 이번 여행을 주관하는 여행사에서 편지를 1통 받았어요. 라피엘 씨가 돌아가시기 전에 내가 여행을 아주 좋아하는 걸 알고 깜짝 선물을 주고 싶었다며 예약을 해 놨다지 뭐예요. 난 아주 놀랐지만 그걸 내가 밟아야 하는 첫 단계라는 지시로 받아들였어요. 나는 이번 여행길에 오르며 여행 중에 다른 지시나 암시, 실마리가 나타날 거라고 생각했어요. 그리고 실제로도 나타났던 것 같아요. 어제, 아니 엊그제 이곳에 도착하자마자 근처의 올드 매너 하우스에 사는 세 숙녀분들의 친절한 초대를 받았죠. 그분들 말로는 라피엘 씨께서 돌아가시기 얼마 전에 편지를 보냈대요. 오랜 친구 1명이 이 여행에 참가할 텐데 어제 여행 일정에 포함된 기념탑까지 가파른 벼랑길을 오르는 것은 다소 힘에 부칠 거라며 이삼 일 정도 집으로 초대해 주면 고맙겠다고 했다더군요."

"마플 양께서는 그 초대 또한 라피엘 씨의 지시로 받아들이신 겁니까?"

"물론이에요. 그 외에 다른 이유가 있을 리 만무하잖아요. 라피엘 씨는 언덕 오르기가 힘들 노부인에 대한 동정심으로, 아무 이유 없이 호의를 베풀 만한 사람이 아니에요. 예. 라피엘 씨는 내가 그곳에 가길 원했던 거예요."

"그리고 그곳에 가셨죠? 그래서 어떻게 됐습니까?"

"아무것도요. 세 자매뿐이었어요."

"이상한 세 자매였습니까?"

"그럴 거라 생각했지만 그렇진 않았던 것 같아요. 어쨌든 겉보기에는 그렇지 않았어요. 아직은 나도 잘 모르겠네요. 어쩌면 그럴 수도 있다고 생각해요······. 그러니까 어쩌면요. 겉보기에는 지극히 평범해요. 그 집은 세 자매의 소유가 아니었대요. 원래는 세 자매의 삼촌 집이었는데, 삼촌이 돌아가시고 나서 그 집으로 와서 살았대요. 생활고에 시달리는 것 같았고, 다들 상냥하지만 특별히 흥미로운 구석은 없었어요. 제각각 성격이 다르더군요. 그리고 라피엘 씨와도 아주 친한 사이는 아니었던 것 같아요. 여러 번 이야기를 나눠 봤지만 특별한 건 아무것도 없었어요."

"그렇다면 그 집에 머무는 동안 아무것도 알아내지 못하신 겁니까?"

"방금 교수님께서 말씀해 주신 사건에 대한 이야기는 들었어요. 세 자매에게서 들은 건 아니지만요. 그 삼촌이 있을 때부터 그 집에서 일한 나이 많은 하녀에게서 들었죠. 그 하녀는 라피엘 씨의 이름만 알더군요. 하지만 살인 사건에 대해서는 줄줄 꿰고 있던걸요. 망나니였던 라피엘 씨의 아들이 이곳을 방문하면서 모든 일이 시작되었고, 그 아가씨와 어떻게 사랑에 빠졌는지, 그 청년이 어쩌다 그 아가씨의 목을 졸랐는지, 그리고 얼마나 슬프고 비극적이며 끔찍한 사건이었는지까지요. '청산유수'처럼 늘어놓더군요. (마플 양은 젊은 시절에 쓰던 표현을 사용했다.) 과장이 심하기도 했지만 끔찍한 이야기더군요. 그리고 그 여자 말로는 경찰은 그 청년이 다른 살인도 저지른 걸로 본다고 하던데요……."

"혹시 그 이상한 세 자매와 어떤 연관이 있을 거라고는 생각하지 않으십니까?"

"예, 그저 세 자매가 그 아가씨의 보호자들이었고…… 아가씨를 아주 아꼈다는 것만 알아요. 그 이상은 모르겠네요."

"그 여자들이 뭔가 알 수도 있잖습니까. 다른 남자에 대한 거나."

"예……. 그게 우리가 원하는 거죠, 그렇죠? 다른 남자……. 잔혹한 성미라 한 아가씨를 죽인 후에도 망설임 없이 그 아가씨의 머리를 부숴 놓을 수 있는 남자. 질투에 불타 미쳐 버릴 수 있는 그런 남자. 세상에는 그런 남자들이 있죠."

"올드 매너 하우스에서 다른 흥미로운 일은 없었습니까?"

"별로요. 세 자매 중 1명, 그러니까 막내가 계속해서 정원 이야기를 늘어놓더군요. 하는 이야기를 들으면 마치 정원 일에 아주 조예가 깊은 사람 같지만, 정원에 있는 식물의 반은 이름도 모르는 걸 보면 그럴 리는 없어요. 내가 아주 귀한 관목을 몇 가지 언급하면서 슬쩍 떠보았어요. 그걸 아느냐고 물었더니 그렇다고 대답하면서 '너무 근사하죠?'라고 대꾸하더군요. 내가 그 관목은 그리 튼튼하지가 않다고 했더니 맞장구를 치더군요. 하지만 식물에 대해서는 아는 게 전혀 없었어요. 그러니까 생각나는 게 있는데……."

"어떤 생각이 나셨습니까?"

"글쎄요, 내가 정원과 식물에 대해 너무 유난스럽게 군다고 생각하실지도 모르지만 그런 것들은 누구나 알기 마련이잖아요. 그러니까 내가 기르는 새에 대해서는 조금 알고, 정원에 대해서는 어느 정도 알고 있답니다."

"마플 양을 고민에 빠뜨린 건 새가 아니라 정원이겠죠?"

"그래요. 혹시 일행 중에 두 중년 여자들을 보셨나요? 배로 양과 쿡 양 말이에요."

"예. 봤습니다. 함께 여행을 온 중년의 미혼 여성 둘이죠."

"맞아요. 내가 보기에는 쿡 양이 좀 이상한 것 같아요. 그 이름이 맞죠? 그러니까 이번 여행에서는 말이에요."

"이런……. 그분에게 다른 이름도 있습니까?"

"그런 것 같아요. 나를 찾아왔던……. 아니 나를 찾아왔다고는 말할 수 없지만, 내가 사는 세인트 메리 미드에 있는 집 정원 울타리 밖에 서 있던 여자와 동일 인물이에요. 그때는 내 정원을 보고 감탄하며 나와 정원에 대한 이야기를 나눴죠. 그러면서 자기는 그 마을 새집으로 이사 온 댁에서 정원사로 일한다고 했죠. 내 생각에는……. 예, 전부 거짓말이었던 것 같아요. 쿡 양 역시 정원에 대해서는 아무것도 몰라요. 아는 척하지만 사실은 그렇지 않아요."

"쿡 양이 왜 그 마을에 갔었다고 생각하십니까?"

"전혀 모르겠어요. 처음에는 자기 이름을 바틀릿이라고 했고……. 같이 사는 여자는 'H'로 시작하는 이름이었는데 지금은 기억이 나질 않네요. 그때와 지금은 헤어스타일 뿐 아니라, 머리 색과 옷 스타일까지 달라요. 이 여행을 시작할 때는 못 알아봤어요. 그저 왠지 얼굴이 낯익다 싶어 고민만 했었죠. 그러다 갑자기 생각이 났어요. 염색한 머리 때문에요. 내가 마을에서 본 얘기를 했죠. 그랬더니 그곳에 갔던 사실을 인정하더군요……. 자기도 나를 못 알아봤던 척하지 뭐예요. 전부 거짓말이에요."

"그리고 이 일에 대한 마플 양의 의견은 어떠십니까?"

"뭐, 한 가지는 확실해요……. (현재 이름으로 말하자면) 쿡 양은 나를 보러 세인트 메리 미드에 왔던 거예요. 다음에 다시 만날 때 내 얼굴을 알아볼 수 있도록 말이에요."

"왜 그래야 했을까요?"

"나야 모르죠. 두 가지 가능성이 있는데 그중 하나가 꼭 맞는지 어쩐지는 나도 장담 못하겠어요."

"저 또한 의문이 드는군요."

둘 다 잠시 침묵하다가 원스테드 교수가 입을 열었다.

"엘리자베스 템플에게 일어난 일이 뭔가 석연치 않습니다. 이번 여행 중에 그분과 이야기를 나눠 보셨죠?"

"예, 그랬어요. 그분이 좀 나아지신다면 다시 한번 이야기를 나눠 보고 싶어요. 그분이라면 나에게…… 우리에게 살해당한 그 아가씨에 대한 이야기를 해 주실 수 있을 거예요. 그분이 교장으로 있던 학교에 다니던, 라피엘 씨의 아들과 결혼하려 했던 아가씨에 대한 이야기를 한 적이 있어요. 하지만 그 아가씨는 결혼을 못 하고 죽었다고 했어요. 내가 어쩌다, 혹은 왜 죽었냐고 물었더니. 그분은 '사랑'이라고 답하셨죠. 나는 그 말의 뜻을 자살이라고 받아들였지만. 살인이었어요. 질투로 인한 살인이라면 딱 맞아떨어질 거예요. 다른 남자가 저지른. 우리는 그 다른 남자를 찾아야 해요. 템플 양이라면 그 남자가 누군지 이야기해 줄 수 있을지도 몰라요."

"다른 가능성은요?"

"내 생각에 우리에게 필요한 건 사소한 정보예요. 이번 버스 여행 일행이나……. 올드 매너 하우스에 사는 사람들 중 사악한 사람이 있다고 생각할 이유는 전혀 없는 것 같아요. 하지만 이 세 자매 중 1명은 그 아가씨나 마이클이 했던 말 중 무언가를 알고 있거나 기억하고 있을지도 모르죠. 클로틸드는 종종 그 아가씨를 데리고 해외여행을 갔대요. 따라서 어쩌면 해외여행 중에 일어난 어떤 일에 대해 알고 있을지도 모르죠. 그 아가씨가 한 말이나, 여행 중에 한 일에 대한 무언가를요. 그 아가씨가 만났던 남자. 이곳의 올드 매너 하우스와는 아무런 연관이 없는 무언가를요. 그저 이야기만으로, 사소한 정보만으로 실마리를 얻어야 하니 힘든 일이죠. 둘째인 글린 부인은 꽤 일찍 결혼했고 듣기로는 인도와 아프리카에서 살았던 모양이에요. 글린 부인이 이따금씩 이곳을 방문하긴 했지만, 어쩌면 남편이나 시댁쪽 친척, 올드 매너 하우스와 직접적인 연관이 없는 누군가를 통해 어떤 이야기를 들었을 수도 있어요. 글린 부인 또한 살해당한 아가씨를 아는 것 같지만, 다른 2명보다는 아는 게 훨씬 적을 거예요. 하지만 그렇다고 해서 그 아가씨에 대한 중요한 정보를 아예 모를 거라 단정할 순 없어요. 막내는 좀 멍하니 생각에만 빠져 있는 데다 그 아가씨에 대해서도 잘 아는 것 같진 않았어요. 하지만 그래도 이 막내 역시 그 아가씨의 남자 친구들에 대해 뭔가 알고 있거나…… 그녀가 낯선 남자와 있는 걸 보았을 수도 있죠. 그나저나 지금 저기 호텔 앞을 지나가는 사람이 바로 그 막내예요."

마플 양은 밀담을 나누는 도중에도 평생의 습관을 떨쳐 버리지 못했던 것이다. 대로는 그녀에게 있어 관측소였다. 어슬렁거리든 서두르든 지나가는 행인은 자동적으로 그녀의 눈에 포착되었다.

"앤시아 브래드버리스콧……. 커다란 소포를 들고 있는 여자요. 우체국에 가는 모양이네요. 저 모퉁이만 돌면 바로잖아요, 그렇죠?"

"제가 보기엔 좀 미친 여자 같습니다만. 저 산발한 머리카락……. 회색 머리카락에…… 50살 먹은 오필리아 같군요."

"나도 처음 봤을 때 그 생각을 했어요. 오, 이런. 앞으로 무얼 해야 하는지 알면 얼마나 좋겠어요. 여기 골든 보어에서 하루 이틀 더 묵거나 버스 여행을 계속 하거나. 덤불 속에서 바늘 찾는 격이에요. 그래도 덤불 속에 손을 깊숙이 집어넣으면 무언가가 걸리겠죠……. 그러다 바늘에 찔린대도 말이에요."

검은색과 빨간색 체크무늬

I

일행들이 점심 식사를 기다리며 앉아 있을 때 마침 샌드번 부인이 돌아왔다. 그녀가 들고 온 소식은 좋은 소식이 아니었다. 템플 양은 여전히 의식을 차리지 못했다. 앞으로 사나흘은 움직일 수가 없었다.

소식을 전한 샌드번 부인은 실질적인 문제를 꺼냈다. 그녀는 런던으로 돌아가길 희망하는 사람들을 위해 적절한 기차 시간을 알려주었으며, 이튿날이나 그다음 날 여행을 재개할 경우의 계획도 내놓았다. 그녀는 오늘 오후에 간단하게 방문할 만한, 작게 그룹을 지어 차를 대절해 갈 만한 장소들을 목록으로 뽑아 돌렸다.

원스테드 교수는 다 함께 식당으로 향하는 순간 마플 양 곁으로 다가왔다.

"오늘 오후에는 호텔에서 쉬고 싶으시겠죠? 혹시 그렇지 않다면

1시간 후에 여기서 다시 만날까요? 마플 양께서 관심 있으실 만한 흥미로운 교회가 하나 있습니다만……?"
"그거 아주 좋겠네요."

II

마플 양은 마중 나온 차에 미동도 없이 앉아 있었다. 원스테드 교수는 정확히 약속한 시간에 그녀를 마중 나왔다.
"이 교회가 마음에 드실 겁니다. 마을도 아주 예쁘고요. 시간도 충분한데 지역의 경관을 즐기지 않을 이유가 없지 않습니까."
"정말 친절하시네요."
마플 양은 예의 그 실룩거리는 눈으로 그를 바라보았다.
"정말 친절하세요."
그녀는 다시 같은 말을 되뇌었다.
"왠지…… 무정한 말 같네요. 하지만 제 말뜻을 아시겠죠?"
"이런, 템플 양은 마플 양의 오랜 친구인 건 아니잖습니까. 물론 그런 사건을 당하신 건 슬픈 일이지만 말입니다."
"어쨌든 정말 친절하시네요."
마플 양은 다시 한번 반복했다.
원스테드 교수는 마플 양을 위해 차의 문을 열어 주었고, 그녀는 차에 올라탔다. 빌린 차일 거라고 생각했다. 노부인을 위해 일부러 차를 빌려 경치 구경을 시켜 주다니 자상하기도 했다. 더 젊고, 더 재미있고, 더 아름다운 누군가와 함께 갈 수도 있었을 텐데. 마플 양은 마을을 달리는 동안 한두 번 생각에 잠긴 시선으로 그를 바라보았다. 그는 마플 양을 보고 있지 않았다. 앞 유리창만 내다보고 있었다.

마을을 뒤로 하고 언덕으로 구불구불 이어진 울퉁불퉁한 시골길에 오르자 그가 고개를 돌려 마플 양에게 말했다.

"지금 교회로 가는 게 아닙니다."

"예. 그럴지도 모른다고 생각했어요."

"예, 마플 양이시라면 눈치채실 줄 알았습니다."

"지금 어디로 가고 있는지 물어봐도 될까요?"

"병원으로 가고 있습니다. 캐리스타운에 있는."

"아, 그래요. 템플 양이 입원해 있는 병원이 그곳이죠?"

굳이 물어볼 필요 없는 질문이었다.

"예. 샌드번 부인이 병원에 다녀오면서 제게 병원 당국에서 받은 편지를 한 통 주더군요. 출발 전에 병원에 전화를 해 봤습니다."

"템플 양이 괜찮을 거라던가요?"

"아니요. 그렇지는 않을 겁니다."

"그렇군요. 적어도…… 보고 싶지는 않네요."

"템플 양이 회복하기는 아주 힘들 것 같지만 달리 손쓸 도리가 없습니다. 어쩌면 다시 의식을 차리지 못할 수도 있습니다. 어쩌면 잠깐이나마 중간중간 의식이 돌아올 수도 있고요."

"그리고 교수님은 나를 그리로 데려가시는 거예요? 왜요? 교수님 말씀대로 나는 템플 양의 친구도 아닌데요. 이번 여행에서 처음 만났을 뿐이라고요."

"예, 저도 잘 알고 있습니다. 마플 양을 그리로 모셔 가는 건, 템플 양이 잠깐씩 의식을 찾았을 때 마플 양을 불러 달라고 요청했기 때문입니다."

"그렇군요. 하지만 왜 나를 불러 달라고 했는지, 왜 내가…… 내가 도움이 될 수 있을 거라 생각했는지 통 모르겠네요. 템플 양은 지각 있는 분이시죠. 그분 분야에서는 위대한 여성이고요. 팰로필드의 교장으로서 교육계에서는 중요한 위치를 차지하고 계세요."

"최고의 여학교인 모양입니다?"

"예. 템플 양은 아주 훌륭한 분이셨어요. 학식 또한 아주 높으셨고요. 수학이 전공이긴 했지만 '다방면에서 만능'이셨죠……. 진정한 교육자라 불릴 만한 분이셨어요. 여학생들에게 적절한 교육을 시키고 여학생들의 교육을 장려하는 데 많은 힘을 쏟으셨죠. 그분이 돌아가신다면 너무 잔인하고 슬픈 일이 될 거예요. 정말이지 크나큰 손해가 될 거예요. 템플 양은 교장직에서 은퇴하시긴 했지만 여전히 많은 영향력을 행사하실 수 있으니까요. 이번 사건은……."

마플 양은 말을 멈췄다.

"혹시 교수님께서는 이번 사건 이야기는 하고 싶지 않으신가요?"

"이야기하는 편이 나을 거라고 생각합니다. 언덕 위에서 큰 돌덩어리들이 떨어졌습니다. 전에도 그런 일이 있었지만 어쩌다 한 번 일어나는 일이라고 합니다. 그런데 누군가 와서 그런 일이 일어났다고 말해 주더군요."

"교수님께 와서 사고 소식을 전했다고요? 그게 누구였어요?"

"두 젊은이였습니다. 조애너 크로포드와 에믈린 프라이스죠."

"뭐라고 하던가요?"

"조애너는 언덕 사면에 누군가 서 있는 걸 본 것 같다고 했습니다. 좀 위쪽으로요. 조애너와 에믈린은 아래쪽에 있는 큰길부터 시작해 언덕 곡면을 돌아서 나 있는 울퉁불퉁한 길을 따라 올라가고 있었답니다. 모퉁이를 돌다가 높은 곳에 남자인지 여자인지 알 수 없는 어떤 사람이 아래쪽으로 커다란 돌덩어리를 굴리려는 걸 분명히 보았다는 겁니다. 그 돌덩어리가 흔들리더니…… 마침내 언덕 아래로 굴러 떨어지기 시작했고, 처음에는 느리다가 나중에는 속도가 붙었답니다. 템플 양은 언덕 사면 아래쪽의 큰길을 걸어가고 있었고, 때마침 돌에 맞은 겁니다. 물론 일부러 템플 양을 노렸다면 성공하지 않았을 수도 있었습니다. 비껴갈 수도 있었죠……. 하지만 성공했습니다. 일부러 아래쪽에 걸어가던 여자를 공격하려던 거라도 지나치게 딱 들어맞지 않았나 싶습니다."

"그 아가씨가 본 사람이 남자였어요, 아님 여자였어요?"

"안타깝지만 조애너 크로포드도 확실하게는 모르겠답니다. 누군지는 몰라도 청바지 또는 바지를 입고 있었고 빨간색과 검은색 체크무늬가 새겨진 화려한 폴로넥 스웨터를 입고 있었답니다. 그 사람은 돌을 밀어뜨린 즉시 뒤로 돌아 어디론가 사라져 버렸답니다. 조애너는 남자였을 것 같다고 했지만 확신은 못했습니다."

"그리고 조애너나 교수님은 누군가 템플 양의 목숨을 노렸던 거라고 생각하시나요?"

"조애너는 생각할수록 그런 게 분명하다는 생각이 든다고 했습니다. 그 청년도 같은 생각이라고 했고요."

"교수님께서는 혹시 누구 짓인지 짐작 가는 데라도 있으세요?"

"전혀요. 그 두 젊은이나 저나 똑같습니다. 어쩌면 우리 여행 일행 중 1명, 그날 오후 함께 산책을 나갔던 사람 중 1명일 수도 있습니다. 어쩌면 전혀 모르는 누군가, 우리 일행이 이곳에 머무르고 있으며 그중 1명을 공격하기에 이 장소가 적절하다는 것을 아는 누군가가 저지른 짓일 수도 있습니다. 템플 양에 대해 아무런 감정도 없이 그저 폭력을 휘두르고 싶은 젊은 녀석의 소행일 수도 있고, 템플 양에게 악의를 품고 있는 적의 소행일 수도 있습니다."

"'비밀스러운 적'이라니 멜로드라마 같네요."

"예, 그렇죠. 누가 은퇴한 존경받는 여학교 교장을 죽이려 했을까요? 그게 바로 우리가 알고 싶은 부분입니다. 아주 가능성이 희박하긴 하지만 템플 양 본인의 입으로 들어볼 수 있을지도 모릅니다. 어쩌면 언덕 위에 서 있던 사람을 봤을 수도 있고, 혹은 어떤 이유로 그녀에게 원한을 품고 있는 사람이 있으며 그게 누군지 알고 있을 가능성도 있습니다."

"그래도 난 정말 믿기 어려워요."

"저도 그렇게 생각합니다. 템플 양은 희생자가 될 만한 사람이 절대 아닌 것 같지만, 생각해 보면 교장이란 지위에 있는 사람은 엄청나게 많은 사람들을 알게 되는 법입니다. 어마어마하게 많은 사람들이 템플 양의 손을 거쳐 갔다고 할 수 있습니다."
"많은 소녀들이 그분의 손을 거쳐 갔죠."
"예. 예, 제 말이 그겁니다. 소녀들과 그 가족들이요. 여학교 교장이라면 필시 학생들에 대해 많은 걸 알고 있을 겁니다. 이를테면 가족들도 모르는 어떤 여학생의 연애 사건 같은 것 말입니다. 아시겠지만 그런 일이 자주 일어나지요. 특히 지난 10년 혹은 20년간은 말입니다. 여자아이들이 점점 더 빨리 성숙한다고들 하지 않습니까. 신체적으로 보자면 맞는 말이지만, 좀 더 깊은 의미로 보자면 오히려 그 반대입니다. 어린아이로 지내는 기간이 더 깁니다. 옷도 어린아이같이 입고 머리를 부풀리는 것 또한 어린아이 같죠. 미니스커트 또한 어린 시절에 대한 동경을 나타냅니다. 베이비돌 스타일의 잠옷, 원피스와 반바지……. 이 모든 게 어린아이들이 입는 스타일이지 않습니까. 여자아이들은 어른이 되길 원하지 않습니다……. 우리처럼 책임을 지고 싶어 하지 않아요. 그러면서도 어린아이들이 모두 그렇듯 자기가 다 자랐다고 생각하며, 어른들이 하는 일을 마음껏 하길 원합니다. 그리고 그것이 때로는 비극으로, 때로는 비극의 여파로 이어지게 되는 겁니다."
"어떤 특정한 사건을 떠올리고 계시는 거예요?"
"아니요. 아니요, 그렇지는 않습니다. 저는 그저…… 글쎄요, 이런저런 가능성들을 생각해 본 것뿐입니다. 엘리자베스 템플에게 개인적으로 앙심을 품은 사람이 있다고는 생각하지 않습니다. 그녀를 죽이려 할 만큼 잔혹한 적이 있다고는 생각하지 않습니다. 저는…….”

그는 마플 양을 바라보았다.

"……마플 양께서는 어떻게 생각하시는지 말씀해 주시겠습니까?”

"어떻게 생각하냐고요? 글쎄요, 교수님께서 하신 말씀이 어떤 뜻인지는 알 것 같아요. 교수님께서는 템플 양이 무언가를, 어떤 사람에게는 불편하거나 위험할 수도 있는 어떤 정보를 알고 있다는 말씀이시잖아요.”

“예, 바로 그렇습니다.”

“그럴 경우에는 템플 양을 알아보았거나, 세월이 오래 흘러 템플 양이 기억하지 못하거나 얼굴을 알아보지 못할 수도 있는 우리 버스 여행 일행 중 1명이 범인이라고 볼 수 있겠네요. 우리 일행들로 혐의가 돌아가게 되겠죠, 그렇지 않아요?”

그녀는 말을 멈추었다.

“교수님께서 말씀하신 그 스웨터요……. 빨간색과 검은색 체크무늬라고 말씀하셨죠?”

“아, 예. 그 스웨터가……. 뭔가 떠오르는 게 있으십니까?”

그는 마플 양을 흥미로운 기색으로 바라보았다.

“아주 눈에 띄는 색이잖아요. 교수님 말을 듣고 생각난 거예요. 충분히 언급할 만하죠. 조애너라는 아가씨도 그 이야기는 명확하게 언급했잖아요.”

“예. 그래서 어떤 생각이 나신 겁니까?”

"펄럭이는 깃발."

마플 양이 곰곰이 생각에 잠긴 채 말했다.

"사람들이 보고 기억하고 알아볼 수 있는 무언가."

"예."

윈스테드 교수는 격려하듯 그녀를 바라보았다.

"자기가 본 사람을 묘사할 때, 가까이에서가 아니라 먼 거리에서 봤을 때는 가장 먼저 그 사람이 입은 옷을 이야기하게 될 거예요. 얼굴이나 걸음걸이, 손, 발에 대한 이야기가 아니라. 주홍색의 큼직한 베레모, 보라색 망토, 기괴한 가죽 재킷, 밝은 빨간색과 검은색으로 된 스웨터. 아주 눈에 확 띄는 무언가를요. 그리고 그 사람이 그 옷을 벗어 버린다면, 없애 버린다면, 우편으로 예를 들어 160킬로미터 떨어진 곳에 있는 어떤 주소로 보내 버린다면, 혹은 다른 도시에 있는 쓰레기통에 버리거나 태워 버리거나 찢어 없애 버린 후 수수한 옷을 입는다면 아무도 그 사람을 쳐다보거나 의심하지 않을 거예요. 빨간색과 검은색 체크무늬 옷을 입었다는 건 그런 뜻이 분명해요. 일부러 눈에 띄도록 만들고, 다시는 입지 않을 테니 눈에 띌 일이 없을 거예요."

"아주 그럴듯한 이론입니다. 이미 말씀드렸듯이 팰로필드는 이곳에서 그리 멀지 않습니다. 25킬로미터 정도 떨어져 있죠. 따라서 이곳은 엘리자베스 템플이 사는 동네이고, 이곳에 사는 사람들 또한 그녀를 잘 알고 있었을 수도 있습니다."

"예. 그러면 범위가 더 확대되겠네요. 나도 범인이 여자보다는 남자일 가능성이 높다는 교수님 말에 동의해요. 그 돌은, 만약 고의적이었다면 아주 정확하게 아래로 떨어져 내렸어요. 정확성이란 여자보다는 남자의 특성이죠. 그리고 어쩌면 옛날에 템플 양의 학생이었던 우리 일행 중 누군가나 이 동네 사람 하나가 템플 양을 길거리에서 봤을 수도 있어요. 너무 오래전이라 템플 양이 미처 알아보지 못한 누군가가요. 하지만 그 아가씨 혹은 그 여자는 템플 양을 알아봤겠죠. 교장은 50살이나 60살이나 별반 다를 게 없으니까요. 전에 교장이었던 템플 양을 알아본 사람이라면, 그녀가 자신에게 해가 되는 무언가를 알고 있다는 사실 또한 알았을 거예요. 어떤 식으로든 자신에게 위협이 될 수 있다고 생각한 거죠."

마플 양은 한숨을 쉬었다.

"나는 이 동네에 대해 전혀 모른답니다. 교수님께서는 뭐 알고 계시는 게 있나요?"

"아니요. 저도 이곳에 대해 잘 안다고는 할 수 없습니다. 하지만 이곳에서 일어난 다양한 일들에 대해 알게 된 건 오로지 마플 양이 제게 말씀해 주신 덕분입니다. 마플 양과 이야기를 나눠 보지 않았더라면, 그리고 마플 양께서 이야기해 주지 않으셨더라면 지금보다 더 어찌해야 할 줄 몰랐을 겁니다.

마플 양께서는 이곳에서 무얼 해야 하는지 모르시죠. 그럼에도 이곳에 오셨습니다. 마플 양이 이곳으로 오게 된 것, 이 버스 여행에 참가하게 된 것, 저와 만나게 된 것, 이 모두는 라피엘 씨께서 준비해 둔 것입니다. 그리고 그동안 우리가 들렀거나 지나온 다른 장소들을 다 제쳐 두고 이곳에서 이틀 밤을 지내도록 마련되어 있었죠. 마플 양께서는 라피엘 씨의 청을 거절하지 않을 친구분들을 만났습니다. 그것에도 뭔가 이유가 있었을까요?"

"덕분에 내가 알아야 할 몇 가지 정보를 얻게 됐죠."

"오래전에 일어난 연쇄 살인 사건에 대한 정보요?"

원스테드 교수는 미심쩍은 표정이었다.

"별다를 게 없습니다. 영국과 웨일스 전역에서 같은 일이 벌어지니까요. 이런 일들은 항상 연쇄적으로 일어나는 모양입니다. 먼저 한 아가씨가 폭행을 당하고 살해당한 채로 발견되었다. 그 후에 또 다른 아가씨가 그리 멀지 않은 곳에서 발견되었다. 그리고 그 비슷한 사건이 한 30킬로미터 떨어진 곳에서 또 일어났다. 항상 이런 식이죠. 조슬린 세인트 메리에서 두 아가씨의 실종 신고가 들어왔는데, 그중 1명은 6개월 후에 수십 킬로미터 떨어진 곳에서 시신이 발견되었고, 마지막으로 함께 있었던 사람은 마이클 라피엘이었죠……."

"그리고 다른 1명은요?"

"노라 브로드라는 아가씨입니다. '남자 친구 1명 없는 얌전한 아가씨'는 아니었죠. 너무 많아 탈이었다면 모를까. 그 아가씨의 시신은 아직 발견되지 않았습니다. 언젠가는…… 발견되겠죠. 20년도 지나서 시신을 발견하는 경우도 많으니까요."

원스테드 교수는 이렇게 말하며 속력을 줄였다.

"이제 다 왔습니다. 여기가 캐리스타운이고 이 앞이 병원입니다."

마플 양은 원스테드 교수의 안내를 받아 안으로 들어갔다. 병원에서는 교수를 기다리고 있었던 모양이었다. 마중 나온 사람이 그를 작은 방으로 서둘러 안내했고, 방 안의 책상 앞에 앉아 있던 한 여자가 자리에서 일어섰다.

"오, 예. 원스테드 교수님. 그리고…… 음……. 이분은……."

그녀는 머뭇거렸다.

"제인 마플 양이십니다. 바커 수녀님에게 전화로 말씀드렸습니다."

원스테드 교수가 말했다.

"오, 예. 바커 수녀님께서 교수님과 같이 오신다고 말씀하셨어요."

"템플 양은 좀 어떠신가요?"

"똑같은 것 같아요. 아무래도 별다른 차도가 없는 모양이에요. 바커 수녀님께 모셔다 드릴게요."

바커 수녀는 키가 크고 호리호리한 여자였다. 목소리는 낮고 단호했으며 어두운 회색 눈은 상대방을 바라보다 순식간에 다른 데로 돌려 버려 상대로 하여금 아주 순식간에 자신을 살펴보고 판단을 내린 것 같다는 기분이 들게 만들었다.

"어떻게 하실 생각이십니까?"

원스테드 교수가 말했다.

"글쎄요, 일단 마플 양께 저희 계획을 말씀드리는 편이 낫겠군요. 먼저 환자이신 템플 양께서는 아직 의식이 없으신 데다 아주 이따금씩 의식이 돌아오신다는 점을 분명히 말씀드려야겠네요. 이따금씩 정신이 드시면 주위를 둘러보고 몇 마디 하시는 정도예요. 하지만 달리 자극을 주어 깨어나게 할 방법은 없습니다. 최대한 기다리는 수밖에 없습니다. 이미 원스테드 교수님께 들으셨겠지만 환자분께서 잠시 의식이 돌아왔을 때 아주 분명하게 '제인 마플 양'이라고 말하셨답니다. 그러고 나서 '그녀와 이야기하고 싶어요. 제인 마플 양.'이라고 하셨습니다. 그 후에 다시 의식을 잃으셨고요. 의사 선생님은 같이 여행하던 일행과 만나게 해 주는 게 좋겠다고 하셨습니다. 그래서 원스테드 교수님이 이리로 찾아오셨고 여러 가지 사정을 설명한 후에 마플 양을 이리로 데려 오겠다고 하셨어요. 죄송스럽지만 마플 양께서는 템플 양이 누워 있는 병실에 앉아, 다시 의식이 돌아올 때까지 기다리셔야 할 것 같습니다. 안타깝게도 예후가 그리 좋지 않아요. 솔직히 말씀드리는 게 나을 것 같습니다. 마플 양께서는 가족이 아니시니 그리 심란해하지 않으실 테니까요. 의사 선생님은 그분의 상태가 급속도로 악화되고 있으며 의식을 회복하지 못한 채로 돌아가실 수도 있다고 보고 계세요. 뇌진탕을 완화시킬 방법이 전혀 없습니다. 그러니 환자분이 하는 말씀을 들어드리는 게 무엇보다 우선일 테지요. 의사 선생님께서는 환자분이 다시 의식을 찾으셨을 때 그분 주위에 너무 많은 사람들이 있지 않도록 하는 게 좋다고 하셨어요. 마플 양께서 괜찮으시다면 병실을 혼자 지키고 계셨으면 합니다. 물론 간호사 1명도 같이 있을 거예요. 침대에서는 보이지 않을 테고, 환자분께서 부르지 않는 이상 움직이지 않을 테지만요. 간호사는 커튼으로 가려진 병실 구석에 앉아 있을 거예요."

그리고 그녀는 이렇게 덧붙였다.

"그리고 경찰관 1명도 환자분이 하시는 말을 적어 두기 위해 그곳에서 대기하고 있어요. 의사 선생님은 그 경찰관 또한 환자분의 눈에 띄지 않는 게 좋다고 하셨어요. 환자분이 만나 보고 싶어 하시는 분만 눈앞에 있어야 놀라거나 당황하지 않고 원하는 말씀을 하실 수 있을 거예요. 제가 너무 무리한 부탁을 드리는 건 아니겠죠?"

마플 양이 말했다.

"오, 아니에요. 충분히 해낼 수 있어요. 작은 수첩 하나와 비로 펜(초창기의 볼펜 — 옮긴이)도 가지고 왔지만 그 앞에서 받아 적지는 않을 거예요. 아주 잠깐 동안은 외워 둘 수 있으니까, 템플 양이 하는 말을 그 앞에서 받아 적을 필요는 없죠. 내 기억력은 믿으셔도 돼요. 그리고 귀머거리도 아니고요······. 말 그대로예요. 물론 예전만큼 귀가 좋진 않지만 침대 바로 옆에 앉아 있는다면 템플 양이 속삭이더라도 다 들을 수 있어요. 난 환자 대하는 것도 익숙해요. 환자들 시중도 꽤 들어 봤으니까요."

다시 한번 바커 수녀의 번뜩이는 시선이 마플 양을 훑고 지나갔다. 이번에는 만족스러운 듯 희미하게 고개를 끄덕이기도 했다.

"정말 친절하시군요. 마플 양이시라면 충분히 해내실 수 있으리라 확신합니다. 원스테드 교수님께서는 아래층의 대기실에 계실 테니, 필요하시다면 언제든 불러 드리겠습니다. 자, 마플 양, 제가 모셔다 드리죠."

마플 양은 수녀를 따라 복도를 지나 잘 꾸며진 작은 방으로 들어

갔다. 블라인드가 반쯤 내려와 있어 어두침침한 방 안의 침대 위에는 엘리자베스 템플이 누워 있었다. 마치 동상처럼 누워 있었지만 잠든 것 같지는 않았다. 숨이 불규칙하게 새어 나왔다. 바커 수녀는 허리를 굽혀 환자를 살펴본 후, 마플 양에게 침대 옆의 의자에 앉으라고 손짓했다. 그런 후 그녀는 다시 방을 가로질러 문 앞으로 갔다. 손에 수첩을 든 젊은 남자가 문 옆에 쳐진 커튼 뒤에서 나왔다.

"의사 선생님의 명령이에요, 레킷 씨."

바커 수녀가 말했다.

간호사 1명 또한 모습을 드러냈다. 그녀는 그 맞은편 구석에 앉아 있었다.

"필요하면 날 불러요, 에드먼즈 간호사. 그리고 마플 양에게 필요한 건 뭐든 갖다 드리고요."

바커 수녀가 말했다.

마플 양은 코트의 단추를 풀었다. 병실 안은 따뜻했다. 간호사가 다가와 그녀에게서 코트를 받아갔다. 간호사가 제자리로 돌아간 후 마플 양은 의자에 앉았다. 그녀는 엘리자베스 템플을 바라보며, 그녀를 처음 버스에서 봤을 때와 같은 생각, 머리 모양이 참 예쁘다는 생각을 했다. 머리 뒤로 넘긴 회색 머리카락은 완벽한 모자를 쓴 것처럼 얼굴과 잘 어울렸다. 잘생긴 여자, 훌륭한 여자였다. 그래, 너무나도 안타까운 일이었다. 엘리자베스 템플이 이 세상에서 사라진다면 너무나도 안타까운 일일 거라고 마플 양은 생각했다.

마플 양은 등 뒤에 쿠션을 대고, 의자를 살짝 앞으로 끌어당긴 후

조용히 앉아 기다렸다. 이 기다림이 헛될지 어쩔지 그녀도 몰랐다. 시간은 흘러갔다. 10분, 20분, 30분, 35분. 그러다 순간, 예기치 못하게 목소리가 들려왔다. 낮지만 명확했고 약간 허스키한 목소리. 예전과 같은 울림은 전혀 없는 목소리였다.

"마플 양."

엘리자베스 템플의 두 눈이 떠져 있었다. 그 눈은 마플 양을 바라보고 있었다. 두 눈은 완전히 의식이 있고 분별력이 있었다. 그녀는 침대 옆에 앉아 있는 여자의 얼굴을 유심히, 아무런 감정도 없고 놀라지도 않은 눈빛으로 유심히 살펴보았다. 아주 뚫어지게. 의식이 완전히 돌아온 듯 또렷한 눈빛이었다. 다시 목소리가 들려왔다.

"마플 양. 제인 마플 양이세요?"

"맞아요. 제인 마플이에요."

"헨리가 종종 당신 이야기를 하곤 했어요. 당신에 대해 이런저런 이야기를 했죠."

목소리가 멈췄다. 마플 양은 약간 의문스러운 목소리로 물었다.

"헨리요?"

"헨리 클리서링, 제 오랜 친구예요……. 아주 오랜 친구요."

"내 오랜 친구이기도 하죠. 헨리 클리서링."

마플 양은 오래전 헨리 클리서링 경을 만났던 때를, 그가 그녀에게 했던 말을, 이따금씩 그가 그녀에게 부탁하곤 했던 일들을 또는 그녀가 그에게 받았던 도움들을 떠올렸다. 아주 오랜 친구였다.

"전 당신 이름을 기억해 냈어요. 승객 명단을 보고요. 당신이 분명하다고 생각했어요. 당신이라면 도움을 줄 수 있어요. 그러면……
헨리라면, 예……. 헨리가 여기에 있었다면 그렇게 말했을 거예요.
당신이라면 도움을 줄 수 있어요. 찾아내야 해요. 중요해요. 아주 중
요한 일이에요. 물론…… 이젠 아주 오랜 세월이 흘렀지만……. 아
주…… 오랜…… 세월이.”

그녀의 목소리가 조금 떨리더니 눈이 반쯤 감겼다. 간호사가 자
리에서 일어나 작은 물 잔을 들고 엘리자베스 템플의 입술에 댔다.
템플 양은 물을 한 모금 마시고 이만 가 보라는 듯 고개를 끄덕였
다. 간호사는 물 잔을 내려놓고 앉아 있던 자리로 돌아갔다.

“내가 도울 수 있는 일이라면 뭐든 도울게요.”

마플 양이 말했다. 더 이상의 질문은 하지 않았다.

템플 양이 다시 입을 열었다.

“다행이에요.”

그리고 일이 분 후 다시 말했다.

“다행이에요.”

이삼 분 동안 템플 양은 눈을 감은 채 누워 있었다. 잠에 빠졌거
나 다시 의식을 잃은 모양이었다. 그러다 갑자기 다시 눈을 떴다.

“둘 중……. 둘 중 누구죠? 그걸 알아야 해요. 내가 무슨 얘기를
하는지 아세요?”

“알 것 같아요. 죽은 아가씨…… 노라 브로드 말씀이시죠?”

그 즉시 엘리자베스 템플의 이마가 찌푸려졌다.

“아니에요, 아니에요, 아니에요. 다른 아가씨. 베러티 헌트.”

잠시 침묵이 흐르다가 다시 말이 이어졌다.

"제인 마플. 당신은 나이가 많아요……. 그에게서 당신 이야기를 처음 들었을 때보다 나이가 더 많아요. 그때보다 나이가 더 많지만 그래도 알아낼 수 있겠죠?"

그녀의 목소리는 약간 더 높아졌고 더 고집스러워졌다.

"할 수 있죠? 그렇죠? 할 수 있다고 대답해 줘요. 전 시간이 많지 않아요. 저도 알아요. 너무나도 잘 알죠. 둘 중 하나지만, 누구일까요? 알아내세요. 헨리라면 당신이 할 수 있다고 말했을 거예요. 어쩌면 당신이 위험해질지도 몰라요. 그래도 찾아내 주실 거죠? 그렇죠?"

"하느님께 맹세코 찾아낼게요."

그건 맹세였다.

"아."

템플 양의 두 눈이 감기더니 다시 떠졌다. 미소를 지으려 애쓰는 듯 입술을 비틀었다.

"위에서 커다란 돌이 떨어졌어요. 죽음의 돌이요."

"누가 그 돌을 떨어뜨린 거죠?"

"모르겠어요. 상관없어요. 베러티만. 베러티에 대해서만 알아내 주세요. 진실을. 진실의 또 다른 이름은, 베러티예요."

마플 양은 침대 위에 누운 템플 양의 몸에서 희미하지만 힘이 빠지는 걸 보았다. 그리고 희미한 속삭임이 들려왔다.

"그럼 이만. 최선을 다해 주세요……."

템플 양의 몸이 늘어졌고 눈이 감겼다. 간호사가 다시 침대 곁으로 다가왔다. 이번에는 템플 양의 맥박을 재고 마플 양에게 손짓을 했다. 마플 양은 순순히 자리에서 일어나 간호사를 따라 병실을 나섰다.

간호사가 말했다.

"환자분께서 많이 무리하셨어요. 한동안은 다시 의식을 차리지 못하실 거예요. 어쩌면 영영 못 차리실 수도 있고요. 뭔가 알아내셨으면 좋겠네요."

"그런 것 같진 않지만. 그래도 모를 일이죠."

"뭔가 알아내셨습니까?"

둘이 차로 가는 동안 원스테드 교수가 물었다.

"이름이요. 베러티. 그게 그 아가씨 이름인가요?"

"예. 베러티 헌트입니다."

엘리자베스 템플은 그로부터 1시간 반 후에 죽었다. 다시 의식을 회복하지 못한 채였다.

브로드립 씨, 의문을 품다

"오늘 아침에 《타임스》 봤나?"

브로드립 씨가 슈스터 씨에게 물었다.

슈스터 씨는 《타임스》를 구독할 여유가 없고 《텔레그래프》를 구독하고 있다고 대꾸했다.

"뭐, 어쩌면 거기에도 실렸을지 몰라. 사망란에 말이야. 엘리자베스 템플 양, 이학 박사."

브로드립 씨가 말했다.

슈스터 씨는 약간 당황한 표정으로 멍하니 상대방을 바라보았다.

"팰로필드의 교장이야. 팰로필드는 들어봤겠지?"

"물론입니다. 여학교잖습니까. 50년 정도 됐다죠. 명문에 학비도 엄청나게 비싸잖아요. 그렇다면 그녀가 그곳 교장이었던 겁니까? 그 교장은 얼마 전에 은퇴한 줄 알았는데요. 적어도 6개월 전에요.

분명히 신문에서 읽었어요. 그러니까 새 교장에 대한 기사가 좀 실렸거든요. 결혼한 여자에 젊던데요. 35살에서 40살 정도? 현대적인 사상을 가지고 있답니다. 여학생들에게 화장하는 법을 가르치기도 하고 바지 입는 걸 허용해 주기도 하고, 뭐 그런 거요."

"흠."

브로드립 씨는 그 나이대의 사람들이 오랜 경험에 입각해 못마땅한 이야기를 들었을 때 낼 법한 소리를 냈다.

"그 여자는 엘리자베스 템플만큼 명성을 얻을 것 같지 않군. 엘리자베스 템플은 정말 대단한 사람이었어. 그 학교에도 오래 있었지."

"아, 예."

슈스터 씨는 심드렁하게 대꾸했다. 그는 왜 브로드립이 죽은 학교 교장에게 그렇게 관심을 가지는지 궁금했다.

학교는 두 신사 모두에게 특별한 관심거리가 아니었다. 두 신사의 자녀들은 이미 학교를 다 마쳤다. 브로드립 씨의 두 아들은 각각 관공서와 석유 회사에서 일했으며, 그보다 어린 슈스터 씨의 두 아들은 각자 다른 대학에 다니고 있는데 둘 다 학교의 골칫거리였다. 슈스터 씨는 다시 입을 열었다.

"그 교장이 왜요?"

"그 교장이 버스 여행 중이었다는군."

"그 버스 여행들요. 제 가족들은 절대 그런 버스 여행에 보내지 않을 겁니다. 지난주에는 스위스로 간 버스 여행객 1명이 절벽에서 떨어졌고, 2달 전에는 버스 사고로 20명이 죽었어요. 요즘엔 운전수가 어떤 사람인지도 알 수가 없잖습니까."

"그 교장이 간 버스 여행은 영국의 전원주택과 정원, 흥밋거리들…… 하여간 뭐 그런 여행이었다네. 정확한 명칭은 아니지만 내 말이 무슨 뜻인지 알겠지?"

브로드립 씨가 말했다.

"오, 그럼요, 알아요. 오, 그…… 음…… 예, 그 뭐라는 양을 보낸 여행이군요. 라피엘 씨가 예약해 두었던 여행 말입니다."

"제인 마플 양이 그 여행에 참가했지."

"그분도 돌아가신 거예요?"

"나도 모른다네. 하지만 좀 궁금하군."

"차 사고였습니까?"

"아니. 명승지 중 하나에서 사고가 났어. 언덕을 오르던 중이었대. 꽤 가파른 길이었고. 그러다 언덕 위쪽에 돌이 있었는데 그중 몇 개가 아래로 굴러 떨어졌어. 템플 양은 그 돌에 받혀 뇌진탕으로 병원에 실려 가서……."

"운이 나빴네요."

슈스터 씨는 이렇게 말하고 잠자코 상대방의 말을 기다렸다.

브로드립 씨가 말을 꺼냈다.

"내가 의아해하는 건 그게 기억났기 때문이야……. 그러니까 그 팰로필드가 바로 그 아가씨가 다녔던 학교라는 것 말일세."

"어떤 아가씨요? 무슨 말씀이신지 잘 모르겠어요, 브로드립."

"마이클 라피엘이 해친 그 아가씨. 어쩌면 라피엘 씨가 제인 마플 양에게 맡긴 일과 연관이 있을지도 모른다는 생각이 들어. 라피엘 씨가 우리에게 더 자세히 이야기해 주었더라면 좋았을 것을."

"연관이라니 어떤 연관이요?"

슈스터 씨가 물었다. 이제는 한층 흥미로운 기색을 띄고 있었다. 그는 법률적인 지혜를 날카롭게 세우고 브로드립 씨가 하려는 말에 견실한 의견을 내놓을 준비를 했다.

"그 아가씨. 지금 성은 기억이 나질 않아. 세례명이 호프인지 페이스인지 뭐 그 비슷한 거였지. 그래, 베러티. 베러티 헌터, 이게 맞는 것 같아. 연쇄 살인 사건의 희생자 중 1명이지. 그 아가씨 시신은 실종된 곳으로부터 대략 50킬로미터 정도 떨어진 도랑에서 발견되었다네. 그것도 죽은 지 6개월 후에. 목이 졸린 흔적이 명백했고, 머리와 얼굴은 짓이겨져 있었다네······. 신원 확인을 늦춰 보려 한 짓이라고 경찰들은 말했네만, 신원은 바로 밝혀졌어. 옷이며 핸드백, 근처에 떨어져 있던 보석······. 작은 점인지 흉터인지 하는 것까지. 아, 그래. 아주 쉽게 신원이 밝혀졌지······."

"사실 그 아가씨 때문에 재판이 열리게 된 거잖아요, 안 그래요?"

"그래. 마이클이 과거 그 외에도 세 아가씨를 살해했다는 혐의를 받긴 했지만 다른 아가씨들의 경우 충분한 증거가 없었기 때문에······. 경찰이 그 사건 하나에 전력을 다 한 거야······. 증거도 넘쳤고······. 과거에 전과도, 이전에도 폭행 강간 전과가 있었으니까. 뭐, 요즘에는 강간 사건이 어떤지 우리 모두 알고 있잖나. 남자는 별다른 기회도 없었는데 어머니들은 딸에게 그를 강간죄로 고소해야 한다고 주장하고, 딸들은 어머니가 직장에 나가거나 아버지가 휴가를 간 사이 남자를 집에 부르지. 남자가 같이 자 줄 때까지 계속해서 괴롭히는 거야. 그런 후에, 좀 전에 말한 대로 어머니들은 딸들에게 그게 강간이라고 세뇌를 시키는 거라네. 뭐, 중요한 건 그게 아니지. 혹시 연관이 있는 게 아닐까? 나는 라피엘 씨가 제인 마플 양에게 맡긴 일이 마이클과 관련이 있을지도 모른다는 생각이 든다네."

"그는 유죄 판결을 받았잖아요, 아닌가요? 그리고 무기징역을 선고받았고요?"

"기억이 나질 않아……. 워낙 오래전 일이니까. 아니면 한정 책임 능력자로 가벼운 처벌이 나왔던가?"

"그리고 베러티 헌터인지 헌트인지가 그 학교 학생이었다고요? 템플 양의 학교요? 하지만 당시에는, 살해당할 당시에는 학생이 아니었죠? 확실히 기억이 나진 않지만."

"아, 그래. 그 아가씨는 당시 18살인지 19살이었고 부모님의 친척인지 친구인지, 뭐 그런 사람들과 함께 살고 있었다네. 모두들 훌륭한 집안에 훌륭한 사람들, 훌륭한 아가씨였다고 입을 모으더군. 가족들이 언제나 '그 애는 아주 조용하고 수줍은 데다 이상한 사람들과 어울려 다니지도 않았고 남자 친구도 없었어요.'라고 말할 만한 아가씨였어. 가족들도 자기 딸이 어떤 남자를 만나고 다니는지 절대 모르는 법이지. 아가씨들은 그런 사실은 철저하게 비밀로 하니까. 그리고 젊은 라피엘은 여자들에게 인기 많을 법한 매력적인 젊은이였다더군."

"그의 짓이 아니라는 의혹은 전혀 없었나요?"

"전혀. 증인석에서 거짓말들을 많이 하긴 했지만. 차라리 변호사가 증인들을 내세우지 않는 편이 나았을 거야. 마이클 라파엘의 친구들 대다수가 도움도 되지 않는 알리바이를 댔으니까. 내 말이 무슨 뜻인지 알겠지? 친구들이 죄다 능숙한 거짓말쟁이들인 것 같더군."

"그 사건에 대해 어떻게 생각하세요, 브로드립?"

"아, 난 그에 대해서는 아무런 생각도 없다네. 그저 이 여자의 죽음이 그 사건과 연관이 있지 않나 하는 의문이 들었을 뿐일세."

"어떤 면에서요?"

"뭐, 자네도 알다시피…… 돌이 절벽에서 굴러 내려와 사람 머리 위에 떨어졌다는 점 말일세. 자연스럽지가 않아. 내 경험상 돌은 제자리에 머물기 마련이니까."

베러티

I

"베러티."

마플 양은 중얼거렸다.

엘리자베스 마거릿 템플은 전날 저녁에 죽었다. 평화로운 죽음이었다. 마플 양은 다시 한번 올드 매너 하우스의 빛바랜 사라사 무명천으로 온통 덮힌 응접실에 앉아 뜨개질을 하고 있었다. 그녀는 뜨고 있던 어린아이의 분홍색 스웨터를 내려놓고 보라색 목도리를 코바늘뜨기 했다. 빅토리아 시대 사람인 마플 양은 이런 식으로 나름의 애도를 표시했다.

심리는 다음 날 열릴 예정이었다. 교구 목사가 준비되는 대로 교회에서 간단한 추도식을 올려 주기로 했다. 장의사들은 경찰과의 협력 하에 고인에게 적절한 상복을 입히고 화장을 했으며 전반적인 장례 절차를 도맡아 했다. 심리는 아침 11시 예정이었다. 버스 여행 일행들은 심리에 참석하기로 동의했다. 그리고 그중 몇 명은 심리 대신 교회 추도식에 참석하겠다고 했다.

글린 부인은 골든 보어로 찾아와 여행이 다시 시작될 때까지는 올드 매너 하우스에 와 있으라고 재촉했다.

"여기는 기자들이 몰려와 소란스러울 거예요."

마플 양은 세 자매에게 진심으로 고마워하며 그 제안을 받아들였다.

버스 여행은 추도식이 끝난 후 재개될 것이며, 그 전에 55킬로미터 떨어져 있으며 본래 머무르려고 했던 고급 호텔이 있는 사우스 베드스톤으로 갈 예정이었다. 그 후에는 본래 일정과 동일했다.

하지만 마플 양이 생각했던 것처럼, 일행 중 일부는 여행을 그만두고 집으로 돌아가거나 다른 곳으로 갈 가능성이 높았다. 그럴 만한 이유도 충분했다. 고통스러운 기억을 남긴 여행을 그만 두고 싶다거나, 이미 끔찍한 사고로 한 사람의 목숨을 앗아 간 여행을 계속하다가 또 사고가 생길 수도 있다거나. 마플 양은 많은 것이 심리의 결과에 달려 있다고 생각했다.

세 여주인들과 상황에 맞는 의례적인 대화를 나눈 마플 양은 응접실에 앉아 보라색 털실로 뜨개질을 하며 골똘히 생각에 잠겨 있었다. 그녀는 손가락을 여전히 바쁘게 움직이며 "베러티."라고 한 마디를 내뱉었다. 개울에 자갈돌을 던지고 만약 결과라는 게 있다면 그 결과가 어떨지 살펴보기 위한 것이었다. 이 집 주인들에게 어떤 의미가 있는 말일까? 그렇지 않다면 오늘 저녁, 호텔에서 일행들과 저녁 식사를 할 때 다시 한번 던져 볼 작정이었다. 이 말은 엘리자베스 템플이 마지막 혹은 거의 마지막으로 내뱉은 말이었다고 그녀는 생각했다. 따라서 마플 양은 생각했다.(그녀는 뜨개바늘을 볼 필요가 없기 때문에 손가락은 여전히 바쁘게 놀리고 있었다. 류머티즘 때문에 좀 다리를 절긴 해도, 뜨개질을 똑바로 하면서 동시에 책을 읽을 수도 대화를 나눌 수도 있었다.) 그리하여.

"베러티."

연못에 던진 돌처럼 물결이 퍼지고 물이 튈까? 아니면 아무런 반응도 없을까? 분명 어떤 반응이 있을 것이었다. 그래, 그녀의 생각이 옳았다. 비록 얼굴에는 아무런 표정도 없었지만 오랫동안 교회나 자모회에서 또는 세인트 메리 미드의 다른 공식적인 자리에서 흥미로운 소식이나 소문을 듣기 위해 스스로를 훈련시켜 온 대로 마플 양은 안경 뒤의 예리한 눈으로 세 자매를 관찰했다.

글린 부인은 들고 있던 책을 떨어뜨렸고, 약간 놀란 표정으로 마플 양을 건너보았다. 마플 양이 내뱉은 특정 단어에 놀란 것 같긴 했지만 그 말을 듣게 되어 놀란 것 같지는 않았다.

클로틸드는 다른 반응을 보였다. 그녀는 고개를 날카롭게 쳐들며 몸을 앞으로 약간 숙인 다음, 마플 양이 아니라 응접실 맞은편에 있는 창문 쪽을 바라보았다. 마플 양은 아무도 쳐다보지 않는 것처럼 고개를 약간 숙이고 있었지만, 클로틸드의 눈에 눈물이 차오르는 걸 알 수 있었다. 클로틸드는 미동도 없이 조용히 앉아 있었고, 뺨 위로 눈물이 흘러내렸다. 그녀는 손수건을 꺼내려 하지도 않았고 아무 말도 하지 않았다. 마플 양은 그녀의 슬픔을 느낄 수가 있었다.

앤시아의 반응 또한 달랐다. 재빠르고 흥분한 듯, 거의 즐거운 듯한 목소리였다.

"베러티? 베러티라고 하셨어요? 그 애를 아세요? 그런 줄은 몰랐네요. 베러티 헌트 말씀이시죠?"

"세례명인가요?"

러비니아 글린이 물었다.

"그 사람이 누군지는 몰라요. 하지만 세례명은 맞아요. 예. 좀 특이한 이름이죠. 베러티."

마플 양은 생각에 잠긴 채 다시 그 이름을 되뇌었다.

그녀는 보라색 털실 뭉치를 바닥으로 떨어뜨리고는 자신이 심각한 잘못을 저질렀지만 어떤 잘못인지 모르는 사람처럼 미안하고 당황한 표정으로 주위를 둘러보았다.

"정말 미안해요. 내가 해서는 안 될 말이라도 했나요? 난 그냥……."

글린 부인이 말했다.

"아니에요, 그렇지 않아요. 그냥……. 저희가 아는 이름이라, 저희가…… 알던 사람의 이름이라서요."

마플 양이 여전히 미안한 듯 말했다.

"그냥 갑자기 떠올랐어요. 그 불쌍한 템플 양이 그렇게 말했거든요. 어제 오후에 병실로 찾아갔을 때요. 원스테드 교수님께서 나를 데려가 주셨죠. 교수님께서는 내가…… 그러니까 적절한 표현인지 모르겠지만…… 내가 그분을 깨울 수 있을지도 모른다고 생각하신 모양이에요. 템플 양은 의식이 없는 상태였고……. 물론 내가 템플 양의 친구는 아니었지만 여행을 다니면서 수다를 떨기도 하고 옆자리에 앉기도 했거든요. 그래서 교수님은 어쩌면 내가 도움이 될지도 모른다고 생각하신 거예요. 하지만 안타깝게도 도움이 되지는 못했어요. 전혀요. 난 그저 앉아서 기다리기만 했고, 그러다 템플 양이 한두 마디 하긴 했지만 도무지 무슨 소린지 알 수 없는 말들뿐이었답니다. 하지만 내가 막 자리를 뜨려는 찰나에 템플 양이 눈을 뜨고 날 바라봤어요……. 날 다른 사람이랑 착각한 건지 어떤지는 모르겠네요……. 그러고는 그 말을 한 거예요. 베러티라고! 게다가 템플 양이 어제저녁에 돌아가셨으니 그 말이 뇌리에 박혔죠. 분명 그분이 생각하고 있던 누군가 혹은 무언가일 거예요. 물론 그저 진실을 의미하는 것일 수도 있어요. 베러티가 그런 뜻이잖아요, 안 그래요?"

그녀는 클로틸드와 러비니아, 앤시아를 차례로 바라보았다.

"그건 저희가 알던 한 아가씨의 세례명이에요. 그래서 저희가 놀란 거죠."

러비니아 글린이 말했다.

"게다가 그렇게 끔찍하게 죽었으니 말이에요."

앤시아가 덧붙였다.

클로틸드는 굵은 목소리로 말했다.

"앤시아! 그런 이야기까지는 할 필요 없어."

"하지만 그 애 이야기는 다들 알고 있잖아."

앤시아가 항변하며 마플 양을 바라보았다.

"라피엘 씨와 아는 사이시니까 마플 양께서도 알고 있을지 모른다고 생각했어요. 그러니까 제 말은, 라피엘 씨가 저희에게 마플 양에 대한 편지를 썼으니 마플 양께서도 그분에 대해 알고 계시겠죠. 그리고 전 어쩌면……. 그러니까, 라피엘 씨께서 마플 양에게 모든 걸 다 말했을지도 모른다고 생각했어요."

"정말 죄송하지만. 무슨 말씀이신지 통 모르겠네요."

"그 애 시신이 도랑에서 발견됐어요."

일단 발동이 걸리면 아무도 앤시아를 막을 수 없을 거라고 마플 양은 생각했다. 그리고 앤시아가 정신없이 말을 늘어놓을수록 클로틸드는 한층 더 긴장하는 것 같았다. 이제 클로틸드는 조용히 아무 말 없이 손수건을 꺼냈다. 눈물을 닦고, 꼿꼿이, 등을 아주 꼿꼿이 펴고 앉았으며, 두 눈은 깊고 비극적이었다. 그녀가 말했다.

"베러티는…… 저희가 아주 아끼던 아이였어요. 한동안 이곳에서 살았죠. 저는 그 아이를 많이 좋아했어요……."

"그리고 그 애도 언니를 많이 좋아했어요."

러비니아가 말했다.

"제가 그 애 부모와 친한 친구 사이였어요. 그런데 비행기 사고로 둘 다 죽어 버렸죠."

클로틸드가 말했다.

"그 애는 팰로필드 학교에 다녔어요. 아무래도 그래서 템플 양이 그 애를 기억하게 된 모양이네요."

러비니아가 설명했다.

"오, 그렇군요. 템플 양이 교장으로 있던 그 학교 말이죠? 물론 나도 팰로필드 이야기는 자주 들어봤어요. 아주 훌륭한 학교라죠?"

마플 양이 말했다.

"예. 베러티는 그곳 학생이었어요."

클로틸드가 대답했다.

"그 애는 부모가 죽고 난 후에 한동안 저희 집에 머물면서 앞으로 무얼 할 건지 결정했어요. 그때가 18살인지 19살이었어요. 아주 마음씨도 곱고 사랑스러운 아이였죠. 그 애는 간호일을 배워 보려고 생각했지만, 워낙 두뇌가 뛰어나서 템플 양께서도 그 애더러 대학에 가야 한다고 고집하셨어요. 그래서 공부를 하고 개인 교습을 받았어요······. 그······ 그 끔찍한 일이 일어났을 당시에요."

그녀는 얼굴을 돌렸다.

"전······. 이제 이 이야기는 그만해도 될까요?"

"물론이에요. 내가 괜한 얘기를 꺼내서. 난 몰랐어요. 전혀요······. 난 그저······. 그러니까······."

마플 양의 이야기는 점점 더 두서없이 꼬이기만 했다.

II

그날 저녁, 마플 양은 조금 더 이야기를 들었다. 그녀가 호텔에서 일행들과 저녁 식사를 하러 나가기 위해 옷을 갈아입고 있을 무렵에 글린 부인이 그녀의 침실로 찾아왔던 것이다.

"제가 마플 양께 조금 더 설명을 드려야 할 것 같아서요. 그…… 그 베러티 헌트라는 아가씨에 대해서요. 물론 마플 양께서는 클로틸드 언니가 그 아이를 대단히 아꼈고 그 아이의 끔찍한 죽음으로 인해 큰 충격을 받았다는 건 모르셨을 거예요. 저희도 가능한 한 언니에게 그 아이 이야기는 하지 않지만……. 마플 양께서 이해하시도록 모든 걸 다 말씀드리는 편이 좋을 거라고 생각했어요. 베러티는 저희도 모르는 사이에 탐탁지 않은…… 아니 그 이상의 결국 위험한 인물로 밝혀졌고 이미 전과가 있는 한 청년과 사귀었어요. 저희는 그 청년의 아버지와 아주 잘 아는 사이였죠."

그녀는 말을 멈추었다.

"마플 양께서 모르신다면……. 그리고 모르시는 것 같아 드리는 말씀인데……. 마플 양께 모든 것을 다 말씀드리는 편이 좋을 것 같아요. 그 청년은 사실 라피엘 씨의 아드님이었어요, 마이클……."

"오, 이런. 그…… 그…… 이름은 기억이 나지 않지만 아들이 하나 있다는 이야기는 들은 기억이 나네요. 그 아들이 그리 바람직스럽지 못했다는 이야기도요."

"그보다 더 했죠. 언제나 말썽만 피웠으니까요. 여러 가지 문제를 일으켜 한두 번은 법정에 서기도 했어요. 한번은 미성년자 폭행죄로 법정에 갔는데……. 그런 적이 많았나 봐요. 물론 저는 치안 판사들이 그런 문제를 너무 관대하게 처리한다고 생각해요. 판사들은 한 청년의 앞길을 망치고 싶지 않은 거죠. 그래서 그걸 뭐라고 하더라……. 아, 집행 유예인지 뭔지 하는 걸로 풀어 주잖아요. 차라리 감옥에 한번 보내면 그런 짓에서 손을 뗄 수도 있을 텐데. 어쨌든 그 청년은 도둑질도 했어요. 수표를 위조하고 물건을 슬쩍하기도 했죠. 뿌리 끝까지 썩은 청년이었어요. 저희는 그 청년의 어머니와도 잘 아는 사이였어요. 아들이 저렇게 자란 꼴을 보기 전에 일찍 죽은 게 오히려 다행이라고 생각해요. 저는 라피엘 씨께서 할 수 있는 건 다 하셨다고 생각해요. 아들에게 적당한 일자리를 찾아보려고 애쓰셨고, 아들을 위해 보석금도 내 주셨어요. 베러티 일도 그분에겐 커다란 충격이셨겠지만, 그분은 그저 수많은 사건들 중 하나로 치부하고 아무런 관심도 없는 척하셨어요. 이 마을 부근에서 끔찍한 살인 폭력 사건들이 일어났어요. 이곳뿐만이 아니죠. 이곳에서 30킬로미터, 80킬로미터 떨어진 곳에서도 일어났으니까요. 한두 사건의 경우 경찰은 거의 160킬로미터 떨어진 곳에서 일어났다고 의심을 했죠. 하지만 이 동네가 중심지인 것 같았어요. 어쨌든 어느 날, 베러티가 친구를 만나러 나가서는…… 돌아오지 않았어요. 저희는 경찰에 신고를 했고, 경찰이 온 지역을 다 수색했지만 그 애의 흔적은 전혀 발견하지 못했어요. 저희도 그렇고 경찰도 그렇고 사람 찾는 광고를 냈는데, 경찰이 그 애가 남자 친구와 도망간 건 아니냐고 하더군요. 그러다 그 애가 마이클 라피엘과 어울리는 걸 보았다는 소문이 돌기 시작했어요. 그쯤 되자 경찰은 마이클을 용의자로 주시했지만 직접적인 증거는 전혀 발견하지 못했어요. 베러티를 봤다는 사람들이 그 애가 입고 있던 옷이며 이것저것 설명했고, 마이클의 차와 일치하는 차에 마이클처럼 생긴 젊은 남자와 함께 타고 있는 걸 봤다고 했어요. 하지만 6개월 후 그 애의 시신이 발견되기 전까지는, 이곳에서 50킬로미터 가량 떨어진 시골 외곽의 돌과 흙으로 뒤덮힌 도랑에서 발견되기 전까지는, 더 이상의 증거가 발견되지 않았죠. 클로틸드 언니는 시신을 확인하러 갔고······. 그 시신은 베러티였어요. 목이 졸리고 머리가 으스러졌죠. 클로틸드 언니는 아직까지도 그 충격에서 헤어 나오지 못하고 있어요. 점이며 오래된 흉터 자국도 있었고, 그 애의 옷이며 핸드백까지 있었어요. 템플 양께서는 베러티를 아주 아끼셨어요. 그래서 돌아가시기 직전에 그 애 생각을 하신 게 분명해요."

"미안해요. 정말, 정말 미안해요. 언니분께 제가 아무것도 몰랐다고 전해 주세요. 정말 아무것도 몰랐어요."

심리

I

　마플 양은 심리가 열리게 될 장소이자 100년 동안 커퓨 암스로 알려진 구식 조지 왕조 시대 건물이 있는 시장으로 천천히 발걸음을 옮겼다. 그녀는 손목시계를 흘끗 쳐다보았다. 아직 20분 정도의 여유 시간이 있었다. 그녀는 가게들을 구경했다. 그러다 털실과 아기들 스웨터를 파는 가게 앞에 멈춰 서서 잠시 안을 들여다보았다. 한 아가씨가 손님을 맞이하며 두 어린아이에게 막 작은 스웨터를 입혀 보려 하고 있었다. 더 안쪽의 카운터에는 나이 지긋한 여자 하나가 서 있었다.
　마플 양은 가게 안으로 들어가, 카운터의 그녀에게 분홍색 털실을 보여 주었다. 그러고는 작은 스웨터를 뜨고 있는데 이 특정 브랜드의 털실이 다 떨어졌다고 설명했다. 나이 지긋한 여자는 곧 똑같은 털실을 내보였고, 마플 양이 몇 가지 털실을 보며 감탄하자 그것 또한 꺼내 보였다. 그러면서 여자는 금세 이런저런 이야기를 벌였다. 얼마 전에 일어난 불행한 사건 소식부터 시작했다. 만약 가게 바깥에 쓰인 이름인 메리피트 부인이 이 여자라면, 그 메리피트 부인은 사고와 지방 자치 단체들이 위험한 보도에 대해 신경을 쓰지 않는다는 점과 시민의 통행권에 대해 강조했다.

"아시겠지만 비가 온 후에는 흙이 모조리 씻겨 나가서 박혀 있던 돌이 드러나고 아래로 굴러 떨어지잖아요. 한 해에 3명이나 아래로 떨어진 적도 있어요……. 사고가 3번이나 있었죠. 한 여자가 하마터면 죽을 뻔했고, 정말 그랬어요. 그리고 그 해 말에, 오, 6개월 후였던 것 같아요, 한 남자가 팔이 부러졌고, 또 세 번째가 불쌍한 워커 부인이셨죠. 눈이 먼 데다 귀도 잘 안 들리셨어요. 아무것도 못 들었고, 피하지도 못했다더라고요. 누군가 돌이 떨어지는 걸 보고 소리쳐 불렀지만, 너무 먼 거리라 워커 부인이 듣지 못했고 달려가 구할 수도 없었대요. 그래서 돌아가시고 말았죠."

"오, 저런. 정말 끔찍한 일이네요. 그런 일은 쉽게 잊을 수가 없죠, 그렇죠?"

"그렇고말고요. 오늘 검시관이 그 이야기도 할 거예요."

"그렇겠죠. 끔찍하긴 하지만 쉽게 일어날 수 있는 일 같기도 해요. 물론 누군가 밀어서 그런 사고가 나기도 하지만요. 돌을 밀어서 떨어뜨리는 거 말이에요. 그런 거죠."

"아, 글쎄요, 남자아이들이 아무데나 잘 올라가긴 하죠. 하지만 그렇게 높은 곳에서 어슬렁거리는 건 본 적이 없는 것 같아요."

마플 양은 스웨터 이야기를 꺼냈다. 밝은색의 스웨터.
"내가 입을 건 아니에요. 조카 아들내미 주려고요. 그 애가 목이 있는 스웨터를 갖고 싶어 하는 데다 아주 밝은색을 좋아해서요."
메리피트 부인이 맞장구를 쳤다.
"예, 요즘 아이들은 밝은색을 좋아하죠. 청바지는 그렇지 않지만요. 블랙 진을 좋아하잖아요. 블랙이나 다크 블루요. 하지만 위쪽으로 약간 물 빠진 것도 좋아해요."
마플 양은 밝은색 체크무늬 스웨터에 대해 설명했다. 이 가게에는 스웨터와 저지 스웨터가 꽤 많은 듯 했지만, 빨간색과 검은색 체크무늬 스웨터는 진열되어 있지 않았고, 최근에는 그런 물건이 들어온 적도 없다고 했다. 몇 가지 스웨터를 더 본 후 마플 양은 떠날 준비를 하며, 이 동네에서 살인 사건이 일어났었다는 이야기를 들었다며 슬쩍 떠 보았다.
"결국에는 범인이 잡혔어요. 잘생긴 청년이었는데, 그런 짓을 할 줄 누가 알았겠어요. 아주 좋은 집안에서 자란 청년이었어요. 대학도 나오고요. 그 아버지도 어마어마한 부자라더라고요. 아무래도 정신이 좀 이상했나 보죠? 그 청년은 브로드웨이나 뭐 그런 곳으로 보내지진 않았어요. 예, 경찰은 그러지 않았지만 제가 보기에는 정신병자가 틀림없어요······. 5명인지 6명인지나 되는 아가씨들을 죽였다잖아요, 사람들 말로는요. 경찰들이 이 근처에 사는 청년들을 한 사람씩 조사했어요. 먼저 제프리 그랜트라는 청년을 조사했죠. 처음에는 경찰도 그 청년이 범인이 확실하다고 했어요. 그 청년은 어릴 적부터 좀 이상했거든요. 학교 가는 어린 여자아이들 앞에 불쑥 나타나 훼방을 놓기도 하고. 여자아이들을 사탕으로 꾀어내서 함께 내려가 앵초를 구경하는 둥 뭐 그런 짓을 했죠. 예, 경찰은 그 청년을 유력한 용의자로 봤어요. 하지만 그 청년이 아니었죠. 그러다 또 한 청년이 용의선상에 올랐는데. 버트 윌리엄스였어요. 하지만 두 사건이 일어났을 당시에는 멀리 다른 지방에 가 있었기 때문에……. 그런 걸 알리바이라고 하던가요. 그래서 그 청년도 아니었어요. 그리고 마침내 그…… 그 뭐라는, 이름이 기억이 안 나네요……. 그 청년이 범인으로 지목된 거예요. 루크였던가……. 아니, 마이크 뭐였는데. 아까도 말씀드렸듯이 아주 잘생긴 청년이었지만 전과자였어요. 예, 절도에, 수표 위조, 뭐 그런 것들이요. 그리고 그 뭐라더라, 부권 심사가 2건, 아니, 그게 아니라 하지만 제 말이 무슨 뜻인지 아시겠죠. 아가씨가 아이를 가지게 되면 말이에요. 아가씨가 아이를 가지게 되면 아이 아버지에게 돈을 지불하게 하잖아요. 그 청년은 그 전에도 두 아가씨를 임신시켰대요."

"그 아가씨가 임신 중이었나요?"

"오, 그럼요, 그랬죠. 처음에 시신이 발견되었을 때는 노라 브로드가 아닌가 생각했어요. 요 아래 제분소 브로드 부인의 조카딸이었죠. 남자아이들과 꽤 어울려 다녔어요. 그 애도 같은 식으로 실종됐거든요. 그 애가 어디에 있는지 아무도 몰랐어요. 그래서 6개월 후에 그 시신이 발견되었을 때 처음에는 그 앤 줄 알았죠."

"하지만 아니었고요?"

"예……. 전혀 다른 아가씨였어요."

"노라 브로드라는 그 아가씨 시신도 발견됐나요?"

"아니요. 언젠가는 발견되겠지만 아무래도 범인이 강물에 시신을 버린 게 아닌가 생각들 하고 있어요. 뭐, 알 수 없는 일이죠, 안 그래요? 어느 날, 밭을 갈거나 뭐 그러다가 뭘 발견할지는 아무도 모르는 일이잖아요. 저도 한 번은 그 보물들을 봤답니다. 루턴 루라든가요……. 뭐 그런 이름이었죠? 동쪽 나라 어딘가에서요. 밭을 가는데 보물이 나왔다잖아요. 아름다운 금색 배와 바이킹 배, 금 접시, 어마어마한 접시들. 뭐, 모를 일이죠. 시신을 발견하게 될지 금 접시를 발견하게 될지. 수백 년 된 금 접시일 수도 있고, 삼사 년 된 시신일 수도 있어요. 4년 전에 실종된 메리 루커스의 시신처럼요. 그 아가씨는 라이게이트 근처 어딘가에서 발견됐다죠. 아, 이런 일들이! 정말 슬픈 인생이죠. 예, 정말 슬픈 인생이에요. 어떤 일이 닥칠지 알 수가 없으니."

"이 동네에 또 다른 아가씨가 1명 살았죠? 살해당한 아가씨 아닌가요?"

"노라 브로드인 줄 알았는데 아니었던 그 시신 말씀이세요? 예. 지금은 그 아가씨 이름이 생각 안 나네요. 호프였던가. 호프 아니면 채러티? 뭐 그런 이름이었어요. 빅토리아 시대에 많이 짓던 이름이었지만 요즘에는 흔히 들을 수 없는 이름이었어요. 올드 매너 하우스에 살았죠. 부모님이 돌아가신 후에 한동안 그곳에 살았어요."

"그 아가씨 부모님이 사고로 돌아가셨다면서요?"

"맞아요. 스페인인가 이탈리안가, 하여간 그런 데로 가는 비행기를 탔다가 사고가 났대요."

"그 아가씨가 이리로 살러 왔다고 하셨죠? 여기에 친척이 있나요?"

"친척인지 어쩐지는 모르겠지만 글린 부인이 그 아가씨 어머니와 절친한 친구 사이였다나 봐요. 물론 글린 부인은 결혼해서 외국으로 갔지만 클로틸드 양은, 까만 머리를 한 말이에요, 그 아가씨를 아주 애지중지했어요. 이탈리아며 프랑스며 온갖 나라로 데려가기도 하고, 타자와 속기 같은 것들도 가르치고, 미술 수업도 듣게 했어요. 클로틸드 양은 예술적인 소양이 아주 뛰어나거든요. 오, 그렇게나 그 아가씨를 아꼈는데. 그 아가씨가 실종됐을 때 아주 넋을 놓고 있었어요. 앤시아 양은 그와 정반대로……."

"앤시아 양이 그 집 막내죠?"

"예. 정신이 이상하다고 수군거리는 사람들도 있어요. 좀 이상하긴 해요. 가끔씩 보면 길을 걸으면서 혼자 중얼거리고 아주 희한하게 고개를 갸웃거리는데. 아이들이 겁을 먹곤 하죠. 좀 이상한 것 같다고 다들 그래요. 저는 모르겠지만요. 이 마을 소식은 다 들으셨나요? 옛날에 그 집에 살았던 종조부도 좀 이상한 사람이었어요. 정원에서 리볼버로 사격 연습을 하곤 했어요. 아무런 이유도 없이 말이에요. 백발백중이라면서 어찌나 자랑스러워하던지, 백발백중이 뭔지."

"클로틸드 양은 이상하지 않죠?"

"오, 그럼요. 아주 똑똑한 사람이에요. 라틴어와 그리스어도 알고요. 대학에 가고 싶어 했지만 오랫동안 병상에 누워 있는 어머니를 돌보느라고 그러지 못했대요. 하지만 그…… 그 아가씨 이름이 뭐더라……? 페이스던가 하는 그 아가씨를 아주 애지중지했어요. 친딸처럼 아꼈죠. 그러다 그 뭐라는 젊은이가 나타났고, 아무래도 마이클이었던 것 같아요……. 그 아가씨는 아무 말 없이 사라져 버린 거예요. 클로틸드 양이 그 아가씨가 임신 중이었던 걸 알았는지 어쨌는지는 모르겠네요."

"하지만 부인은 알고 계시잖아요."

"아, 뭐, 저야 경험이 많으니까요. 저는 아가씨들이 임신한 건 금세 알아차려요. 그냥 보면 아는걸요. 나온 배뿐 아니라 눈이나 걸음걸이 앉는 모양새, 현기증을 일으키는 거나 이따금씩 헛구역질을 하는 걸 보면 알 수가 있어요. 오, 예. 저는 그 아가씨도 임신을 했구나 생각했어요. 클로틸드 양이 직접 가서 시신을 확인해야 했어요. 거의 쓰러질 뻔했어요, 정말로요. 그 후로 몇 주 동안은 아주 딴 사람 같지 뭐예요. 그 아가씨를 많이 사랑했던 거예요."

"그리고 다른 사람은……. 앤시아 양은요?"

"정말 이상하게도 마치……. 예, 마치 즐겁기라도 한 것 같은 표정을 짓고 있더라니까요. 좀 그렇죠? 농사를 짓던 플러머 씨 댁 딸도 그런 표정을 짓곤 했었죠. 돼지 잡는 날이면 언제나 가서 구경하곤 했어요. 그걸 즐겼어요. 피 속에 뭔가 이상한 게 흐르나 봐요."

마플 양은 작별 인사를 한 후, 아직도 10분 더 시간이 남은 걸 확인하고 우체국으로 발걸음을 옮겼다. 조슬린 세인트 메리의 우체국이자 잡화점은 마켓 스퀘어에 맞닿아 있었다.

마플 양은 우체국으로 들어가 우표를 몇 장 사고 엽서를 구경한 다음, 다양한 페이퍼백 책에 관심을 돌렸다. 다소 심술궂게 생긴 중년 여성이 우체국 카운터에 앉아 있었다. 그녀는 마플 양이 책을 지지해 주는 철망에서 책을 꺼내도록 도와주었다.

"가끔씩은 잘 안 빠져요. 사람들이 책을 보고는 제대로 꽂아 놓질 않거든요."

이제 우체국 안에는 아무도 없었다. 마플 양은 얼굴에 핏자국이 있는 벌거벗은 여자와 피가 묻은 칼을 쥐고 그 여자를 내려다보는 악랄한 살인자가 그려진 책 표지를 혐오스러운 듯 바라보며 한마디 했다.

"정말이지 요즘 공포 소설은 마음에 안 들어요."

"책 표지가 좀 선정적이죠. 다들 그런 걸 좋아하는 건 아닌데 말이에요. 모든 게 다 폭력적이에요, 요즘에는요."

비니거(심술궂다는 뜻 — 옮긴이) 부인이 말했다.

마플 양은 두 번째 책을 꺼내 제목을 소리 내어 읽었다.

"'그 아기 제인에게 무슨 일이 생겼는가.' 오, 이런, 슬픈 세상이에요."

"오, 예, 저도 알아요. 어제 신문에서 봤는데, 어떤 여자가 슈퍼마켓 밖에 아이가 탄 유모차를 뒀는데 다른 사람이 와서 끌고 가 버렸다지 뭐예요. 아무런 이유도 없는데 말이에요. 경찰이 그 아이를 결국 찾아냈어요. 다들 이구동성이에요. 범인들이 슈퍼마켓을 털러 온 것이거나 아니면 아이를 납치하려던 거라고. 그런데 범인들은 자기가 왜 그런 짓을 했는지 모르겠다고 그랬다네요."

"정말 모르는지도 모르죠."

마플 양이 한마디 했다.

비니거 부인은 한층 더 심술궂은 표정을 지었다.

"어떤 이유를 갖다 대도 그 말은 못 믿겠어요."

마플 양은 주위를 둘러보았다……. 우체국 안은 여전히 텅 비어 있었다. 그녀는 창가로 다가갔다.

"혹시 바쁘지 않으시다면 부탁 하나만 들어주시겠어요? 내가 아주 바보 같은 짓을 했답니다. 최근 들어 실수가 잦네요. 자선 단체에 보낸 소포인데요. 내가 옷을…… 그러니까 스웨터와 아이들 털옷을 다 포장해서 주소를 적어 보냈는데…… 문득 오늘 아침에 실수로 주소를 잘못 적은 게 생각나지 뭐예요. 소포를 보낸 주소 목록을 가지고 계시진 않겠지만…… 혹시나 기억하는 사람이 없을까 해서요. 내가 보내려던 주소는 도크야드 앤드 템즈 복지 협회였어요."

마플 양의 노쇠한 기억력과 실수에 마음이 찡했는지 비니거 부인은 이제 아주 상냥한 표정을 짓고 있었다.

"직접 가져오셨었나요?"

"아니에요……. 난 올드 매너 하우스에 머물고 있는데…… 그 집 주인 중 1명인 글린 부인이 본인이나 자매들이 부치겠다고 했어요. 정말 상냥하죠……."

"어디 보자. 화요일 맞죠? 소포를 가져온 건 글린 부인이 아니라 막내인 앤시아 양이었어요."

"예, 예, 화요일이 맞는 것 같네요…….."

"제가 정확히 기억하고 있어요. 꽤 큰 옷 상자에……. 꽤 무거웠어요. 하지만 방금 말씀하신 도크야드 협회는 아니었는데……. 그런 이름은 본 기억이 없어요. 아, 매슈스 목사님……. 여성과 아이를 위한 스웨터 모금을 하는 이스트햄 복지 협회 앞으로 되어 있었어요."

"오, 그래요."

마플 양은 안도감에 손바닥을 쳤다.

"정말 기억력이 좋으시네요……. 이제야 어쩌다 그리로 보냈는지 생각이 나네요. 난 크리스마스 때면 특별히 니트류를 요청하는 이스트햄 복지 협회에 물건을 보내곤 하는 바람에 엉뚱한 주소를 쓴 모양이에요. 그 주소 다시 한번 불러 주시겠어요?"

그녀는 작은 수첩에 조심스레 주소를 적었다.

"소포는 이미 발송이 됐는데……."

"오, 그래요. 하지만 편지를 써서 실수라고 설명하고 그 소포를 도크야드 협회로 보내 달라고 하면 돼요. 정말 고마워요."

마플 양은 종종걸음으로 우체국을 나섰다.

비니거 부인은 다음 손님에게 우표를 건네며 옆의 동료에게 한마디 했다…….

"나이가 들면 저렇게 정신이 없어지나 봐, 불쌍하지. 툭하면 저럴걸."

우체국을 나오던 마플 양은 에블린 프라이스, 조애너 크로포드와 마주쳤다.

조애너는 낯빛이 아주 창백하고 초조해 보였다.

"진술을 해야 하는데. 난 모르겠어요……. 그 사람들이 내게 뭘 물을까요? 너무 무서워요. 나는…… 나는 심리에 가고 싶지 않아요. 이미 경사님께 말했어요, 우리가 본 걸 말씀드렸잖아요."

"걱정 말아요, 조애너. 그저 검시 배심일 뿐이니까. 의사 선생님은 좋은 분이시잖아요. 그분께서 몇 가지 질문을 하면 당신은 본 것만 말하면 돼요."

에블린 프라이스가 말했다.

"당신도 봤잖아요."

"그래요, 나도 봤어요. 적어도 그 위에 누군가 서 있는 건 봤죠. 바위 근처에요. 자, 어서 가요, 조애너."

"경찰들이 와서 우리 호텔 방을 수색했어요. 우리 허락을 구하긴 했지만 수색 영장을 가져왔다고요. 방들을 죄다 살펴보고 그중에서도 짐 가방들을 살펴봤어요. 아무래도 당신이 설명한 그 체크무늬 스웨터를 찾으려 했던 모양이에요. 어쨌든 걱정할 거 없어요. 당신에게 검은색과 진홍색 무늬 스웨터가 있었다면 왜 그 이야기를 했겠어요. 검은색과 진홍색 맞나요?"

"모르겠어요. 내가 색은 잘 몰라서. 그저 밝은색이었던 것 같아요. 아는 건 그게 전부예요."

"경찰들이 찾지 못했잖아요. 어쨌든 우리는 다들 짐이 그리 많지 않으니까요. 버스 여행을 다닐 때는 짐을 많이 가져다니지 않죠. 다른 사람들의 짐 중에서도 그런 스웨터는 없었어요. 우리 일행 중에서, 그러니까 그런 옷을 입은 사람을 본 적도 없고요. 아직까지는요. 당신은요?"

"나도 본 적은 없지만 내가 그걸 봤다고 해도 알아차렸을지 잘 모르겠어요. 난 빨간색과 녹색을 구분하지 못하거든요."

"그래요, 당신은 색맹이죠, 그렇죠? 지난번에 알아차렸어요."

"무슨 말이에요, 알아차렸다니."

"내 빨간색 스카프요. 당신에게 그걸 본 적이 있냐고 물었죠. 그러자 당신은 어딘가에서 녹색 스카프를 본 것 같다며 내게 가져다주었는데 그게 빨간색 스카프였어요. 내가 식당에다 두고 왔던 거죠. 하지만 당신은 그게 빨간색인 줄 몰랐던 거예요."

"뭐, 내 색맹 이야기는 그만하죠. 별로 기분 좋진 않아요. 괜히 사람 이상하게 만드는 것 같아서."

"여자보다 남자 중에 색맹이 더 많아요. 유전적인 문제 중 하나죠."

조애너는 젠체하며 이렇게 덧붙였다.

"모계쪽 유전자가 남성에게서 발현되는 거예요."

"그게 무슨 홍역이라도 되는 것처럼 말하네요. 자, 이제 다 왔어요."

"당신은 불안하지 않은 모양이에요."

계단을 오르며 조애너가 말했다.

"뭐, 사실은 그래요. 난 심리에 참석하는 건 처음이니까. 뭐든 처음은 흥분되는 법이잖아요."

II

　스톡스라는 의사는 회색 머리카락에 안경을 쓴 중년 남성이었다. 먼저 경찰 측의 증거가 제시된 후, 죽음에 이르게 된 뇌진탕에 대해 전문적인 용어를 곁들인 의학적인 증거가 제시되었다. 샌드번 부인은 이번 버스 여행의 특징들, 그날 오후의 일정, 그리고 재난이 일어나게 된 경위를 진술했다. 그녀는 템플 양은 젊지는 않았지만 아주 잘 걸었다고 말했다. 일행은 경사면을 둘러 난 유명한 길을 따라 걷고 있었다. 그들은 본래 엘리자베스 시대에 지어졌지만 후에 개보수를 거친 오래된 무어랜드 교회 쪽으로 천천히 오르고 있었다. 그 꼭대기에는 보나벤투라 기념탑이라 부르는 탑이 있었다. 상당히 경사가 가팔랐고 일행들 중에는 앞서는 사람도 뒤처지는 사람도 생겨났다. 젊은 사람들은 달려가거나 한참 앞서 걸어 다른 일행들보다 훨씬 빨리 목적지에 도착했다. 나이가 많은 사람들은 천천히 걸어갔다. 샌드번 부인은 혹시라도 힘들어하는 사람이 있을 경우 호텔로 돌려보내기 위해 뒤처진 일행들과 함께 걸었다. 템플 양은 버틀러 부부와 이야기를 나누며 걸었다고 그녀는 말했다. 템플 양은 60살이 넘었지만 그 부부의 느린 걸음을 참지 못하고 전에도 종종 그랬듯이 앞질러 가 앞에 있던 모퉁이를 빨리 돌았다. 그녀는 걸음이 느릿느릿한 사람들을 기다리는 걸 답답해했으며, 자기 나름대로의 속도로 걷는 편을 좋아했다. 위쪽에서 울리는 비명 소리에 샌드번 부인과 다른 일행들이 뛰어가 길모퉁이를 돌자 템플 양이 바닥에 쓰러져 있었다. 위의 언덕 경사면에 있던 커다란 바위가 굴러 떨어져 마침 그 아래를 지나던 템플 양에게 떨어진 모양이라고 다들 생각했다. 정말이지 불행하고 비극적인 사건이었다.

"사고 외에 다른 가능성은 생각해 보지 않으셨습니까?"

"네, 정말로요. 사고 외에 달리 어떤 가능성이 있다는 건지 정말 말도 안 되는 일이에요."

"언덕 중턱에 서 있는 사람은 못 보셨고요?"

"예. 저희가 가던 길이 언덕을 둘러 난 큰 길이지만 그 위쪽에서 돌아다니는 사람들도 있긴 해요. 하지만 전 그날 오후에 다른 사람은 보지 못했어요."

다음으로 조애너 크로포드가 호명되었다. 이름과 나이 등 간단한 인적 사항을 확인한 후 스톡스 박사가 질문을 던졌다.

"크로포드 양께서는 일행과 같이 있지 않으셨죠?"

"예, 저희는 큰길에서 나와, 경사면 더 위쪽으로 올라갔어요."

"다른 사람과 같이 걷고 계셨습니까?"

"예. 에믈린 프라이스 씨와요."

"그 외에는 크로포드 양과 함께 걸은 사람이 없었습니까?"

"예. 저희는 이야기를 나누기도 하고 길가에 핀 꽃을 구경하기도 했어요. 흔히 보던 꽃과 다른 것 같았어요. 에믈린은 식물에 관심이 있고요."

"나머지 일행들이 보이지 않는 곳에 있으셨습니까?"

"항상 그렇지는 않았어요. 나머지 일행들은 큰길을 따라 걷고 있었는데……. 아래쪽으로 보였어요."

"템플 양을 보셨습니까?"

"그런 것 같아요. 그분은 일행들보다 앞서서 걷고 계셨고, 그분이 길모퉁이를 먼저 도는 걸 본 것 같은데 언덕에 가려 그 후의 모습은 보지 못했어요."

"언덕 중턱에 있던 크로포드 양보다 더 위쪽에서 걷고 있는 사람을 보셨습니까?"

"예. 바위가 꽤 많은 위쪽이었어요. 언덕 경사면에 바위가 굉장히 많았어요."

"예. 어떤 곳을 말씀하시는지 잘 알겠습니다. 커다란 화강암들이 있는 곳이죠. 이 마을 사람들은 그곳을 황무지 혹은 회색 황무지라고 부르기도 합니다."

"멀리서 볼 때는 양인가 싶었지만, 그렇게 멀지는 않았어요."

"누군가 그 위에 서 있는 걸 보셨다고요?"

"예. 그 돌밭 한가운데서 바위 위에 기대 있는 사람을 봤어요."

"그걸 밀고 있었다고 생각하십니까?"

"예. 전 그렇게 생각했고, 왜 그럴까 의아해했어요. 그 남자는 바위 하나를 바깥쪽으로 밀어내려는 것 같았어요. 하지만 워낙에 크고 무거운 바위라 밀기는 불가능할 거라고 생각했어요. 그래도 그 남자인지 여자인지 모를 사람은 아주 능숙하게 바위를 흔드는 것 같았어요."

"처음에는 남자라고 하시더니 지금은 남자 혹은 여자라고 말씀하시는군요, 크로포드 양. 둘 중 어느 쪽이라고 생각하십니까?"

"그게, 저는…… 저는 남자라고 생각했지만 당시에 그렇게 생각했던 건 아니에요. 그 사람은…… 바지와 스웨터를 입고 있었는데, 목이 올라온 남자들이 입을 법한 스웨터였어요."

"그 스웨터는 어떤 색이었습니까?"

"좀 밝은 빨간색과 검은색 체크무늬였어요. 그리고 베레모 같은 모자 뒤로 긴 머리카락이 보였는데 여자 머리카락 같았지만, 남자가 머리를 기른 걸 수도 있을 거라고 생각해요."

"확실히 그렇죠. 요즘 세상에 머리카락 길이로 남성인지 여성인지를 판단하기는 확실히 쉽지가 않습니다."

다소 냉담하게 대꾸한 스톡스 씨는 말을 이었다.

"그다음에는 어떻게 됐습니까?"

"그게, 그 바위가 아래로 구르기 시작했어요. 가장자리에서는 좀 휘청거리는가 싶더니 속력이 붙기 시작했어요. 저는 에플린에게 이렇게 말했어요. '오, 저 바위가 언덕 아래로 굴러가고 있어요.' 그러다 바위가 떨어지는 소리를 들었어요. 그리고 아래쪽에서 비명 소리를 들은 것 같지만, 어쩌면 제가 상상한 것인지도 모르겠어요."

"그리고요?"

"우리는 바위가 어떻게 됐는지 보려고 위로 조금 뛰어 올라가서 언덕 모퉁이를 돌아갔어요."

"그래서 무얼 보셨습니까?"

"아래쪽 길에 떨어진 바위하고 그 밑에 사람이 깔려 있는 걸 봤어요……. 그리고 사람들이 모퉁이를 돌아 뛰어오는 것도요."

"비명을 지른 게 템플 양이었습니까?"

"그랬을 거예요. 아니면 모퉁이를 돌아 뛰어오던 나머지 일행들 중 1명일 수도 있고요. 오! 정말…… 정말 끔찍했어요."

"예, 분명 그러셨을 겁니다. 위에 서 있었다던 그 사람은 어떻게 됐습니까? 빨간색과 검은색 스웨터를 입은 남자인지 여자인지 모를 그 사람은요? 그 사람은 그때까지 돌밭에 서 있었습니까?"

"모르겠어요. 그 후로는 다시 위를 올려다보지 않았으니까요. 저는…… 저는 사고 현장을 보고 도울 일이 없나 알아보려 아래로 뛰어 내려가느라 정신이 없었어요. 그러다 위를 한 번 쳐다본 것 같긴 하지만, 아무도 보이지 않았어요. 그저 돌뿐이었어요. 능선 때문에 사람들이 쉽게 시야에서 사라지거든요."

"그 사람이 크로포드 양의 일행 중 1명일 수도 있습니까?"

"아니에요. 분명히 저희 일행 중 1명은 아니었어요. 그랬더라면 알았을 거예요. 그러니까 입은 옷을 보고요. 일행 중에 진분홍색과 검은색 스웨터를 입고 있던 사람은 아무도 없었어요."

"감사합니다, 크로포드 양."

에믈린 프라이스는 그다음으로 호명되었다. 그의 이야기는 조애너가 한 이야기의 재탕이나 마찬가지였다.

별로 대단치 않은 증거들이 조금 더 나왔다.

검시관은 엘리자베스 템플의 사인에 대한 증거가 충분치 않으며 따라서 심리는 2주 후로 연기하겠다고 밝혔다.

마플 양, 방문하다

I

심리가 끝나고 골든 보어로 돌아가는 길에 아무도 입을 열지 않았다. 윈스테드 교수는 마플 양의 곁에서 걸었으며, 그녀가 그리 빨리 걷지 못하는 탓에 둘은 무리에서 약간 뒤처지게 되었다.
"다음에는 어떤 일이 벌어질까요?"
마플 양이 마침내 물었다.
"법적으로요, 아니면 우리에게요?"
"둘 다요. 하나는 다른 하나에게 영향을 미치게 될 테니까요."
"그건 경찰이 더 조사를 해서, 그 두 젊은이의 진술을 뒷받침하는 증거를 찾아내느냐에 달려 있을 겁니다."
"그래요."
"더 조사를 해 봐야 할 겁니다. 심리는 연기됐고, 검시관이 사고사 판결을 내지는 않을 테니까요."

"예, 저도 그 점은 이해해요. 그 젊은이들의 진술에 대해 어떻게 생각하세요?"

마플 양의 질문에 윈스테드 교수는 불쑥 튀어나온 눈썹 아래로 날카로운 시선을 보냈다.

"그 부분에 대해 뭔가 아는 게 있으십니까, 마플 양? 물론 우리는 그 젊은이들이 진술한 내용을 미리 알고 있었죠."

그의 목소리는 의미심장했다.

"예."

"그 젊은이들에 대한, 그들의 진술에 대한 제 생각을 물으신 건 무슨 뜻입니까?"

"흥미롭잖아요. 아주 흥미로워요. 빨간색과 검은색 체크무늬 스웨터. 좀 눈에 띈다고, 전 그렇게 생각하는데 교수님은요? 좀 두드러지죠?"

"예, 바로 그렇습니다. 마플 양은 그걸 어떻게 생각하십니까?"

그는 다시 한번 눈썹 아래로 날카로운 시선을 보냈다.

"나는…… 그 스웨터가 귀중한 실마리일지도 모른다고 생각해요."

그들은 골든 보어에 도착했다. 겨우 12시 30분이었고 샌드번 부인은 점심 식사를 하러 가기 전에 간단한 음료를 들자고 제안했다. 일행들이 셰리주와 토마토 주스, 그 외에도 다양한 알코올음료를 마시는 도중에 샌드번 부인은 한 가지 발표를 했다.

"저는 검시관과 더글러스 경위님과 의논을 해 봤어요. 의학적인 증거는 모두 확인했으니, 내일 오전 11시에 교회에서 장례식이 열릴 거예요. 저는 이 지역 교구 목사님이신 코트니 씨와 장례식 문제를 상의할 거예요. 제 생각에는 그다음 날 여행을 재개하는 게 최선일 것 같아요. 물론 3일을 놓쳤으니까 일정이 약간 변경되겠지만, 좀 더 간단하게 일정을 짜 볼까 해요. 그리고 한두 분께서는 기차를 타고 런던으로 돌아가시는 편이 좋겠다고 말씀하시더군요. 물론 저도 그분들의 심정은 충분히 이해하고, 어떤 식으로든 여러분께 여행을 강요할 생각은 없어요. 정말 슬픈 사건이었으니까요. 저는 아직도 템플 양께서 사고로 돌아가셨다는 것 외에는 달리 생각할 수가 없어요. 특정한 지역에서는 전에도 그런 일이 일어난 적이 있었고, 물론 이번 경우에는 지리적인 환경 때문에 일어난 일은 아닌 것 같지만요. 제 생각에는 더 많은 조사가 진행되어야 할 것 같아요. 물론 그 산을 오르던 등산객이나 여행객…… 뭐 그런 사람이 아무 생각 없이, 자신이 하는 일이 그 아래 길을 걷는 사람에게 위험할 수도 있다는 생각을 하지 못하고 바위를 밀었을 수도 있어요. 만약 그렇다면, 그리고 그 사람이 경찰에 자수한다면, 상황이 아주 깨끗하게 정리되겠지만 현재로서는 그런 일을 기대하기는 어렵겠죠. 돌아가신 템플 양께 적 혹은 그분을 해치고 싶어 하는 누군가가 있었다는 건 말도 안 되는 것 같아요. 그러니까 제가 드리고 싶은 말은 이번 사고 이야기는 더 이상 하지 않았으면 한다는 거예요. 이번 사건 조사를 맡은 지역 경찰들이 알아서 조사를 할 테니까요. 내일 교회에서 열리는 추도식에는 모두들 참석하는 게 좋겠죠? 그 후에는 여행을 계속해 이번 사건으로 받았던 충격을 잊을 수 있었으면 해요.

매우 흥미롭고 유명한 저택들이며 아주 아름다운 풍경들도 더 봐야 하고요."

샌드번 부인의 이야기가 끝난 직후 종업원이 와 점심 식사 준비가 되었음을 알렸고, 사고 이야기는 더 이상 나누지 않았다. 말하자면, 공공연히 하지는 않았다. 점심 식사를 마친 후 라운지에서 커피를 마시던 일행들은 작은 그룹으로 끼리끼리 모여 앞으로의 일정에 대해 이야기를 나누었다.

"여행을 계속하실 겁니까?"

윈스테드 교수가 마플 양에게 물었다.

"아니요."

마플 양은 곰곰이 무언가를 생각하며 말했다.

"아니요. 난…… 난 이번 일 때문에 여기 좀 더 남아 있어야 할 것 같아요."

"골든 보어에 머무르실 겁니까, 아니면 올드 매너 하우스에 머무르실 겁니까?"

"그건 내가 올드 매너 하우스에 돌아가 더 조사를 해 봐야 할지 여부에 달려 있겠죠. 하지만 원래 조사 기간은 일행이 이곳에 머무르는 이틀간이었으니까 그러고 싶지는 않네요. 골든 보어에 머무르는 편이 나을 것 같아요."

"세인트 메리 미드로 돌아가고 싶지는 않으십니까?"

"아직은요. 여기에서 내가 할 수 있는 일이 한두 가지 있는 것 같아요. 하나는 이미 했고요."

그녀는 뭐냐고 묻는 듯한 윈스테드 교수의 눈을 마주 보았다.

"만약 교수님이 나머지 일행들과 함께 여행을 계속 하실 거라면 내가 조사해 온 일들을 말씀드리고, 도움이 될 수도 있는 몇 가지 질문도 제안해 드리죠. 내가 여기 머무르길 원하는 또 다른 이유는 나중에 말씀드릴게요. 내가 몇 가지…… 이 지역에서 조사를 해 보고 싶은 게 있어요. 별다른 성과가 없을 수도 있기 때문에 지금은 말씀드리지 않는 게 나을 것 같네요. 교수님은요?"

"저는 런던으로 돌아가고 싶습니다. 그곳에서 마쳐야 할 일이 있거든요. 혹시 제가 여기 남는 게 마플 양께 도움이 되지 않을까요?"

"아니에요. 현재로서는 그렇지 않을 것 같네요. 교수님께서도 직접 조사하고 싶은 게 있으실 거라고 생각해요."

"저는 마플 양을 만나러 이 여행에 참가했습니다."

"그리고 이제 교수님께서는 날 만났고 내가 알고 있는 것 또는 내가 아는 모든 것을 아셨으니, 따라 조사해 보실 게 있으시겠죠. 나도 이해해요. 하지만 교수님께서 이곳을 떠나시기 전에 한두 가지 정도……. 그러니까 도움이 될 수 있는 결과물이 나올 수도 있을 것 같아요."

"알겠습니다. 마플 양께서 따로 생각이 있으시군요."

"교수님께서 하신 말씀을 떠올리는 중이에요."

"악한 기운을 포착하신 겁니까?"

"뭐가 잘못된 건지 정확하게 알기란 어려운 일이에요."

"하지만 뭔가 잘못되었다는 느낌을 받으신 거죠?"

"오, 그럼요. 아주 분명하게요."

"템플 양이 돌아가신 다음에 특히 그런 느낌이 드신 거겠죠? 물론 그 죽음은 아무리 샌드번 부인이 바란다 해도 사고는 아니었고요."

"예. 그건 사고가 아니었어요. 내가 템플 양이 한번은 자기는 순례 중이라고 말했다는 이야기를 교수님께 하지 않았죠?"

"흥미롭군요. 예, 흥미롭습니다. 어디로 가는 순례인지 누구를 위한 순례인지는 말하지 않던가요?"

"예. 템플 양이 조금만 더 오래 살았더라면, 그리고 그렇게 상태가 나쁘지 않았더라면 내게 말해 줬을지도 몰라요. 하지만 불행하게도 죽음이 너무 빨리 찾아왔죠."

"그렇다면 마플 양께서는 그 이상은 알지 못하시는 거군요."

"예. 그저 템플 양의 순례가 끔찍하게 끝났다는 느낌만 강하게 들어요. 누군가가 템플 양이 가려던 곳을 못 가게 막고 싶었거나, 혹은 그녀가 만나려 했던 누군가를 못 만나게 막고 싶었던 거예요. 우연한 기회나 하느님의 뜻으로 실마리가 잡히길 바랄 수밖에요."

"그래서 이곳에 머무르시려는 겁니까?"

"그것 때문만은 아니에요. 나는 노라 브로드라는 아가씨에 대해 좀 더 알아보고 싶어요."

"노라 브로드요?"

그는 약간 당황한 표정이었다.

"베러티 헌트와 같은 시기에 실종된 아가씨예요. 교수님께서 그 아가씨 이야기를 한 적이 있잖아요. 남자 친구가 많고, 남자 친구를 사귈 준비가 완벽했던 아가씨 말이에요. 멍청하지만 남자들에게는 매력적인 아가씨요. 나는······."

마플 양은 약간 뜸을 들이며 말을 이었다.

"그 아가씨에 대해 좀 더 알아내는 게 조사에 도움이 될지도 모른다는 생각이 들어요."

"원하는 대로 하십시오, 마플 경위님."

윈스테드 교수가 대꾸했다.

II

장례식은 다음 날 아침에 열렸다. 일행들 모두 장례식에 참석했다. 마플 양은 교회 안을 둘러보았다. 지역 사람들도 몇 명 보였다. 글린 부인과 그 언니인 클로틸드 역시 참석했다. 막내인 앤시아는 참석하지 않았다. 마을에서 온 사람도 한두 명 있는 것 같다고 마플 양은 생각했다. 어쩌면 템플 양과는 일면식도 없지만 '범죄'라는 이야기에 혹해서 장례식장에 찾아온 것인지도 몰랐다. 그리고 나이 지긋한 성직자도 한 명 있었는데, 발목에는 각반을 쳤고 하얗고 숱이 많은 머리카락에 어깨가 넓은 이 노신사는 70살은 족히 넘어 보인다고 마플 양은 생각했다. 그는 약간 다리를 절었으며 무릎을 꿇었다 다시 일어서는 게 힘든 모양이었다. 아주 고운 얼굴이라고 마플 양은 생각했으며, 그가 누구일지 궁금했다. 아마도 엘리자베스 템플의 오랜 친구일 거라고, 아마도 장례식에 참석하기 위해 아주 먼 거리를 왔을지도 모르겠다고 그녀는 생각했다.

교회를 나서면서 마플 양은 일행들과 몇 마디를 나누었다. 그녀는 이제 일행들의 일정을 상세하게 파악했다. 버틀러 부부는 런던으로 돌아갈 예정이었다. 버틀러 부인이 말했다.

"헨리에게 더 이상은 여행을 계속할 수가 없다고 했어요. 아시겠지만…… 저는 길거리를 걷다가도 모퉁이만 돌면 누군가가 우리를 쏘거나 돌을 던질지도 모른다는 생각이 자꾸 들어서. 영국의 유명 저택에 반감을 가지고 있는 누군가가 말이에요."

버틀러 씨가 끼어들었다.

"자자, 메이미, 그만해. 그런 쓸데없는 생각은 하지 말라구!"

"뭐, 요즘에는 모를 일이잖아요. 비행기 납치범 하며 그런 일들이 얼마나 많은데요. 요즘에는 어딜 가도 불안해요."

럼리 양과 벤담 양은 여행을 계속할 작정이며, 불안감은 누그러졌다고 했다.

"우리는 이 여행에 참가하려고 많은 돈을 냈는데 아주 슬픈 사고가 일어났다고 해서 여행을 그만두는 건 너무 아까운 일인 것 같아요. 지난밤에 아주 마음씨 상냥한 이웃에게 전화를 걸었더니 우리 고양이들을 보살펴 주겠다지 뭐예요. 그래서 우리는 걱정할 필요가 없죠."

럼리 양과 벤담 양은 그 일을 사고로 치부했다. 둘은 그저 편하게 생각하자고 마음먹은 것이다.

리즐리 포터 부인 또한 여행을 계속할 작정이었다. 워커 대령 부부는 내일 모레 방문할 예정인 정원의 희귀한 수령초를 절대 놓칠 수 없다고 했다. 건축가인 제임슨 또한 특별히 관심 있는 다양한 건축물들을 보고 싶다고 했다. 하지만 카스페르 씨는 기차로 돌아가겠다고 했다. 쿡 양과 배로 양은 아직 결정을 내리지 못한 모양이었다.
"여기는 산책하기에 참 좋아요. 우리는 골든 보어에서 잠시 더 머무는 게 어떨까 생각 중이에요. 마플 양도 그러실 작정이시죠?"
쿡 양이 말했다.
"그럴까 해요. 계속 여행을 다닐 만한 기분이 아니네요. 이런 일이 있었으니 하루 이틀 쉬는 게 나에게 좋을 것 같아요."
마플 양이 말했다.
일행들이 흩어지면서, 마플 양은 조용히 혼자만의 길을 갔다. 그녀는 두 개의 주소가 적혀 있는 수첩에서 뜯어 낸 종이 1장을 핸드백에서 꺼냈다. 첫 번째 주소는 블래킷 부인, 골짜기를 따라 아래쪽으로 경사가 진 길 끝에 있는 정원이 딸린 작고 깔끔한 집에 사는 블래킷 부인의 주소였다. 작고 깔끔한 여자가 나와 문을 열었다.
"블래킷 부인?"
"예, 예. 전데요."
"잠시 안으로 들어가 이야기를 나눌 수 있을까요? 방금 장례식에 참석하고 돌아오는 길인데 머리가 약간 어찔하네요. 잠시만 앉아도 될까요?"
"이런, 이런. 오, 이걸 어째. 어서 들어오세요, 부인. 어서요. 그렇죠. 여기 앉으세요. 제가 물 1잔 가져다 드릴게요……. 아니면 차를 드릴까요?"

"고맙지만 괜찮아요. 물 1잔이면 충분해요."

블래킷 부인은 물 1잔을 가지고 돌아왔고, 병이며 현기증이며 이런저런 이야기들을 늘어놓으며 마플 양의 기분을 북돋아 주었다.

"저한테도 그런 조카가 하나 있어요. 그 나이에 그러면 안 되는데, 아직 오십도 안 됐거든요. 그런데 갑자기 현기증을 일으켜서 의자에 주저앉지 뭐예요……. 세상에 어떨 때는 바닥에 쓰러지기도 한다니까요. 끔찍해요. 정말 끔찍해요. 의사들이라곤 아무짝에도 쓸모가 없죠. 자, 여기 물이요."

마플 양은 물잔을 받아 홀짝였다.

"아. 이제 좀 살 것 같네요."

"살해당했는지 사고를 당했는지 하는 그 불쌍한 숙녀 분 장례식에 다녀오시는 길이시군요. 사고가 분명해요. 하지만 심리가 열리면 검시관들은 항상 모든 일을 범죄 사건으로 몰려 하죠."

"오, 그래요. 과거에 일어난 사건들에 대해서도 들었는데 너무 안 됐더라고요. 노라라는 아가씨에 대한 이야기도 많이 들었어요. 노라 브로드라던가."

"아, 노라요, 예. 사실 그 애는 제 조카였어요. 예. 아주 오래전 일이죠. 집을 나가서 다시는 돌아오지 않았어요. 그런 아가씨들은 어떻게 제지할 도리가 없어요. 저도 낸시 브로드(제 사촌이자 그 애 어미예요.)에게 종종 그렇게 말하곤 했답니다. '넌 하루 종일 밖에 나가 일하잖니. 그러는 동안 노라가 뭘 하고 돌아다니는지 알기나 해? 그 애가 허구한 날 남자 아이들과 어울려 다니는 걸 아냐고. 이러다 큰일나지. 두고 보라고.' 그리고 결국 제 말이 옳았던 거예요."

"그렇다면……?"

"아, 흔한 문제예요. 예, 임신이죠. 제 사촌 낸시는 그것도 아직 모르고 있을 거예요. 하지만 물론 저는 이제 65살인 데다가 척 보면 그냥 알아요. 아이 아빠가 누군지도 알 것 같지만 확실히는 모르겠어요. 하지만 그 남자가 원래 살던 곳에 계속 살고 있는 데다 노라가 사라졌을 때 길길이 날뛰었으니 제가 잘못 짚은 건지도 모르겠네요."

"그 아가씨가 사라졌다고요?"

"뭐, 어떤 사람이 태워 주는 차를 탔대요……. 낯선 사람이요. 그게 그 애의 마지막 모습이었어요. 지금은 그 차 이름이 뭔지 잊어버렸어요. 웃긴 이름이었는데. 오디트인가 하여간 뭐 그런 이름이었어요. 어쨌든 그 애가 그 차에 타고 있는 걸 한두 번 본 사람이 있어요. 그러고는. 그대로 사라졌죠. 살해당한 그 불쌍한 아가씨가 타고 있던 차와 똑같은 차라는 말도 있긴 했어요. 하지만 노라가 그런 일을 당했다고는 생각하지 않아요. 노라가 살해당했다면 지금쯤 시신이 발견됐어야 하잖아요. 그렇게 생각하지 않으세요?"

"확실히 그럴 것 같네요. 노라라는 아가씨는 공부도 잘하고 착실한 그런 아가씨였나요?"

"아, 아니요. 그렇지 않았어요. 게으른 데다 똑똑하지도 않았어요.

예. 12살 이후로는 남자들 꽁무니만 쫓아 다녔죠. 그러다 결국에는 어떤 남자와 아예 떠나 버린 게 분명해요. 하지만 아무에게도 소식을 알리지 않았어요. 엽서 1장도 보낸 적이 없고요. 남자가 살살 구슬리는 말에 푹 빠져 허황된 꿈을 가지고 따라가 버린 모양이에요. 제가 알던 한 아가씨는(물론 제가 젊을 적에요) 아프리카 남자랑 떠났어요. 그 아프리카 남자 말이 자기 아버지가 셰이크라고 했대요. 셰이크라니 좀 웃긴 말이긴 하지만 셰이크라고 했던 것 같아요. 어쨌든 아프리카인지 알제리인지 뭐 그런 데였어요. 예, 알제리였어요. 거기 어딘가요. 그 아가씨가 자기는 근사한 것들을 죄다 가지게 될 거라고 어찌나 자랑을 늘어놓던지. 남자에게 낙타 6마리가 있고 그의 아버지는 어마어마한 말들을 가지고 있는 데다 온 벽에 카펫이 걸려 있는 근사한 집에서 살게 될 거라고 떠벌렸죠. 벽에다 카펫을 걸다니 웃기죠. 그렇게 떠났죠. 그런데 3년 후에 다시 돌아왔지 뭐예요. 예. 아주 끔찍했던 거예요. 끔찍했던 거예요. 가 보니 지저분하고 보잘것없는 흙집에 살더래요. 예, 정말로요. 그리고 그들이 쿠스쿠스라고 부르는 것 외에는 먹을 것도 별달리 없었고요. 저는 그게 항상 상추('cos'는 상추라는 뜻 — 옮긴이)인 줄 알았는데 아닌 모양이에요. 세몰리나 푸딩이랑 좀 비슷하다나 봐요. 오, 얼마나 끔찍했겠어요. 그러다 결국에 그 남자는 여자더러 아무짝에 쓸모가 없다며 이혼하겠다고 했다지 뭐예요. 남자는 그저 '나는 당신과 이혼하겠다.'라는 말만 3번 하고는 나가 버렸고, 무슨 협회인가에서 그녀를 책임지고 영국까지 보내 줬대요. 그렇게 된 거죠. 아, 하지만 그게 벌써 40년 전이네요. 그리고 노라는 이제 집을 나간 지 고작 칠팔 년밖에 되지 않았어요. 하지만 언젠가는 그 애도 인생의 쓴 맛을 보고 입에 빌린 약속 같은 건 다 거짓이라는 걸 깨닫고 다시 집으로 돌아올 거예요."

"그 아가씨가…… 자기 어머니, 그러니까 부인 사촌 말고 달리 찾아갈 사람이 있나요? 달리……."

"글쎄요, 그 애에게 잘해 줬던 사람들은 많아요. 올드 매너 하우스 사람들도 그렇고요. 당시에 글린 부인은 없었지만 클로틸드 양은 여학생들에게 아주 잘 대해 주셨어요. 예, 노라에게 근사한 선물도 많이 해 주셨고요. 한번은 아주 멋진 스카프와 예쁜 원피스도 주셨답니다. 아주 근사한 거였어요. 얇은 실크로 된 여름 원피스였죠. 아, 클로틸드 양은 마음씨가 좋은 사람이었어요. 노라가 학교 공부에 더 흥미를 가지도록 만들기 위해 애를 쓰셨어요. 이런저런 것들로 많이 도와주셨죠. 그 애가 잘못된 길을 가면 충고도 해 주고……. 그러니까…… 정말 제 조카라 저도 이런 말까지는 하고 싶지 않지만…… 그 애는 남자 관계가 너무 문란했어요. 아무 남자나 덥석덥석 만나고 다녔으니. 정말 슬픈 일이죠. 그러다 결국에는 길거리 매춘부가 될 판이었어요. 그거 말고 다른 미래가 있을 것 같지 않았어요. 이런 말은 정말 하고 싶지 않지만 사실이 그런걸요. 어쨌든 올드 매너 하우스에 살던 헌트 양처럼 살해당하는 것보단 나을지도 모르죠. 정말 잔인한 사건이었어요. 경찰들은 그 아가씨가 다른 사람과 도망간 줄 알고 바쁘게 찾아다녔어요. 여기저기 질문을 하고 그 아가씨와 알고 지내던 젊은 남자들은 죄다 데려가 조사를 했죠. 제프리 그랜트도 조사를 받았고 빌리 톰프슨, 랜드포드네 아들 해리도 그랬어요. 다들 백수였죠……. 원한다면 일자리는 널렸는데 말이에요. 요즘 사람들은 옛날 같지가 않아요. 제가 젊었을 때는 아가씨들은 다들 정숙하게 행동했죠. 청년들은 번듯한 직장을 구해 일을 해야 한다는 걸 알았고요."

마플 양은 조금 더 이야기를 나눈 후 이제 기운이 난다며 블래킷 부인에게 고맙다고 하고 그 집을 나섰다.

다음에 방문할 집은 상추를 키우는 한 아가씨가 사는 집이었다.

"노라 브로드요? 오, 그 애는 이 마을을 떠난 지 오래됐어요. 어떤 남자랑 떠났죠. 남자라면 사족을 못 썼으니까요. 그 애가 어떻게 됐는지 항상 궁금했는데. 무슨 이유로 그 애를 찾으시는 거죠?"

마플 양이 거짓말을 늘어놓았다.

"외국에 있는 친구에게서 편지를 1통 받았어요. 아주 훌륭한 사람인데 노라 브로드 양을 고용하려고 생각중이에요. 그 아가씨가 난처한 상황에 처했었다나 봐요. 아주 몹쓸 남자와 결혼을 했는데 그에게 다른 여자가 생겨 그 아가씨를 떠났고, 아이를 돌보는 일을 구하고 있대요. 내 친구는 그 아가씨에 대해 아는 게 전혀 없지만, 그녀가 이 마을 출신이라는 말을 들어서요. 그래서 이곳에 오면……그러니까 그 아가씨에 대해 아는 사람들이 있을까 생각했죠. 그녀와 같은 학교를 다녔죠?"

"오, 예. 같은 반이었어요. 말씀드리지만 전 노라가 하고 다니는 행실이 마땅치 않았어요. 남자에 눈 먼 애였어요. 뭐, 저도 당시에 멋진 남자 친구를 사귀었고 계속 만나는 중이어서, 그 애에게 이 남자 저 남자 만나면서 차를 얻어 타고 나이를 속이며 술집에 다니고 그래 봐야 좋을 게 없다고 충고하기도 했어요. 하긴 노라는 워낙 성숙해서 제 나이보다 많아 보이긴 했어요."

"검은 머리였나요, 금발 머리였나요?"

"오, 노라는 검은 머리였어요. 아주 예쁜 머리카락이었죠. 여자애들이 흔히 그러듯 언제나 머리를 풀어헤치고 다녔고요."

"그 아가씨가 사라졌을 때 경찰이 걱정했나요?"

"예. 아무런 말도 없이 사라졌으니까요. 그저 어느 날 밤에 집을 나가서 돌아오지 않은 거예요. 그 애가 어떤 차에 올라타는 걸 본 사람은 있지만, 그 후로는 그 차를 본 사람도 그 애를 본 사람도 없어요. 당시에 살인 사건이 워낙 많았잖아요. 이 지역뿐 아니라 온 나라 전체에요. 경찰은 꽤 많은 청년들과 소년들을 검거했어요. 그리고 처음 시신이 발견되었을 때는 노라일지도 모른다고 생각했고요. 하지만 아니었죠. 그 애는 살아 있는 거예요. 분명히 런던이나 다른 대도시의 스트립 클럽 같은 데서 일하고 있을 거예요. 워낙에 그런 애였으니까요."

"내가 찾는 노라 양이 그런 사람이라면 내 친구에게는 적합하지 않겠네요."

"아직도 예전 그대로라면 애 보는 일은 어렵겠죠."

브라바존 부주교

마플 양이 약간 숨을 헐떡이며 좀 지쳐서 골든 보어로 돌아왔을 때, 접수원이 안내 데스크에서 나와 그녀를 맞이했다.

"오, 마플 양. 당신을 만나러 온 손님이 계세요. 브라바존 부주교님이시래요."

"브라바존 부주교님?"

마플 양은 당혹스런 표정이었다.

"예. 마플 양을 만나시려고 이곳저곳 수소문하신 모양이에요. 그러다 마플 양께서 일행들과 함께 이곳에 묵고 계신다는 이야기를 듣고 마플 양께서 떠나거나 런던으로 가시기 전에 이야기를 나누고 싶어 찾아오셨대요. 일행분들 중 몇 명은 오늘 오후 기차로 런던으로 돌아가실 거라고 말씀드렸더니, 그분께서는 마플 양께서 떠나시기 전에 꼭 이야기를 나누어야 한다고 아주 안달이 나셨던데요. 제가 텔레비전 라운지에 모셔다 드렸어요. 그곳이 더 조용하니까요. 지금 다른 라운지는 다 시끌벅적하거든요."

약간 놀란 마플 양은 접수원이 가리킨 방으로 갔다. 브라바존 부주교는 장례식장에서 보았던 바로 그 나이 지긋한 성직자였다. 그는 자리에서 일어나 그녀에게 다가왔다.

"마플 양. 제인 마플 양 맞으십니까?"

"예, 그런데요. 저를······."

"저는 브라바존 부주교라고 합니다. 아주 오랜 친구인 엘리자베스 템플 양의 장례식에 참석하기 위해 오늘 아침에 이곳에 도착했습니다."

"오, 그러세요? 어서 앉으세요."

"감사합니다. 제가 건강이 예전만큼 못하답니다. 마플 양께서도 앉으시지요······."

그는 조심스럽게 몸을 숙여 의자에 다시 앉았다.

마플 양은 그의 옆에 자리를 잡고 앉아 물었다.

"저를 보자고 하셨다고요?"

"그게, 먼저 어떻게 된 일인지 설명을 드려야겠군요. 마플 양께서 저에 대해 아무것도 모르리라는 건 저도 잘 압니다. 사실 저는 이곳 교회로 오기 전에 캐리스타운의 병원을 잠깐 방문해 수간호사와 이야기를 나눴습니다. 수간호사 말이 엘리자베스가 죽기 전에 같이 여행하던 일행 중 1명을 불러 달랬다더군요. 제인 마플 양을요. 그리고 그분이 그녀를 찾아왔고 엘리자베스가 죽기 전 잠깐, 아주 잠깐 의식을 차렸을 때 곁에 계셨다고요."

그는 초조한 듯 마플 양을 바라보았다.

"예. 그랬어요. 저를 찾아서 놀랐죠."

"엘리자베스와 오랜 친구 사이신가요?"

"아니에요. 이번 여행에서 처음 만난 사이인걸요. 그래서 제가 놀란 거예요. 우리는 이런저런 이야기를 나누기도 하고, 이따금씩은 버스에서 같이 앉기도 했고, 꽤 친하게 지내긴 했어요. 하지만 그렇게 몸이 안 좋은 상황에서 저를 보자고 했다니 놀랄 수밖에요."

"예. 예, 무슨 말씀이신지 잘 알겠습니다. 엘리자베스는 말씀드렸듯이 저와 아주 오랜 친구 사이입니다. 사실 엘리자베스는 저를 만나러 오던 중이었습니다. 저는 필민스터에 사는데 여행 일정상 엘리자베스는 내일모레 그곳에서 하루 묵게 되어 있었습니다. 엘리자베스는 전화를 걸어 그때 저를 방문하겠다며, 여러 가지로 논의를 해 보고 싶은 문제가 있다고 했습니다."

"그렇군요. 질문 하나 해도 될까요? 너무 실례되는 질문이 아니었으면 좋겠네요."

"아닙니다, 마플 양. 뭐든 물어보세요."

"템플 양이 한번은 이런 말을 한 적이 있어요. 이번 여행에 참가한 것은 유서 깊은 저택과 정원을 보고 싶어서가 아니라고. 좀 이상한 표현을 썼는데, 순례라고 했어요."

"그랬습니까? 정말 그런 말을 했습니까? 예, 참 이상하군요. 이상하고 의미심장하군요."

"그래서 그 순례라는 게 부주교님을 방문하기로 한 것을 일컫는 말이라고 생각하시는지 묻고 싶었어요."

"그랬을 겁니다. 예, 저는 그렇게 생각합니다."

"우리는 한 아가씨에 대한 이야기도 나눴어요. 베러티라는 아가씨요."

"아, 예. 베러티 헌트요."

"저는 그 아가씨의 성은 몰랐어요. 템플 양은 그저 베러티라고만 했던 것 같아요."

"베러티는 죽었습니다. 꽤 오래전에 죽었죠. 그건 알고 계셨습니까?"

"네. 그건 알고 있어요. 템플 양과 제가 그녀에 대해 이야기를 나눴거든요. 템플 양은 제가 몰랐던 이야기를 해 주셨어요. 그 아가씨가 라피엘 씨의 아들과 약혼한 사이였다는 이야기를요. 라피엘 씨는 사실 제 친구랍니다. 라피엘 씨께서 친절하게도 이번 여행 비용을 대주셨고요. 하지만 저는, 어쩌면 라피엘 씨는…… 제가 이번 여행에서 템플 양과 만나기를 바라셨을지도 모른다고 생각해요. 그분은 제가 템플 양에게서 어떤 정보를 얻을 수 있을 거라고 생각하신 것 같아요."

"베러티에 대한 정보요?"

"예."

"그것 때문에 엘리자베스가 저를 찾아오려 했습니다. 그녀는 몇 가지 궁금한 사실이 있다고 했습니다."

"왜 베러티가 라피엘 씨의 아들과 파혼했는지 궁금하셨겠죠."

"베러티는…… 약혼을 깨지 않았습니다. 그건 확실해요. 그 무엇보다도 확실합니다."

"템플 양은 그 사실을 몰랐겠죠?"

"예. 아마도 엘리자베스는 그 일 때문에 당혹스럽고 뭔가 미심쩍은 마음이 들어 왜 그 결혼이 이루어지지 않았는지 제게 물어보려 했던 것 같습니다."

"왜 그 결혼이 이루어지지 않았던 거죠? 괜한 호기심에 묻는 말이라고는 생각하지 말아 주세요. 그런 건 아니었어요. 저 또한…… 순례는 아니지만…… 임무 중이니까요. 왜 마이클 라피엘과 베러티 헌트가 결혼하지 않았는지 알고 싶어요."

부주교는 잠시 그녀를 살펴보았다.

"마플 양께서도 이 일에 어느 정도 개입되어 있으시군요. 그런 것 같습니다."

"저는 마이클 라피엘의 아버지가 남긴 유언으로 인해 이 일에 개입하게 됐어요. 저에게 대신 이 일을 맡아 달라고 부탁했죠."

"마플 양께 제가 아는 모든 걸 털어놓지 않을 이유가 없겠군요."

부주교는 느릿느릿 말을 꺼냈다.

"마플 양께서는 엘리자베스 템플이 제게 물으려 했던 것, 저도 모르는 것을 묻고 계십니다. 마플 양, 그 두 젊은이는 결혼할 예정이었습니다. 결혼 준비를 다 마친 상태였죠. 제가 주례를 맡을 예정이었고요. 다시 말해 비밀 결혼이었습니다. 저는 두 젊은이를 잘 알았습니다. 베러티는 아주 어렸을 적부터 알았고요. 그 아이의 견진 성사를 올려 주기도 했고, 엘리자베스 템플의 학교에서 사순절과 부활절 때마다 예배를 올리곤 했으니까요. 아주 훌륭한 학교죠. 그리고 엘리자베스는 아주 훌륭한 교사였습니다. 각 학생들의 능력······ 그 학생이 어떤 과목에 가장 적성이 맞는지를 잘 아는 훌륭한 교사였습니다. 엘리자베스는 직업을 갖는 게 어울릴 만한 학생들에게는 직업을 가지라고 독려했고, 그렇지 않은 학생들에게는 강요하지 않았습니다. 훌륭한 여성이자 아주 상냥한 친구였죠. 베러티는 그녀의 학생들 중에서도 가장 아름다운 아이······ 가장 아름다운 소녀였습니다. 외모뿐 아니라 마음도, 지성도 아름다웠죠. 그 아이는 성인이 되기도 전에 부모를 잃는 엄청난 불운을 겪었습니다. 부모 둘 다 전세 항공기를 타고 휴가차 이탈리아로 가던 중에 사고로 죽어 버렸죠. 베러티는 학교를 그만두고 클로틸드 브래드버리스콧 양, 아실지 모르겠으나 이 동네에 사는 클로틸드 양 댁에 와 살게 되었습니다. 클로틸드 양은 베러티의 어머니와 절친한 친구였으니까요. 그 집 자매가 셋인데, 그중 둘째는 결혼해 외국으로 나가 살았기 때문에 베러티는 그 집에서 나머지 두 자매와 함께 살았죠. 맏이인 클로틸드는 베러티를 끔찍하게 아꼈습니다. 그 애의 행복을 위해서라면 모든 걸 다 해 줬어요. 한두 번 외국 여행에 데려가기도 했고, 이탈리아에서 미술 수업을 받게 해 주었으며, 물심양면으로 그 아이를 아끼고 사랑했습니다. 베러티 또한 클로틸드를 친엄마처럼 사랑하게 되었습니다. 그 애는 클로틸드에게 의지했습니다. 클로틸드는 교육을 많이 받은 지적인 여자였고요. 그녀는 베러티에게 대학 진학을 강요하지는 않았지만, 베러티가 원치 않았기 때문이었을 겁니다. 베러티는 미술과 음악 같은 공부를 더 좋아했습니다. 그 애는 이곳 올드 매너 하우스에서 아주 행복하게 살았다고 생각됩니다. 언제나 행복해 보였어요. 물론 제가 있던 필민스터는 이곳에서 거의 95킬로미터 정도 떨어진 곳이라 그 아이가 여기 산 이래로는 만나 보지 못했습니다. 하지만 크리스마스나 다른 명절 때면 그 애에게 편지를 썼고, 그 애 또한 저에게 항상 크리스마스 카드를 보내왔습니다. 그러다 어느 날 갑자기 아주 아름다운 아가씨로 성장한 그 애가 제가 조금 안면이 있던 라피엘 씨의 아들, 마이클이라는 매력적인 청년과 함께 저를 찾아왔습니다. 둘은 서로 사랑하며 결혼을 하고 싶어 찾아온 거였습니다."

"부주교님께서는 둘의 결혼을 허락하셨나요?"

"예, 허락했습니다. 어쩌면 마플 양께서는 제가 허락하지 말았어야 했다고 생각하실지도 모르겠군요. 그 둘은 몰래 저를 찾아온 게 분명했으니까요. 클로틸드 브래드버리스콧이 그 둘을 갈라놓으려 했을 겁니다. 그럴 만도 하죠. 마이클 라피엘은, 솔직히 말씀드려, 딸이나 여동생을 마음 놓고 맡길 남자가 아니었습니다. 베러티는 스스로 결정을 내리기에 너무 어린 나이였고, 마이클은 어릴 적부터 온갖 말썽만 일으키고 다녔습니다. 소년 법원에도 들락거렸고, 부적절한 친구들을 사귀었으며, 건물과 공중전화 부스를 부수는 등 온갖 깡패 짓을 하고 다녔습니다. 여자들도 많이 만나고 다녀 일을 복잡하게 만들기도 했습니다. 예, 마이클은 다른 면뿐 아니라 여자 문제에 있어서도 나쁜 녀석이었지만, 워낙에 매력적인 청년이라 아가씨들은 금세 그에게 푹 빠져 바보짓을 했습니다. 마이클은 단기간이지만 2번이나 징역을 살기도 했고요. 툭 터놓고 말해 전과자였어요. 저는 그 청년의 아버지와 친분이 있었고, 잘은 모르지만 그 아버지는 아들을 돕기 위해 할 수 있는 건 다 해 주었을 겁니다……. 본인이 해 줄 수 있는 건 전부요. 감옥에서 빼내 주고, 적합한 직장을 구해 주었습니다. 빚을 청산해 주고 손해 배상을 해 주었죠. 이 모든 걸 다 해 주었습니다. 글쎄요, 저는…….”

“라피엘 씨께서 돈뿐 아니라 더 많은 걸 해 주었어야 한다고 생각하시는 거죠?”

“아닙니다. 이 나이가 되어 보니 인간을 있는 그대로 받아들여야 하고, 우리 인간들은, 요즘 말마따나 유전적으로 성향이 결정되기도 한다는 사실을 인정하게 되었습니다. 저는 라피엘 씨께서 아들에게 애정을, 크나큰 애정을 가지고 있었다고는 생각하지 않습니다. 기껏해야 어느 정도 애정을 가지고 있었다고 말할 수 있겠죠. 라피엘 씨는 아들을 사랑하지 않았습니다. 마이클이 아버지의 사랑을 받았더라면 상황이 달라졌을지 어땠을지는 잘 모르겠습니다. 어쩌면 그랬더라도 별반 달라지지 않았을 수도 있겠지요. 어쨌든 안타까웠습니다. 그 청년은 머리가 나쁘지도 않았어요. 공부도 어느 정도 했고 재능도 있었죠. 마음만 먹는다면, 그리고 노력만 한다면 충분히 잘 해낼 수 있는 청년이었습니다. 하지만 천성이(솔직히 인정하죠.) 범죄자였습니다. 물론 높이 살 만한 점도 있었습니다. 유머 감각이 뛰어났고, 여러모로 관대하며 상냥했죠. 곤경에 처한 친구를 돕고, 재정적인 지원을 해 주기도 했습니다. 하지만 여자 친구들에게는 못되게 굴었어요. 동네 사람 말마따나 아가씨들을 난처한 상황에 처하게 하고는 가차 없이 차 버리고 다른 아가씨를 만나고 다녔죠. 그러다 그 둘이 저를 찾아왔고……. 예…… 저는 둘의 결혼을 허락했습니다. 저는 베러티에게, 그 애가 결혼하려는 남자가 어떤 사람인지 솔직하게 다 이야기해 주었습니다. 마이클이 그 애를 속이지는 않은 모양이더군요. 그 애에게 자기가 여러 번 경찰과 문제가 있었다고 이야기했답니다. 결혼을 한다면 새사람이 되겠다고도 했고요. 모든 것이 변할 거라고요. 저는 베러티에게 그런 일은 일어나지 않을 것이며, 그는 변하지 않을 거라고 경고했습니다. 사람들은 변하지 않는다고요. 어쩌면 그 청년에게 변화할 의지 정도는 있었는지도 모르지요. 베러티는 저만큼이나 잘 알고 있었던 것 같습니다. 그 애도 그 사실을 인정했습니다. 그러면서 이렇게 말하더군요. '저는 마이클이 어떤 사람인지 잘 알아요. 어쩌면 앞으로도 계속 그런 모습일지도 모른다는 건 알지만 그래도 그를 사랑해요. 제가 그를 변화시킬 수 있을지도 모르고, 그렇지 않을지도 모르죠. 하지만 한번 해 보고 싶어요.' 그리고 이 말씀은 꼭 드리고 싶습니다, 마플 양. 저는 그 누구보다도 잘 압니다. 저는 젊은이들을 많이 만나 봤고, 수많은 젊은이들의 결혼식을 주관했으며, 결혼 생활에 실패하는 커플도, 예상을 뛰어넘어 잘 사는 커플도 수없이 봤지만……. 저는 이거 하나만은 잘 압니다. 어떤 커플이 정말로 서로를 사랑하는지 아닌지를 잘 압니다. 그저 서로의 성적인 매력에 끌린다는 게 아닙니다. 요즘엔 다들 섹스에 대해 지나치게 이야기하고, 섹스에만 너무 많은 관심을 쏟습니다. 말도 안 되는 일이죠. 섹스는 사랑을 대신할 수 없습니다. 그건 사랑에 따르는 부산물이지 우선시되어서는 안 됩니다. 사랑한다는 말은 결혼식에서의 언약입니다. 기쁠 때나 슬플 때나 부유할 때나 가난할 때나 건강할 때나 병들 때나 언제나 사랑하겠다는 언약 말입니다. 서로를 사랑하고 결혼을 원할 때 하는 말이지요. 서로 사랑하는 두 사람이 말입니다. 죽음이 서로를 갈라놓을 때까지 서로를 아끼고 사랑하겠다고요. 그리고 그게 제가 아는 전부입니다. 그 후에 어떤 일이 일어났는지는 저도 모르는 일이라 더 이상 말씀드릴 수가 없습니다. 제가 아는 거라고는 제가 그 두 젊은이의 결혼을 허락했다는 것, 그리고 제가 결혼식 준비를 했다는 것뿐입니다. 우리는 날짜, 시간, 장소까지 모두 정해 두었죠. 어쩌면 제가 그 결혼식을 비밀로 하자는 데 합의한 게 잘못이었는지도 모르겠습니다."

"두 젊은이가 결혼 사실을 아무에게도 알리지 않길 원했다고요?"

"예. 베러티는 아무에게도 알리지 않길 원했고, 마이클 또한 아무에게도 알리지 않길 원했다고 분명히 말씀드릴 수 있습니다. 둘 다 결혼식이 저지당할까 봐 두려워했습니다. 베러티의 경우 사랑 외에 도망치고 싶은 기분도 있었던 것 같습니다. 그 아이가 살아온 환경을 보면 당연하다고 생각합니다. 그 아이는 진정한 보호자인 부모를 잃었고 부모님의 죽음 이후에 새 삶을 살며 누군가를 '동경'할 만한 나이가 되었죠. 매력적인 여교사가 그 대상이 될 수도 있을 겁니다. 체육 교사에서 수학 교사에 이르기까지, 혹은 완벽한 동급생이나 선배가 될 수도 있고요. 하지만 그러한 동경은 오래 지속되는 것이 아닌, 그저 흘러가는 인생의 한 부분일 뿐입니다. 그러다 진정한 짝을 만나면서 다음 단계로 들어서게 되는 겁니다. 남녀 관계 말입니다. 짝을 찾게 되는 거죠. 평생을 함께하고픈 짝을요. 현명한 사람이라면 천천히 시간을 들여 여러 친구를 사귀겠지만, 대부분은 나이든 유모들이 아이들에게 이야기하듯 자신의 이상형을 만나게 되길 고대할 겁니다. 클로틸드 브래드버리스콧은 베러티에게 유별나게 잘해 주었고, 베러티는 그런 그녀를 영웅 숭배하듯 했을 겁니다. 클로틸드는 대단한 여자였습니다. 잘생기고 교양이 있는 데다 재미있었죠. 저는 베러티가 열렬하게 그녀를 숭배했으며 그녀는 베러티를 친딸처럼 사랑하게 되었다고 생각합니다. 그렇게 베러티는 사랑이 충만한 분위기에서 성장했으며, 지적 욕구를 자극하는 흥미로운 것들을 배우며 재미있는 인생을 살았습니다. 행복한 인생이었지만, 베러티는 점차…… 본인이 그런 생각을 하고 있다는 것을 미처 인식하지도 못한 채…… 도망치고 싶다고 생각하게 되었던 것 같습니다. 사랑받는 것에서부터 도망치고 싶었던 겁니다. 하지만 어떻게, 어디로 도망쳐야 할지 알 수가 없었죠. 그러다 마이클을 만난 후로 깨닫게 된 겁니다. 그 애는 여성과 남성이 만나 새로운 단계의 삶을 함께 이루는 그런 인생으로 도망치길 원했습니다. 하지만 클로틸드를 설득하는 건 불가능하다는 걸 알았습니다. 마이클과의 사랑을 격렬하게 반대할 거라는 사실을 알았습니다. 그리고 아무래도 클로틸드의 생각이 옳았던 것 같습니다……. 이제야 알겠어요. 마이클은 베러티가 결혼할 만한 남자가 아니었던 겁니다. 그 애가 걸으려 했던 길은 더 나은 삶, 행복한 삶으로 이어지지 않았습니다. 충격과 고통, 죽음으로 이어졌지요. 마플 양, 저는 극심한 죄책감에 시달리고 있습니다. 저는 좋은 의도로 그렇게 했지만, 중요한 사실을 모르고 있었습니다. 베러티를 잘 알았지만 마이클은 잘 몰랐던 것입니다. 저는 클로틸드 브래드버리스콧의 성격이 워낙 강하다는 걸 알았기 때문에 비밀로 해 달라는 베러티의 마음을 이해했습니다. 클로틸드라면 베러티를 어떻게든 설득해 결혼을 포기시켰을지도 모르니까요."

"그렇다면 클로틸드 양이 그렇게 했다고 생각하세요? 클로틸드가 베러티 양을 설득해 마이클과의 결혼을 포기하도록 만들었다고 생각하시는 건가요?"

"아닙니다, 그렇게 생각하지 않습니다. 지금도요. 만약 그랬다면 베러티가 제게 말했을 겁니다. 언질을 줬을 거예요."

"그날 정확히 어떤 일이 일어났던 거죠?"

"아직 그 말씀은 안 드렸군요. 저는 결혼식을 올리기로 한 그날, 그 시간, 그 장소에서 기다렸습니다. 오지도 않고, 아무런 전언도, 변명도, 소식도 없는 신랑 신부를 기다렸습니다. 이유를 알 수가 없었습니다! 지금까지도요. 아직도 믿어지지가 않습니다. 그 둘이 오지 않았다는 점이 아니라 (그건 쉽게 설명할 수 있을 테니까요.) 아무런 말도 전하지 않았다는 게 믿어지지가 않습니다. 간단하게 휘갈겨 쓴 편지라도 보낼 수 있었을 텐데 말입니다. 그 때문에 저는 엘리자베스 템플이 죽기 전에 마플 양께 무언가 이야기하지 않았을까 하는 희망을 품었던 겁니다. 어쩌면 제게 전해 줄 메시지를 말입니다. 만약 그녀가 자신이 죽어 가고 있다는 것을 알거나 눈치챘더라면 제게 메시지를 전하려 했을 수도 있으니까요.”

“템플 양은 부주교님께 정보를 얻으려고 했잖아요. 템플 양이 부주교님을 만나려던 건 그런 이유였다고 저는 확신해요.”

“예, 예, 어쩌면 그럴지도 모릅니다. 제가 보기에 베러티는 결혼식을 저지할 만한 사람들에게는 아무 말도 하지 않았을 겁니다. 클로틸드와 앤시아 브래드버리스콧에게는 아무 말 하지 않았겠지만, 엘리자베스 템플은 아주 많이 따랐고……. 엘리자베스 템플은 그 애에게 많은 영향을 미쳤으니……. 어쩌면 그 애가 엘리자베스에게 편지를 써서 무언가를 알렸을지도 모른다는 생각이 드는군요.”

“저도 그랬을 거라는 생각이 드네요.”

마플 양이 맞장구를 쳤다.

“어떤 내용이었을 거라고 생각하십니까?”

“베러티가 엘리자베스 템플 양에게 알린 내용은 이거였을 거예요. 자기는 마이클 라피엘과 결혼할 것이다. 템플 양은 그걸 알고 있었어요. 제게도 그런 말을 했었죠. ‘제가 아는 아가씨 중에 베러티라는 아가씨가 있는데 마이클 라피엘과 결혼하려 했어요.’라고요. 그리고 그녀에게 그런 말을 해 줄 만한 사람은 베러티 본인밖에 없었을 거예요. 베러티는 편지를 썼거나 전보를 친 게 분명해요. 그러고 나서 제가 '그런데 왜 그 아가씨는 마이클 라피엘과 결혼하지 않았죠?'라고 물었더니 '그 아가씨는 죽었어요.'라고 대답하셨어요."

"그리고 이제 이야기에 종지부를 찍게 되었습니다."

브라바존 부주교가 한숨을 쉬었다.

"엘리자베스와 저는 그 두 가지 사실 외에는 더 이상 아는 것이 없습니다. 엘리자베스는 베러티가 마이클과 결혼할 거라는 걸 알았죠. 그리고 저는 그 두 젊은이가 결혼할 것이며, 결혼식 준비를 다 마치고 정해진 날짜와 시간에 오기로 되어 있었다는 걸 알고 있습니다. 그리고 그 둘을 기다렸지만 결혼식은 열리지 않았죠. 신부도, 신랑도, 아무런 전언도 없었습니다."

"어떤 일이 일어난 건지 전혀 모르세요?"

"저는 단 한순간이라도 베러티나 마이클이 상대방을 떠났다고, 헤어졌다고는 생각하지 않습니다."

"하지만 그 둘 사이에 무슨 일이 벌어진 건 분명하잖아요. 베러티가 전에는 미처 몰랐던 마이클의 성격이나 인격의 어떤 점에 눈을 뜨게 된 계기가 되는 어떤 일이요."

"그것 역시 만족스러운 설명은 아닙니다. 그랬더라도 베러티는 제게 알려 줬을 테니까요. 그 아이라면 제가 혼자서 결혼식장에서 기다리게 내버려 두지 않았을 겁니다. 좀 이상한 표현인지는 모르겠지만 베러티는 예의가 바르고, 교양 있는 아가씨였습니다. 그 아이라면 제게 말을 전했을 거예요. 예, 아무래도 설명할 길은 단 하나

뿐인 것 같군요."

"죽음이요?"

마플 양이 말했다. 그녀는 엘리자베스 템플이 한 말을, 깊이 울려 퍼지는 종소리처럼 들리던 그 한 마디를 떠올리고 있었다.

"예."

브라바존 부주교는 한숨을 쉬었다.

"죽음. 사랑."

마플 양은 곰곰이 생각에 잠겨 말했다.

"그게 무슨 말씀이신지……?"

부주교는 머뭇거리며 물었다.

"템플 양께서 제게 하신 말이에요. '그 아가씨가 어쩌다 죽었죠?'라고 물었더니 '사랑' 그리고 사랑은 이 세상에서 가장 무서운 말이라고 대답하셨어요. 가장 무서운 말이라고요."

"알겠습니다. 알겠습니다……. 아니 알 것 같습니다."

"부주교님의 결론은 뭐죠?"

그는 한숨을 쉬었다.

"정신 분열증입니다. 일반 사람들은 봐도 잘 모르는 증상이지요. 지킬 박사와 하이드는 실제 존재합니다. 스티븐슨이 만들어 낸 이야기가 아니에요. 마이클 라피엘은……. 정신 분열증을 앓고 있는 게 분명합니다. 이중인격인 겁니다. 제가 의학적인 지식이 있는 것도 아니고 정신 분석을 해 본 경험도 없지만, 마이클 라피엘의 내면에는 별개의 두 인격이 존재하는 게 분명합니다. 하나는 선하고 사랑스러운 청년으로, 행복한 삶을 원했을 겁니다. 하지만 두 번째 인격, 정신적으로 문제가 있는 (물론 아직까지도 확실하지는 않습니다.) 두 번째 인격은 죽이려 했던 겁니다······. 적이 아니라 사랑하는 사람을 죽이려 했고, 그래서 베러티를 죽인 겁니다. 어쩌면 왜 그래야 하는지, 그게 어떤 의미인지도 모른 채 말입니다. 우리가 살고 있는 이 세상에서는 정신병, 또는 뇌의 이상으로 인해 끔찍한 일들이 수도 없이 벌어지고 있습니다. 제 교구민 중 1명도 그런 안타까운 경우였습니다. 나이 지긋한 두 여자분이 함께 살며 연금을 받아 생활을 꾸려 나갔죠. 어딘가에서 함께 일한 후로 친구 사이가 되었습니다. 둘이 아주 잘 지내는 것 같아 보였어요. 그런데 어느 날, 1명이 다른 1명을 살해했습니다. 그 여자분은 오랜 친구이자 소속 교구의 목사를 불러 이렇게 말했답니다. '제가 루이자를 죽였어요. 너무 슬프지만 루이자의 눈으로 악마가 저를 바라보고 있었고, 저는 그녀를 죽이라는 명령을 받았어요.' 이런 일들은 때로 사람을 절망에 빠뜨립니다. '왜? 어떻게 이런 일이 생기는 걸까?' 라는 의문에 빠져들게 됩니다. 하지만 언젠가는 밝혀지겠지요. 의사들이 염색체나 유전자에 있는 작은 변형을 언젠가는 알아내게 될 겁니다. 일부 분비 기관이 과도하게 작동하거나 작동하지 않는 것일 수도 있고요."

"그렇다면 부주교님께서는 그렇게 된 일이라고 생각하세요?"

"그렇게 된 일입니다. 그 후로 한동안 시신이 발견되지 않았다는 건 저도 압니다. 베러티는 사라져 버렸어요. 집에서 나가 다시는 돌아오지 않았던 겁니다······."

"그렇다면 그 일은…… 그날, 바로 그날 일어난 게 분명해요…….."
"하지만 재판에서는……."
"시신이 발견된 후에, 경찰이 마이클을 체포한 거 말씀이세요?"
"경찰이 처음 용의자로 지목하고 불러다 조사를 한 사람이 바로 마이클이었습니다. 베러티와 함께 있는 장면을, 베러티가 그의 차에 타는 장면을 목격한 사람이 있었으니까요. 다들 마이클이 바로 범인이라고 확신했습니다. 마이클은 첫 번째 용의자였고, 경찰은 계속해서 그를 의심했습니다. 베러티와 알고 지냈던 다른 청년들도 심문을 받았는데 죄다 알리바이가 있거나 증거 부족으로 풀려났습니다. 경찰은 계속해서 마이클을 주시했고, 그러다 마침내 시신이 발견된 겁니다. 목이 졸리고 머리와 얼굴은 알아볼 수 없을 정도로 얻어맞은 채로요. 광기 어린 공격이었습니다. 마이클은 당시에 제정신이 아니었던 겁니다. 다시 말해 하이드가 그 몸을 장악한 거죠."

마플 양은 몸서리를 쳤다.

부주교는 말을 이었고, 그의 목소리는 낮고 우울했다.

"하지만 지금도 베러티를 죽인 것이 다른 사람이길 바라고 가끔씩 다른 사람인 것 같은 기분이 들기도 합니다. 정신적으로 큰 문제가 있는 다른 누군가가, 아무도 알지 못하는 다른 누군가가 말입니다. 어쩌면 베러티가 마을에서 만난 낯선 사람일 수도 있겠죠. 길거리에서 우연히 만나, 차를 얻어 타고, 그리고……."

그는 고개를 저었다.

"저도 그럴 수 있다고 생각해요."

"마이클은 법정에서 나쁜 인상만 남겼습니다. 어리석고 말도 안 되는 거짓말만 늘어놓았죠. 자동차를 세워 둔 장소에 대해서도 거짓말을 했고요. 그 친구들은 마이클을 위해 말도 안 되는 알리바이들을 댔습니다. 마이클은 겁에 질려 있었어요. 결혼 이야기는 단 한 마디도 하지 않았습니다. 아무래도 마이클의 변호인은 그 이야기를 하는 것이 오히려 해가 될 거라 생각했던 것 같습니다……. 어쩌면 베러티가 결혼을 졸랐고 그는 원치 않았던 것처럼 비춰질 수도 있었을 테니까요. 워낙 오래전 일이라 저도 자세하게는 기억하지 못합니다. 하지만 증거가 그에게 불리했습니다. 마이클은 유죄 판결을 받았고……. 유죄인 것처럼 보였습니다.

그러니 마플 양, 제가 얼마나 마음이 아프고 불행한지 아시겠죠? 저는 잘못된 판단을 했고, 아주 상냥하고 사랑스러운 한 아가씨를 죽음으로 내몰았습니다. 제가 인간의 본성에 대해 잘 몰랐던 탓이지요. 베러티가 어떤 불구덩이로 뛰어들고 있는지 몰랐습니다. 그 애가 혹시라도 마이클을 두려워하게 되거나, 어느 순간 그의 내면에서 악한 무언가를 발견한다면 결혼 약속을 파기하고 제게 와 그에 대한 두려움, 그에 대한 사실을 털어놓을 줄 알았습니다. 하지만 그런 일은 일어나지 않았죠. 왜 마이클이 그 애를 죽였을까요? 그 애가 아이를 가졌다는 걸 알았기 때문일까요? 다른 아가씨가 생겨 베러티와 결혼하고 싶지 않았기 때문일까요? 그렇지는 않을 겁니다. 혹은 정반대의 이유일 수도 있을 겁니다. 어쩌면 베러티가 갑자기 그에 대한 두려움을 느꼈다거나 위험을 감지해 관계를 끊으려 했기 때문은 아니었을까요? 그로 인해 마이클이 광폭한 분노에 휩싸여 그 애를 살해하게 된 건 아닐까요? 정말이지 알 수가 없습니다."

"알 수가 없으시다고요? 하지만 부주교님께서는 아직 한 가지 사실을 알고 계시고 믿고 계시잖아요, 안 그래요?"

"'믿는다'는 게 정확히 어떤 말씀이십니까? 종교적인 부분 말씀이신가요?"

"아니에요. 그런 뜻이 아니에요. 그러니까 부주교님께서는 그 둘이 서로를 사랑했고 결혼할 작정이었지만, 어떤 일이 일어나 그러지 못했다고 강하게 믿으시는 것 같다는 말이었어요. 무언가가 그 아가씨를 죽음으로 몰고 가긴 했지만 아직도 그 두 젊은이가 그날 결혼식장에 오려 했다고 믿고 계시죠?"

"마플 양 말씀이 맞습니다. 예, 저는 아직도 그 두 연인이 결혼을 바라며 기쁠 때나 슬플 때나, 부유할 때나 가난할 때나, 건강할 때나 병들었을 때나 서로를 아끼고 사랑할 준비가 되어 있었다고 믿습니다. 베러티는 그 청년을 사랑했고, 기쁠 때나 슬플 때나 그를 아끼려 했습니다. 그 아이는 슬플 때도 그를 아끼려고 했습니다. 그게 그 아이를 죽음으로 몰고 간 겁니다."

"계속해서 그렇게 믿고 계셔야 해요. 저 또한 그렇게 믿어요."

"그다음에는요?"

"저도 아직은 모르겠어요. 확실하지는 않지만 엘리자베스 템플이 무언가를 알고 있었거나 혹은 알아 가려 했던 것 같아요. 그녀는 무서운 말이라고 했어요. 사랑이. 그 말을 들었을 때 저는 베러티가 사랑으로 인해 자살했다는 말인 줄 알았어요. 그 아가씨가 마이클에 대한 어떤 부분을 알아냈거나, 마이클의 어떤 부분으로 인해 마음이 상해서요. 하지만 자살일 리가 없겠죠."

"예. 그럴 리는 만무합니다. 재판 당시에도 증거가 명확했습니다. 자기 머리를 때려서 자살하지는 않을 테니까요."

"끔찍하네요, 끔찍해요! 아무리 '사랑' 때문이라 하더라도 사랑하는 사람에게 그런 짓은 할 수 없겠죠? 만약 마이클이란 청년이 그 아가씨를 살해했다 하더라도 그런 식으로는 하지 않았을 거예요. 어쩌면…… 목은 졸랐을지 몰라도 사랑하던 사람의 얼굴과 머리를 때릴 수는 없을 거예요."

그리고 마플 양은 이렇게 중얼거렸다.

"사랑, 사랑……. 무서운 말."

작별 인사를 나누다

다음 날 아침, 골든 보어의 정문 앞에 버스가 와 대기했다. 마플 양은 아래층으로 내려가 일행들과 작별 인사를 나누었다. 리즐리 포터 부인은 잔뜩 화가 나 있었다.

"정말 요즘 아가씨들은…… 힘이 없다니까요. 끈기가 없어요."

마플 양은 무슨 일이냐고 묻는 듯 그녀를 바라보았다.

"조애너 말이에요. 제 조카딸."

"이런. 몸이 어디 안 좋은가요?"

"뭐, 그 애 말로는 안 좋다고 하지만 제가 보기에는 아무런 문제도 없어요. 목이 아프고 열이 나는 것 같대요. 다 말도 안 되는 소리죠."

"너무 안됐네요. 내가 도와 드릴 일이라도 있을까요? 조애너 양을 보살펴 준다거나?"

"저라면 그냥 내버려 두겠어요. 다 꾀병이라고요."

다시 한번 마플 양은 묻는 듯 그녀를 바라보았다.

"여자아이들은 너무나도 어리석어요. 툭하면 사랑에 빠지죠."

"에믈린 프라이스요?"

"마플 양께서도 눈치채셨군요. 예, 둘이 서로 좋아 어쩔 줄 모르는 지경에까지 이르렀어요. 하지만 저는 그 청년이 별로 마음에 들지 않아요. 장발한 학생 부류잖아요. 툭하면 시위나 하고 다니는 그런 부류요. 왜 사람들은 시위 운동이라고 정확하게 부르지 않는 걸까요? 멋대로 줄여 부르는 건 아주 질색이에요. 그리고 저는 앞으로 어떻게 다니라는 건지. 돌봐 줄 사람도, 제 짐을 꾸리고 나를 사람도 없잖아요. 정말이지. 이 여행비며 모든 걸 다 냈는데."

"조카분이 부인께 아주 잘하는 것 같던데요."

"뭐, 지난 이틀간은 아니었어요. 아가씨들은 나이가 먹으면 약간의 도움이 필요하다는 걸 몰라요. 둘이…… 그 애랑 프라이스라는 청년은 산인지 역사적인 건축물인지 뭔지를 방문하겠다는 바보 같은 생각을 하고 있는 모양이에요. 왕복 11킬로미터인지 12킬로미터 정도 된다더군요."

"하지만 목이 아프고 열이 난다면……."

"이 버스가 떠나자마자 목이 아픈 건 싹 낫고 열은 내려갈 게 분명해요. 오, 이런. 이제 버스에 올라야겠네요. 잘 있어요, 마플 양. 당신을 만나서 정말 반가웠어요. 저희와 함께 하지 않는 게 유감이네요."

"나도 아주 유감스러워요. 하지만 나는 부인만큼 젊지도 힘이 넘치지도 않은 데다, 지난 며칠 동안 이런저런 일을 겪으면서 너무 지쳐 24시간 동안 푹 쉬어야겠어요."
"언젠가 다시 만나길 바랄게요."
둘은 악수를 했다. 리즐리 포터 부인은 버스에 올랐다.
마플 양의 뒤편에서 목소리가 들려왔다.
"봉 보야지(잘 다녀오세요). 거참 속 시원하네."
그녀는 고개를 돌려 에믈린 프라이스를 바라보았다. 그는 씩 웃고 있었다.
"방금 그 말 리즐리 포터 부인에게 하는 말이었어요?"
"예. 달리 누구겠어요."
"조애너가 몸이 안 좋다면서요, 안됐네요."
에믈린 프라이스는 다시 한번 마플 양을 바라보며 씩 웃었다.
"괜찮아질 거예요. 버스가 떠나자마자요."
"오, 세상에! 정말이에요?"
"예, 정말입니다. 조애너는 그동안 노예처럼 혹사시키는 고모 때문에 고생이 많았잖아요."
"그렇다면 댁도 버스에 타지 않을 건가요?"
"예. 저는 한 이틀 정도 이곳에 머물 생각입니다. 산책도 좀 하고 간단하게 소풍도 다닐 작정이에요. 그렇게 못마땅한 표정하지 마세요. 마플 양께서는 그런 걸 그리 못마땅해하진 않으시잖아요, 그렇죠?"
"글쎄요. 내가 젊었을 때도 그런 일들이 많았답니다. 변명거리는 지금과 다르고, 지금보다 빠져나갈 수 있는 기회가 더 적었던 것 같기도 하지만요."

워커 대령과 워커 부인이 다가와 따뜻하게 마플 양의 손을 잡았다. 대령이 말했다.

"마플 양을 알게 되어서 정말 좋았고 원예 이야기를 함께 나눌 수 있어 기뻤습니다. 내일 모레면 정말 근사한 정원을 구경하게 될 겁니다. 다른 일이 일어나지 않는다면요. 정말이지 너무 안타깝고 불행한 사고였습니다. 저는 사고가 분명하다고 생각합니다. 검시관이 이번 일에 자기 감정을 너무 개입시켰다는 생각이 듭니다."

"누군가 그 언덕 꼭대기에 올라가 바위와 돌을 밀었다면 왜 아무도 나서지 않는 건지, 왜 나와서 자기가 그랬다고 말하지 않는 건지 정말 이상해요."

"물론 그 책임을 지게 될까 봐 두려워서겠죠. 앞으로도 절대 입을 열지 않을 겁니다, 그럼요. 자, 이만 작별 인사를 드려야겠군요. 마플 양께 윌스니 목련과 뿔남천을 한 뿌리씩 보내 드리겠습니다. 마플 양께서 사는 동네에서 잘 자랄지 어떨지는 모르겠지만요."

워커 대령 부부는 버스에 올랐다. 마플 양은 고개를 돌려, 출발하는 버스를 향해 손을 흔드는 윈스테드 교수를 바라보았다. 샌드번 부인이 나와 마플 양에게 작별 인사를 하고 버스에 올랐으며, 마플 양은 윈스테드 교수의 팔을 잡았다.

"교수님이 필요해요. 어디 조용한 데 가서 이야기 좀 할까요?"

"예. 일전에 앉았던 곳은 어떠십니까?"

"여기 모퉁이만 돌면 아주 근사한 테라스가 있을 거예요."

둘은 호텔 건물의 모퉁이를 돌아 걸었다. 활기찬 경적 소리가 울리더니 버스가 출발했다.

"한편으로는 말입니다. 마플 양께서 뒤에 남는 게 마음에 걸립니다. 버스를 타고 가셨더라면 더 안전하셨을 것 같은데요."

윈스테드 교수는 마플 양을 날카롭게 바라보았다.

"왜 이곳에 머물려 하십니까? 단순히 지치고 피곤해서입니까, 아니면 다른 이유라도 있으십니까?"

"다른 이유죠. 난 그다지 피곤하지는 않아요. 물론 내 나이 또래 사람들에게는 아주 자연스러운 변명거리지만요."

"정말이지 제가 이곳에 남아 마플 양을 지켜봐야겠다는 생각이 듭니다."

"아니에요. 그러실 필요는 없어요. 교수님께서는 다른 할 일이 있으시잖아요."

"어떤 것들 말씀이십니까? 혹시 무슨 생각이라도 있으시거나, 뭐 아는 거라도 있으신 겁니까?"

그는 마플 양을 바라보았다.

"뭔가 알고 있긴 하지만, 그걸 입증해야 해요. 그리고 내가 직접 처리할 수 없는 일이 몇 가지 있어요. 교수님께서는 연줄이 있으시니 그 일을 도와주셨으면 해요."

"런던 경시청과 경찰서장, 교도소장 말씀이십니까?"

"예. 그중 하나, 또는 전부요. 어쩌면 내무부 장관과도 연락해 보실 수 있으시겠죠?"

"마플 양께선 뭔가 생각이 있으신 게 분명하군요! 자, 제가 어떻게 하길 원하십니까?"

"먼저 교수님께 이 주소를 드리고 싶어요."

그녀는 수첩을 꺼내 1장을 뜯어서 그에게 건넸다.

"이게 뭡니까? 아, 예. 유명한 자선 단체군요, 그렇죠?"

"괜찮은 단체들 중 하나예요. 좋은 일을 아주 많이 하죠. 교수님께서는 이 단체에 옷을 보내 주세요. 아이들 옷과 여자들 옷을요. 코트, 스웨터, 그런 것들요."

"제가 이 단체에 기부하길 원하시는 겁니까?"

"아니에요. 우리가 하고 있는 일과 좀 연관이 있는 그 자선 단체의 호감을 사기 위한 거예요. 교수님과 제가 하고 있는 일이요."

"어떤 식으로요?"

"그곳에 가셔서 이 지역 우체국에서 이틀 전에 보낸 소포에 대해 물어봐 주셨으면 해요."

"부친 사람이 누군지……. 혹시 마플 양께서 보내셨습니까?"

"아니에요. 아니에요. 하지만 내 책임이라고 할 수 있어요."

"그게 무슨 말씀이십니까?"

마플 양은 살짝 미소를 지으며 말했다.

"그러니까 내가 이곳 우체국에 찾아가 정신 산만한 사람처럼…… 뭐, 노부인들이 흔히 그렇듯이 내가 다른 사람에게 소포를 대신 부쳐 달라고 부탁했는데 바보같이 주소를 잘못 썼다고 이야기했어요. 아주 안절부절못하면서요. 그랬더니 우체국 직원이 아주 친절하게도 그 소포를 받은 기억이 나지만, 보낸 주소는 내가 말한 주소가 아니라더군요. 소포를 보낸 주소가 바로 여기, 내가 교수님께 드린 이 주소예요. 엉뚱한 주소를 쓰다니 정말 바보 같은 짓을 했다면서, 가끔씩 물건을 보낼 때 서로 헷갈린다고 말했어요. 그 우체국 직원은 이미 소포를 발송해서 어찌할 도리가 없다더라고요. 나는 괜찮다고, 그 소포를 보낸 단체에 편지를 써서 실수로 잘못 보냈다고 설명하겠다고 했어요. 내가 본래 보내려고 했던 자선단체로 보내 주면 고맙겠다는 말도 하겠다고요."
"좀 둘러 말씀하시는 것 같군요."
"뭐, 누군가는 해야 할 일이지만 내가 그 일을 하지는 않을 거예요. 교수님께서 하실 일이죠. 그 소포 안에 뭐가 들어 있는지 알아내야 해요! 교수님이라면 분명 해내실 거라 믿어요."
"누가 보냈는지 신원을 알 수 있는 쪽지라도 들어 있을까요?"
"그렇지는 않을 거예요. 그저 종이 1장 위에 '친구로부터'라거나 꾸며 낸 이름과 주소가 적혀 있을지도 모르죠……. 웨스트본 그로브 14번지, 피핀 부인, 뭐 이런 식으로요. 그리고 그곳에 찾아가 보면 그런 이름의 사람은 살지 않는다고 하겠죠."
"아, 또 다른 경우는요?"
"가장 가능성이 낮긴 하지만 '앤시아 브래드버리스콧으로부터'라고 쓰여 있을 가능성도 있어요……."
"그럼 그 여자가?"
"앤시아가 그 소포를 우체국으로 가져갔어요."
"그 여자에게 소포를 부쳐 달라고 부탁하신 겁니까?"

"오, 아니에요. 난 아무에게도 소포를 부쳐 달라고 부탁한 적이 없어요. 내가 처음으로 그 소포를 본 것은 앤시아가 그걸 들고 교수님과 내가 이야기를 나누던 골든 보어 앞을 지나갈 때였어요."

"그런데 마플 양께서는 우체국에 찾아가 그 소포가 자신의 것이라고 하셨고요."

"예. 물론 거짓말이었죠. 하지만 우체국 사람들은 워낙에 신중한 데다, 난 그 소포가 어디로 보내졌는지 알아내고 싶었어요."

"마플 양께서는 그 소포가 어디로 부쳤는지, 그리고 브래드버리 스콧 자매 중 한 사람이 부쳤는지, 혹은 콕 짚어 앤시아 양이 부쳤는지 알아내고 싶으셨다고요?"

"앤시아가 보낸 건 확실해요. 우리가 봤잖아요."

그는 마플 양의 손에서 종이를 가져갔다.

"자, 이건 제가 해결하겠습니다. 이 소포가 흥미로울 거라고 생각하시는 거죠?"

"그 소포의 내용물이 아주 중요할지도 모른다는 생각이 들어요."

"비밀로 하는 걸 좋아하시는군요, 그렇죠?"

"정확히 말하자면 비밀은 아니에요. 그저 내가 탐색하고 있는 가능성 중 하나죠. 조금 더 확실한 정보를 입수하기 전까지는 말하기 어려운 그런 가능성이요."

"또 제게 부탁하실 일은요?"

"나는…… 나는 그 사건 담당자가 누구건 간에 두 번째 시신이 있을지도 모른다는 경고를 해 주어야 할 것 같아요."

"우리가 고심하고 있는 이 특정 범죄와 연관이 있는 두 번째 시신 말씀이십니까? 10년 전 일어난 범죄요?"

"예. 사실 난 아주 확신하고 있어요."

"또 다른 시체라. 누구의 시체입니까?"

"글쎄요. 아직까지는 내 추측에 불과해요."

"그 시체가 어디에 있는지는 혹시 알고 계십니까?"

"오! 그럼요. 어디 있는지 확실히 알지만, 교수님께 말씀드리기 전에 시간이 좀 더 필요해요."

"어떤 시체입니까? 남자? 여자? 어린아이? 젊은 아가씨?"

"실종된 아가씨가 1명 더 있어요. 노라 브로드라는 아가씨요. 이 동네에서 실종되었고 그 후로 아무런 소식도 없었죠. 그 아가씨의 시체가 어떤 장소에 있을지도 모른다는 생각이 들어요."

윈스테드 교수는 그녀를 바라보았다.

"있잖습니까, 마플 양의 말씀을 들으면 들을수록 마플 양 혼자 이곳에 남겨 두고 싶지가 않습니다. 그런 생각을 가지고……. 어쩌면 바보 같은 행동을 하거나…… 혹은……."

그는 말을 멈췄다.

"혹은 다 말도 안 되는 헛소리일지도 모른다고요?"

"아니요, 아니요, 그런 뜻이 아닙니다. 마플 양께서 너무 많은 것을 알고 계신다면…… 위험할 수도 있기 때문에…… 제가 이곳에서 지켜 드려야 할 것 같다는 생각이 듭니다."

"아니에요, 그러지 마세요. 교수님께서는 런던에 가셔서 맡은 일을 해 주셔야죠."

"이제 뭔가를 알고 계신 것처럼 말씀하시는군요, 마플 양."

"이제는 뭔가 알 것 같아요. 하지만 확실히 해야죠."

"예, 하지만 그러다 큰일나실 수 있어요! 세 번째 시체는 보고 싶지 않습니다. 마플 양의 시체요."

"오, 그런 일은 상상도 안 해 봤어요."

"만약 마플 양의 생각 중 하나라도 옳다면 위험할 수도 있습니다. 혹시 특별히 의심가는 사람이라도 있으십니까?"

"한 사람에 대한 특정 사실들을 알고 있어요. 난 알아내야 해요······. 이곳에 머물러야 해요. 교수님께서 전에 내게 사악한 기운을 느꼈냐고 물어보셨죠. 예, 그러한 기운이 여기서 느껴져요. 사악한 기운, 교수님 말씀대로 위험한 기운······. 엄청난 불행, 두려움의 기운이요······. 어떻게든 해야 해요. 내가 할 수 있는 한 최선을 다해야 해요. 물론 나처럼 늙은 여자가 할 수 있는 일은 많지가 않죠."

원스테드 교수는 중얼거리며 숫자를 세었다.

"하나······. 둘······. 셋······. 넷······."

"뭘 세고 계시는 거예요?"

"버스를 타고 떠난 일행들을요. 일행들이 버스를 타고 가도록 내버려 두고 마플 양께서는 이곳에 남으신 걸 보면, 그 사람들에게는 관심이 없는 모양입니다."

"내가 왜 그 사람들에게 관심을 가져야 하죠?"

"라피엘 씨께서 특별한 이유로 마플 양을 이 여행에, 올드 매너 하우스에 보내셨다고 말씀하셨으니까요. 그렇다면 좋습니다. 엘리자베스 템플의 죽음은 일행 중 누군가와 연관이 있습니다. 마플 양께서 이곳에 남으신 것은 올드 매너 하우스와 연관이 있고요."

"그렇지 않아요. 둘 사이에는 연관이 있어요. 누군가를 만나서 이야기를 들어 봐야겠어요."

"마플 양께서는 누구라도 사실대로 털어놓게 만들 수 있다고 생각하십니까?"

"그럴 수도 있다고 생각해요. 그나저나 서두르지 않으면 기차 놓치시겠어요."

"그럼 몸 조심하십시오."

"걱정 말아요."

순간 라운지로 이어진 문이 열리더니 두 사람이 나왔다. 쿡 양과 배로 양이었다.

"안녕하세요. 두 분 다 버스를 타고 떠나신 줄 알았는데요."

원스테드 교수의 말에 쿡 양이 활기차게 대꾸했다.

"뭐, 막판에 마음이 변했어요. 방금 이 근처에서 아주 근사한 산책로를 발견한 데다, 이 마을에서 한두 곳 정말 가 보고 싶던 곳도 있거든요. 아주 특이한 색슨족 세례반(洗禮盤)이 있는 교회요. 여기서 고작 칠팔 킬로미터밖에 떨어져 있지 않은 데다, 마을 버스를 타면 금방인가 봐요. 저는 저택과 정원에만 관심이 있는 게 아니랍니다. 교회 건축물에도 아주 관심이 많아요."

"저도 그래요. 게다가 여기서 멀지 않은 곳에 정원을 아주 근사하게 꾸며 놓은 핀리 공원도 있어요. 하루 이틀 정도 이곳에 더 머무는 것도 아주 괜찮겠다 싶었어요."

"골든 보어에서 계속 머무르실 겁니까?"

"예. 다행히도 아주 근사한 2인실을 얻었어요. 지난 이틀 동안 묵었던 방보다 더 좋은 방이에요."

"기차 놓치시겠어요."

마플 양이 다시 한번 말했다.

"저는 마플 양께서……."

윈스테드 교수의 말에 마플 양이 재빨리 끼어들었다.

"난 괜찮을 거예요."

그가 모퉁이를 돌아 사라지는 걸 보며 마플 양이 말했다.

"정말 친절한 사람이에요. 나를 얼마나 극진히 살펴 주던지……. 내가 자기 종조모나 뭐 그런 사람처럼 느껴졌나 봐요."

쿡 양이 말했다.

"정말 큰 충격이었어요, 그렇죠? 저희는 그로브에 있는 성 마르틴 교회에 가 보려고 하는데 같이 가시겠어요?"

"정말 친절하시네요. 하지만 오늘은 어디에 나갈 만큼 기운이 넘치지가 않네요. 혹시 흥미로운 곳이 있다면 내일쯤에는 같이 갈 수 있을지도 모르겠어요."

"뭐, 정 그러시다면 저희끼리 다녀올게요."

마플 양은 두 여자에게 미소를 지어 보이고는 호텔 안으로 들어갔다.

마플 양, 생각을 하다

 마플 양은 식당에서 점심을 먹은 후, 커피를 마시기 위해 테라스로 나갔다. 그녀가 두 잔째 커피를 홀짝이고 있을 때 호리호리한 사람이 계단을 성큼성큼 올라와 그녀에게 다가와 다소 숨이 찬 듯 말을 걸었다. 바로 앤시아 브래드버리스콧이었다.
 "마플 양, 저희는 지금 막 마플 양께서 일행과 함께 가지 않으셨다는 이야기를 들었어요. 저희는 마플 양께서 일행과 함께 가실 줄 알았어요. 여기 머물고 계실 줄은 전혀 몰랐어요. 클로틸드 언니와 러비니아 언니가 저희 모두 마플 양께서 다시 올드 매너 하우스에 머물러 주길 바란다는 말을 저더러 전하랬어요. 여기보다 훨씬 나으실 거예요. 여기는 항상 사람들이 들락거리는 데다, 주말에는 특히 더하잖아요. 그래서 저희는…… 마플 양께서 저희와 지내 주신다면 정말, 정말 기쁠 거예요……. 정말로요."

"오, 참 친절하시네요. 정말 친절한 제안이시지만 그게……. 그러니까 원래는 단 이틀만 머무르기로 되어 있었던 거잖아요. 원래 나는 일행과 함께 떠날 예정이었고요. 그러니까 이틀 후에요. 이렇게 아주 아주 비극적인 사고만 일어나지 않았더라면……. 뭐, 어쨌든 여기에 더 오래 머무르고 싶지는 않아요. 그저 하룻밤 정도, 하룻밤 정도만 쉬다 갈 생각이었어요."

"그래도 저희 집에 오시면 훨씬 편하실 거예요. 편안하게 지내시도록 저희가 최선을 다할게요."

"그런 말이 아니에요. 난 그 집에서 아주 편안하게 잘 지냈어요. 예, 그리고 아주 즐거웠죠. 정말 아름다운 집이에요. 게다가 물건들도 아주 근사하고요. 도자기며 유리잔이며 가구들 말이에요. 호텔이 아닌 집에서 머문다는 건 커다란 즐거움이죠."

"그러시다면 지금 저와 함께 가세요. 예, 꼭이요. 제가 올라가서 짐을 싸 드릴게요."

"오……. 이런, 정말 친절하기도 하시지. 그건 내가 할 수 있어요."

"그럼, 제가 올라가서 도와 드릴까요?"

"그래 준다면 고맙겠네요."

둘은 침실로 올라갔고, 앤시아는 엉성하게 마플 양의 소지품들을 쌌다. 자기만의 옷 접는 방식이 있는 마플 양은 상냥한 표정을 유지하기 위해 입술을 깨물어야 했다. 마플 양은 정말이지 앤시아가 제대로 접는 게 하나도 없다고 생각했다.

앤시아는 호텔 짐꾼을 불렀고, 그는 짐 가방을 올드 매너 하우스까지 운반해 주었다. 마플 양은 자매들과 다시 함께 머물게 되어 고맙다는 둥 기쁨이라는 둥 조절거리며 그에게 후한 팁을 주었다.

'세 자매! 또 시작이군.'

마플 양은 응접실에 앉아 잠시 눈을 감고 거친 숨을 골랐다. 숨이 좀 찬 모양이었다. 그녀의 나이를 생각하면 자연스러운 현상이었고, 게다가 앤시아와 호텔 짐꾼의 걸음이 빨랐다. 하지만 그녀는 눈을 감고 이 집에 다시 들어오면서 어떤 기분이 들었는지를 알아내려는 중이었다. 사악한 기운이었나? 아니, 불행한 기운만큼 강하지는 않았다. 깊은 불행. 너무나도 깊은 나머지 무시무시할 정도였다.

그녀는 다시 눈을 뜨고 응접실 안에 있는 다른 두 사람을 바라보았다. 글린 부인은 막 주방에서 애프터눈티 쟁반을 들고 들어온 참이었다. 마플 양은 그녀를 가만히 바라보았다. 편안한 표정, 특별한 감정이나 기분은 전혀 드러나지 않은 편안한 표정이었다. 어쩌면 좀 지나칠 정도로 아무런 감정 표현이 없다고 마플 양은 생각했다. 어쩌면 힘든 삶을 사는 동안, 바깥 세계에는 아무것도 내보이지 않고, 속으로만 눌러 담아 아무에게도 속내를 보여 주지 않는 데 익숙해진 것일까?

이번에는 클로틸드에게로 눈길을 돌렸다. 예전에도 생각했던 것처럼 클리템네스트라를 닮은 얼굴이었다. 클로틸드에게 남편은 없었으므로 남편을 살해하지 않은 것은 분명하며, 그토록 극진히 아꼈다던 아가씨를 살해했을 것 같지도 않았다. 그건 확실할 거라고 마플 양은 생각했다. 베러티 이야기를 꺼냈을 때 클로틸드의 눈에

서 흐르던 눈물을 그녀도 보지 않았던가.

그렇다면 앤시아는? 앤시아는 그 마분지 상자를 우체국으로 가져갔다. 앤시아는 그녀를 데리러 호텔로 왔었다. 앤시아는……. 그녀는 앤시아가 아주 이상하다고 생각했다. 머리가 약간 이상한가? 그 나이치고는 지나칠 정도였다. 두 눈은 정처 없이 헤매다가 상대방을 바라보았다. 두 눈은 다른 사람들이 보지 못하는 등 뒤의 무언가를 바라보는 것 같았다. 앤시아는 두려워하고 있다고, 무언가를 두려워하고 있다고 마플 양은 생각했다. 도대체 무엇을 두려워하는 것일까? 혹시 일종의 정신병일까? 혹시 전에 한동안 시설에서 지냈는데 그곳으로 돌아가게 될까 봐 두려워하는 것일까? 두 언니들이 그녀가 이대로 자유롭게 지내는 것은 현명치 못한 일이라고 생각할까 봐 두려워하는 것일까? 두 언니들은 막내인 앤시아가 어떤 행동을 할지, 또는 어떤 말을 할지 몰라 불안해하는 것일까?

이곳에는 뭔가 이상한 분위기가 감돌았다. 그녀는 마지막 한 모금 남은 차를 마시며 쿡 양과 배로 양이 무얼 하고 있을지 생각해 보았다. 교회 혹은 아까 그 쓸데없이 떠들던 이야기대로 다른 어디를 보러 갔을까? 이상했다. 그 둘은 버스 여행에서 다시 만나면 알아볼 수 있도록 세인트 메리 미드로 그녀를 만나러 왔지만, 전에 서로 봤거나 만난 적이 있다는 걸 인정하지 않았다.

일이 아주 복잡하게 돌아가고 있었다. 이제 글린 부인은 차 쟁반을 치웠고 앤시아는 정원으로 나갔다. 마플 양은 클로틸드와 단둘이 남게 되었다.

"혹시 브라바존 부주교님을 아시나요?"

"오, 그럼요. 어제 교회에서 열린 장례식에도 오셨는걸요. 그분을 아세요?"

클로틸드가 대답했다.

"아니에요. 그런데 날 만나러 골든 보어로 찾아오셨더라고요. 아무래도 그분이 병원에 가서 불쌍한 템플 양의 죽음에 대해 물어보셨나 봐요. 템플 양이 혹시 어떤 메시지를 남기지는 않았는지 궁금해서요. 템플 양은 원래 그 부주교님을 만나러 갈 생각이었다네요. 물론 나야 혹시라도 도움이 될까 해서 병원에 갔지만, 그저 불쌍한 템플 양의 침대 곁을 지키는 것 외에는 달리 할 일이 없었다고 말씀드렸죠. 혼수상태였잖아요. 난 아무런 도움도 되지 못했어요."

"그분이 아무 말도…… 어떤 일이 일어난 건지 아무 말도 하지 않으셨어요?"

무심한 말투였다. 마플 양은 클로틸드의 속내는 다르지 않을까 생각해 보았지만, 전반적으로 볼 때 그렇지는 않은 것 같았다. 클로틸드는 다른 생각에 잠겨 있는 것 같았다.

"그게 사고였다고 생각해요? 아니면 리즐리 포터 부인의 조카딸 이야기가 맞다고 생각해요? 누가 돌을 미는 걸 봤다는 이야기 말이에요."

"글쎄요, 그 두 사람이 그렇게 말한다면 본 게 분명하겠죠."

"예. 둘 다 그렇게 말했어요. 물론 둘의 말이 똑같지는 않았지만요. 뭐, 그게 당연하겠죠."

클로틸드는 흥미로운 듯 그녀를 바라보았다.

"그 이야기에 관심이 있으신 모양이네요."

"글쎄요. 너무 말이 안 되는 것 같아서요. 말이 안 되는 이야기예요, 혹시……."

"혹시 뭐요?"

"뭐, 그냥 생각해 봤어요."

글린 부인이 다시 응접실로 들어오더니 물었다.

"뭘 생각해 보셨다는 말씀이세요?"

"사고 혹은 사고 아닌 사고에 대해 이야기하던 중이었어. 하지만 그렇다면 누가……."

"두 젊은이가 한 이야기가 아주 이상한 것 같아요."

마플 양이 다시 말했다.

클로틸드가 느닷없는 말을 꺼냈다.

"이 집에는 무언가가 있어요. 뭔가 이상한 분위기가 감돌아요. 저희는 그 이상한 분위기를 절대 떨쳐버릴 수가 없었어요. 절대. 절대로……. 베러티가 죽은 이후로는요. 오래전 일이지만 사라지지가 않아요. 이 집에는 그림자가 드리워져 있어요."

그녀는 마플 양을 바라보았다.

"마플 양께서도 그렇게 생각하지 않으세요? 이 집에 그림자가 드리워져 있다는 느낌이 들지 않으세요?"

"글쎄요, 저는 이방인이니까요. 이곳에 살고 죽은 아가씨를 알았던 클로틸드 양이나 다른 자매분들께는 다르게 느껴지겠죠. 브라바존 부주교님 말씀으로는 그 아가씨가…… 아주 매력적이고 아름다운 아가씨였다던데요."

"사랑스러운 소녀였어요. 귀여운 아이이기도 했고요."

"저도 그 애에 대해 좀 더 알았더라면 좋았을 텐데. 당시에 저는 외국에 살고 있었거든요. 한번 남편과 함께 이리로 살러 온 적이 있긴 하지만, 대부분은 런던에서 지냈어요. 여기는 자주 내려오지 못했죠."

글린 부인이 말했다.

정원에 나갔던 앤시아도 응접실로 들어왔다. 그녀는 손에 한가득 백합 다발을 들고 있었다.

"장례식 꽃이에요. 오늘은 장례식 꽃을 꽂아야 하잖아요, 안 그래요? 커다란 화병에 꽂아 둘게요. 장례식 꽃을."

그러더니 갑자기 낄낄거리며 웃었다. 기이하고 신경질적인 웃음이었다.

"앤시아. 그러지 마……. 그러지 마. 그러면…… 안 돼."

클로틸드가 말했다.

"꽃을 물에 담가 둬야겠어요."

앤시아는 활기차게 말하고는 응접실을 나갔다.

"정말이지. 앤시아를 어쩌면 좋아! 아무래도 저 애……."

글린 부인이 말했다.

"상태가 점점 나빠지고 있어."

클로틸드가 대신 말을 이었다.

마플 양은 아무것도 들리지 않는 것처럼, 혹은 아무것도 듣지 않은 것처럼 모른 체했다. 그녀는 작은 에나멜 상자를 집어 들고 감탄하는 눈길로 바라보았다.

"저러다 화병을 깨뜨릴지도 모르겠어요."

러비니아는 이렇게 말하며 응접실을 나갔다. 마플 양이 입을 열었다.

"동생이, 앤시아가 걱정되시나요?"

"그게, 예. 그 애는 항상 좀 위태위태했어요. 막내인 데다 어릴 적에는 좀 예민한 아이였어요. 하지만 최근 들어 확실히 상태가 나빠진 것 같아요. 히스테리 증상이 있어요. 심각해서 진지해야 할 상황에서 신경질적인 웃음을 터뜨리죠. 저희는⋯⋯ 그러니까 그 애를 다른 데 보내고 싶지는 않아요. 물론 치료를 받아야겠지만, 그 애가 집에서 나가길 원치는 않을 거라고 생각해요. 여기가 그 아이 집이니까요. 가끔씩은⋯⋯ 아주 힘들긴 하지만요."

"인생이란 때로 힘들 때가 있는 법이에요."

"러비니아는 떠나겠다고 하네요. 다시 외국에 나가 살겠대요. 타오르미나요. 그 애는 그곳에서 남편과 오랫동안 함께 살았고 아주 행복했으니까요. 저희와 함께 이 집에 산 지도 오래되긴 했지만, 그 애는 집을 떠나 여행하고 싶은 열망을 가지고 있는 것 같아요. 가끔씩은⋯⋯. 가끔씩은 러비니아가 앤시아와 한 집에 사는 걸 싫어하는 것 같다는 생각이 들기도 해요."

클로틸드가 말했다.

"오, 이런. 네, 나도 그런 문제가 있는 사람들 이야기를 많이 들어 봤어요."

"러비니아는 앤시아를 두려워해요. 그 애를 두려워하고 있는 게 분명해요. 물론 제가 러비니아에게 두려워할 건 전혀 없다고 계속 얘기해 줬죠. 앤시아는 그저 가끔씩 바보같이 굴 뿐이라고요. 이상한 생각을 하고 이상한 말을 하는 것들이요. 하지만 그 애가 위험하다고는 생각하지 않아요. 그러니까 제 말은…… 오, 제가 무슨 말을 하는 건지 저도 모르겠네요. 그러니까 위험하거나 이상한 행동은 하지 않을 거라고요."

"그런 종류의 문제는 한 번도 없었나요?"

"오, 그럼요. 그런 일은 한 번도 없었어요. 이따금씩 신경질을 내고 갑자기 토라지는 정도예요. 그 애는 질투심이 아주 많거든요. 그러니까 다른 사람들을 치켜세워 주거나 잘 대해 주는 것에 굉장히 질투를 하죠. 저는 모르겠어요. 가끔씩은 아예 이 집을 팔고 다 함께 떠나는 게 나을지도 모른다는 생각도 들어요."

"클로틸드 양께서 슬프시겠네요. 과거의 기억을 안고 있는 이곳에서 사는 게 많이 힘드시리라는 건 나도 이해해요."

"마플 양께서 이해하신다고요? 예, 그러신 것 같군요. 정말 어쩔 수가 없어요. 언제나 그 사랑스럽던 아이의 얼굴이 떠오르죠. 제게는 딸이나 다름없는 아이였어요. 사실 제 친한 친구의 딸이었죠. 게다가 아주 똑똑했어요. 똑똑한 아이였어요. 예술에도 재능이 있었고요. 미술 수업과 작문 수업에서도 아주 뛰어난 실력을 자랑했어요.

글도 꽤 많이 썼고요. 저는 그 애가 너무나도 자랑스러웠어요. 그러다…… 그 비뚤어진 애정이, 그 끔찍한 정신병자가 나타난 거예요."

"라피엘 씨의 아들인 마이클 라피엘 말씀이세요?"

"예. 그 사람이 이곳에 오지만 않았더라면. 그 청년이 우연히 이 동네에 머물게 되었고, 그의 아버지가 그 청년더러 저희 집에 찾아가 인사를 드리고 식사나 한번 하라고 제안했던 거예요. 아주 매력적인 청년이긴 했어요. 하지만 질 나쁜 청년이었고 전과자였어요. 두 번이나 감옥에 갔던 데다 여자 문제도 아주 복잡했죠. 하지만 저는 베러티가…… 그 청년에게 빠질 거라고는 상상도 못했어요. 아무래도 그 나이 때 아가씨들은 원래 그런 모양이에요. 베러티는 그 청년에게 푹 빠져 버렸죠. 그 청년에게 일어난 일들은 그의 잘못이 아니라고 주장하더군요. 여자아이들이 어떤 말을 하는지 잘 아시잖아요. '다들 그 사람을 미워해요.' 언제나 이렇게 말하죠. 다들 그 사람을 미워한다고. 아무도 그를 용서해 주지 않는다고. 오, 그런 이야기들을 듣는 건 정말 지긋지긋해요. 여자애들에게는 분별력이 조금도 없는 걸까요?"

"젊은 아가씨들은 대개가 분별력이 없죠, 나도 그렇게 생각해요."

"그 애는 제 말을 들으려고 하지 않았어요. 저는…… 저는 그 청년이 집 근처에도 오지 못하게 하려고 애를 썼어요. 다시는 이 집에 찾아오지 말라고 말하기도 했고요. 물론 그게 어리석은 짓이었지만요. 저는 나중에야 그걸 깨달았어요. 그 때문에 베러티가 집 밖에서 그 청년을 만나고 다녔다는 걸. 어디서 만났는지는 몰라요. 여기저기서 만났던 모양이에요. 그 청년은 약속 장소에 세워 둔 자기 차로 베러티를 불러냈고 밤늦게 집까지 데려다 줬어요. 한두 번은 아예 외박을 하고 다음 날에야 집에 들어온 적도 있었어요. 저는 그 둘에게 그만 두라고, 그만해야 한다고 말했지만 둘 다 제 말은 듣지 않았죠. 베러티는 제 말을 듣지 않으려 했어요. 물론 그 청년이 제 말을 들으리라고는 생각하지 않았지만요."

"베러티가 그 청년과 결혼할 작정이었나요?"

"글쎄요, 그 정도까지 가진 않았을 거예요. 그 청년이 베러티와 결혼하길 원하거나 했을지, 그런 생각을 해 보거나 했을지 의문이네요."

"정말 유감스러운 일이네요. 많이 힘드셨겠어요."

"예. 가장 끔찍한 건 시신 확인이었어요. 한참 후에……. 그 애가 실종된 후 한참 후의 일이었어요. 물론 저희는 그 애가 그 청년과 도망을 갔을 거라고 생각했고, 언젠가는 소식을 전해주겠지 생각하고 있었어요. 물론 경찰이 그 일을 심각하게 받아들이는 건 알고 있었어요. 경찰은 마이클을 경찰서로 연행해 심문했고, 그는 마을 사람들이 하는 말이 사실이 아니라고 부인했어요.

그러다 경찰이 그 애를 발견한 거예요. 여기서 한참 떨어진 곳에서요. 대략 50킬로미터 정도 떨어진 곳에서. 아무도 가지 않는 한적한 길 아래쪽에 울타리가 쳐진 도랑 같은 곳에서요. 예, 제가 직접 영안실에 가서 시신을 봐야 했어요. 끔찍한 모습이었어요. 잔인한 폭행을 당한 거예요. 도대체 마이클은 왜 베러티에게 그런 짓을 한 걸까요? 목을 조른 것만으로 부족했던 걸까요? 마이클은 베러티가 매고 있던 스카프로 그 애의 목을 졸랐어요. 저는…… 저는 더 이상은 이야기할 수가 없어요. 저는 견딜 수가 없어요. 견딜 수가 없어요."

갑자기 그녀의 얼굴 위로 눈물이 쏟아져 내렸다.

"너무 안됐네요. 정말 너무 너무 안됐어요."

"그렇게 생각하시리라 믿어요. 하지만 마플 양께서도 다는 모르실 거예요."

클로틸드는 갑자기 그녀를 바라보았다.

"어떤 걸요?"

"저는 모르겠어요……. 저는 앤시아를 모르겠어요."

"앤시아를 모르겠다니 무슨 말씀이세요?"

"앤시아는 그 당시 아주 이상했어요. 앤시아는…… 앤시아는 질투가 아주 심했어요. 그러다 갑자기 그 화살이 베러티에게 돌아간 모양이에요. 베러티를 바라보는 눈이 증오하는 사람을 쳐다보듯 했어요. 가끔씩 저는…… 저는 어쩌면…… 오, 아니에요, 정말 끔찍한 생각이에요, 친동생을 두고 그런 생각을 하다니……. 하지만 어쩌면 그 애가 누군가를 공격한 적이 있지 않았나 하는 생각을 하곤 했어요. 갑자기 광폭해져서 말이에요. 어쩌면……. 오, 이제 그만해야겠어요. 그런 일이 있을 리 만무하죠. 방금 제가 한 말은 모두 잊어 주세요. 아무것도, 아무것도 아니에요. 하지만…… 하지만…… 그 애가 정상은 아니에요. 인정할 건 인정해야죠. 그 애가 아주 어릴 적에 한두 번 이상한 일이 일어난 적이 있어요……. 동물들에게요. 그때 저희는 앵무새 1마리를 키우고 있었죠. 앵무새들이 그렇듯 바보 같은 목소리로 말을 하곤 했는데, 그 애가 앵무새 목을 비틀어 버렸고 그 후로는 그 애가 예전처럼 느껴지질 않았어요. 저는 한 번도 그 애를 믿은 적이 없어요. 언제나 그 애가 불안했어요. 저는 언제나……. 오, 세상에, 저도 히스테리가 생긴 모양이에요."

"자, 자. 그런 생각은 하지 말아요."

마플 양이 달래듯 말했다.

"예. 베러티가…… 베러티가 죽었다는 사실만으로도 충분히 힘들어요. 끔찍하게 살해당했다는 사실만으로도요. 어쨌든 이제 그 청년 때문에 다른 아가씨들이 위험에 처하는 일은 없겠죠. 무기 징역을 선고받았으니까요. 아직도 감옥에 있어요. 그 청년이 다시는 그 누구에게도 아무 짓도 할 수 없도록 절대 감옥 밖으로 내보내지는 않을 거예요. 하지만 왜 정신병이나(요즘엔 한정 책임 능력자라고들 말하죠.) 그런 판정을 내리지 않았는지 이유를 모르겠어요. 그 청년은 브로드무어로 갔어야 했어요. 분명히 그 일을 저질렀을 때 제정신이 아니었을 거예요."

그녀는 자리에서 일어나 응접실을 나갔다. 마침 안으로 들어오던 글린 부인이 문간에서 언니를 지나쳐 응접실로 들어섰다.

"클로틸드 언니 말은 신경 쓰지 마세요. 언니는 옛날의 그 끔찍한 사건을 잊지 못하고 있어요. 베러티를 아주 많이 사랑했거든요."

"막내 동생 때문에 걱정이 많은 것 같던데요."

"앤시아요? 앤시아는 걱정할 거 없어요. 그 애는…… 그러니까 좀 정신이 이상하긴 하죠. 약간…… 히스테리 증상이 있어서. 잘 흥분하는 경향이 있고 가끔씩은 이상한 상상을 하죠. 하지만 언니가 걱정할 필요는 없다고 생각해요. 어머, 저기 유리문 밖으로 지나가는 저 사람은 누구죠?"

순간 조심스러운 듯 움직이는 두 사람의 모습이 유리문 사이로 보였다.

"정말 죄송해요. 저희는 그냥 마플 양을 만날 수 있을까 해서 집 주변을 살펴보던 참이었어요. 마플 양께서 여기 계시다고 들어서 혹시……. 거기 계셨군요, 마플 양. 오늘 오후에 교회에 가지 않기로 했다는 말씀을 드리고 싶어서요. 청소 때문에 문을 닫은 모양이라, 오늘은 아예 관두고 내일 가기로 했어요. 저희가 이렇게 불쑥 찾아와 폐가 되지는 않을지. 현관문에 있는 초인종을 눌렀는데, 종이 울리지 않는 것 같아서요."

배로 양이 말했다.

"가끔씩 초인종이 말썽이에요. 이랬다 저랬다 하죠. 어떨 때는 울리고 어떨 때는 울리지 않고요. 자, 어서 들어와 앉아서 저희와 함께 이야기라도 나누세요. 두 분께서도 여기 남으신 줄 몰랐네요."

글린 부인이 말했다.

"예, 이왕 온 김에 이 근처도 좀 둘러보고 싶었고, 계속 버스 여행을 하는 건……. 글쎄요, 하루 이틀 전에 그런 일이 일어났는데 좀 고통스러울 것 같아서요."

"셰리주 좀 가져다 드릴게요."

글린 부인은 이렇게 말하고 응접실을 나갔다 다시 되돌아왔다.

이제 아주 침착해진 앤시아가 잔과 셰리주가 담긴 유리병을 들고 글린 부인과 함께 들어와 자리에 앉았다.

"저는 정말 궁금해요. 이번 일이 어떻게 될지 말이에요. 불쌍한 템플 양 일이요. 그러니까 경찰들이 무슨 생각을 하고 있는지 알아내기는 불가능하잖아요. 경찰이 아직 수사하고 있는 것 같고, 그러니까 심리가 연기된 걸 보면 만족스러운 결론을 내리지 못한 게 분명해요. 상처에서 뭔가 이상한 점을 발견하기라도 한 걸까요?"

글린 부인이 말했다.

"그렇지는 않을 거예요. 그러니까 돌에 머리를 맞아서…… 심각한 뇌진탕을 일으킨 거잖아요. 중요한 건, 마플 양, 그 돌이 저절로 굴러 떨어졌느냐, 아니면 누군가가 일부러 떨어뜨렸느냐 그거죠."

"오. 하지만 누가…… 도대체 누가 돌을 굴러 떨어뜨리는 그런 짓을 하겠어요? 물론 어디를 가나 난폭한 깡패들이 있기 마련이겠지만요. 젊은 외국인들이나 학생들이요. 저는 정말 궁금해요, 혹시…… 그러니까……."

쿡 양이 말했다.

"그러니까 혹시 우리 일행 중 1명이 아닐까 궁금하다는 말이죠?"

마플 양이 끼어들었다.

"그러니까 저는…… 저는 꼭 그렇다는 게 아니라."

쿡 양이 머뭇거렸다.

"뭐 물론 우리로서는…… 그런 생각을 해 볼 수밖에 없죠. 그러니까 해명이 필요할 거예요. 만약 경찰이 사고가 아니라고 확신한다면, 누군가가 일부러 한 짓일 테고……. 그렇다면, 그러니까 템플 양은 이 동네는 초행이었잖아요. 그러니 다른 사람이…… 내 말은 이 동네 사람이 저질렀을 가능성은 낮잖아요. 따라서 화살은…… 함께 여행을 하던 우리 모두에게 돌아오게 되겠죠, 그렇지 않아요?"

마플 양은 희미하게, 노부인들이 흔히 그러듯 약간 흐느끼는 듯 킬킬거렸다.

"그럼요!"

"아니요, 내가 그런 말을 하면 안 될 것 같네요. 하지만 정말 범죄 사건들은 아주 흥미로워요. 가끔씩은 정말 괴상한 일들이 벌어지잖아요."

"뭔가 확실하게 짚이는 데라도 있으신가요, 마플 양? 저도 꼭 들어 보고 싶은데요."

클로틸드가 말했다.

"뭐, 이런 저런 가능성은 누구나 생각하기 마련이죠."

"카스페르 씨. 저는 왠지 그 남자 얼굴이 처음부터 마음에 들지 않았어요. 그 사람이 저를 쳐다보는데……. 글쎄, 스파이나 뭐 그런 일을 하는 사람은 아닐까 하는 생각이 들더라고요. 왜 원자력에 대한 기밀이나 뭐 그런 걸 캐내려고 우리 나라에 오는 사람들 있잖아요."

쿡 양이 말했다.

"우리 주위에 원자력에 대한 기밀을 알고 있는 사람은 없을 것 같은데요."

글린 부인이 말했다.

"물론 우리에게는 없죠. 어쩌면 템플 양의 뒤를 쫓던 사람일지도 몰라요. 어쩌면 템플 양에게 전과가 있어서 그 뒤를 쫓던 사람일지도 몰라요."

앤시아가 끼어들었다.

"말도 안 되는 소리. 템플 양은 아주 유명한 학교의 교장이었고, 아주 훌륭한 학자셨어. 그런 분을 누가 무슨 이유로 뒤쫓겠니?"

클로틸드가 대꾸했다.

"나야 모르죠. 뭔가 좀 수상쩍은 구석이 있었을지도 몰라요."

"제가 보기엔. 마플 양께서 뭔가 생각이 있으신 것 같은데요."

글린 부인이 말했다.

"뭐, 생각은 있죠. 내가 보기에는……. 그러니까, 그럴 수 있는 유일한 사람들은……. 말을 꺼내기가 너무 힘드네요. 하지만 논리적으로 생각해 보면 떠오르는 사람들이 둘 있어요. 그렇지만 둘 다 아주 좋은 사람이라 정말로 그럴 거라고는 생각하지 않지만, 논리적으로 생각해 보면 그 둘 외에는 달리 의심할 만한 사람이 없잖아요."

"누구 말씀이세요? 정말 궁금해요."

"글쎄요, 내가 이런 말을 하면 안 될 것 같은데. 그저…… 추측일 뿐이라."

"마플 양께서는 누가 그 돌을 아래로 굴렸을 거라고 생각하세요? 조애너와 에믈린 프라이스가 본 사람이 누구일 거라고 생각하세요?"

"글쎄요, 난…… 어쩌면 그 둘이 아무도 보지 못했을지도 모른다는 생각이 들었어요."

"무슨 말씀이신지 잘 모르겠어요. 둘이 아무도 보지 못했다니요?"

앤시아가 말했다.

"그러니까 어쩌면 그 둘이 지어낸 말일지도 모른다고요."

"그…… 누군가 보았다는 이야기를요?"

"뭐, 가능성은 있잖아요, 안 그래요?"

"그냥 농담이거나 괜한 심술에 한 말이었다고요? 그런 말씀이세요?"

"뭐, 요즘 젊은이들이 아주 이상한 짓을 한다는 이야기를 많이 들어서요. 말 눈에 이상한 걸 집어넣고, 공사관 유리창을 부수고 사람들을 공격하는 뭐 그런 것들이요. 사람에게 돌을 던지는 건 대개 젊은 사람들이 하는 짓 아닌가요? 그리고 그 둘은 젊잖아요, 그렇죠?"

"에믈린 프라이스와 조애너가 그 돌을 아래로 떨어뜨렸다는 말씀이세요?"

"뭐, 그 둘은 뻔한 거짓말을 하는 그런 부류잖아요, 안 그래요?"

"대단하세요! 오, 저는 그런 생각은 전혀 못 했어요. 하지만 알겠어요……. 예, 마플 양의 말씀이 옳을 수도 있다는 걸 알겠어요. 물론 저는 그 두 사람이 어떤 사람들인지 모르죠. 그 사람들과 함께 여행을 다니질 않았으니까요."

클로틸드가 말했다.

"오, 아주 훌륭한 젊은이들이에요. 내가 보기에는 특히 조애너가…… 유능한 아가씨 같더군요."

마플 양이 말했다.

"무슨 짓이라도 할 수 있는 사람이요?"

앤시아가 물었다.

"앤시아, 조용히 해."

클로틸드가 말했다.

"예. 아주 유능해요. 결국 살인으로 이어질 일을 저지를 거라면 들키지 않도록 조심스럽게 처리할 만큼 유능하죠."

마플 양이 말했다.

"그렇다면 둘이 함께 공모한 게 분명해요."

배로 양이 한마디하자 마플 양이 맞장구를 쳤다.

"오, 그럼요. 둘은 함께 있었으니 대강 입을 맞췄을 거예요. 둘은…… 그러니까 둘은 분명한 용의자니까요. 내가 할 수 있는 말은 이게 전부예요. 둘은 다른 일행들의 시야에서 벗어나 있었어요. 다른 일행들은 전부 아래쪽 길을 걷고 있었고요. 그러니 그 둘은 언덕 꼭대기에 올라가 돌을 흔들어 떨어뜨릴 수 있었을 거예요. 어쩌면 꼭 템플 양을 죽일 의도는 아니었을지도 모르죠. 그저…… 꼭 누군가를 지목한 게 아니라…… 무언가 혹은 누군가를 때려 부수고 싶은 혼란한 상태였을지도 몰라요. 그리고 둘은 돌을 아래로 밀었죠. 그러고는 물론 누군가 그곳에 서 있는 걸 보았다는 이야기를 꾸며냈고요. 좀 이상한 옷, 혹은 있을 법하지 않은 옷 이야기를 하면서 말이에요……. 뭐, 이런 이야기를 해서는 안 될 것 같지만 계속 그런 생각이 들었어요."

"제가 듣기에는 아주 흥미로운 생각인 것 같아요. 언니는 어떻게 생각해요?"

글린 부인이 말했다.

"나도 가능성이 있다고 생각해. 그런 생각은 미처 못 했네."

"자, 자. 저희는 이만 골든 보어로 돌아가야겠네요. 함께 가실래요, 마플 양?"

쿡 양이 자리에서 일어서며 말했다.

"오, 아니에요."

마플 양이 말했다.

"모르시는 모양이군요. 내가 깜빡하고 얘기를 안 해서. 친절하게도 이분들께서 내게 이 집에서 하루⋯⋯ 혹은 이틀 밤 정도 더 묵어 달라고 하셨어요."

"그렇군요. 뭐, 그 편이 마플 양께는 더 좋으실 거예요. 훨씬 편안하잖아요. 골든 보어에는 오늘 저녁에 단체 여행객들이 도착해서 좀 시끌벅적해질 것 같아요."

"저녁 식사 후에 이리로 와서 함께 커피 한잔 하시겠어요?"

클로틸드가 제안했다.

"오늘 저녁은 날씨가 아주 따뜻하잖아요. 안타깝게도 집에 준비해 둔 식재료가 충분치 않아 저녁 식사는 대접해 드릴 수 없지만 그 후에 저희와 함께 커피라도 하시는 게⋯⋯."

쿡 양이 답했다.

"그거 아주 좋겠네요. 예, 친절하신 초대에 기꺼이 응할게요."

시계, 3시를 울리다

I

쿡 양과 배로 양은 정확히 8시 45분에 도착했다. 하나는 베이지색 레이스가 달린 원피스를, 다른 하나는 올리브그린색 원피스를 입고 있었다. 저녁 식사를 하는 동안 앤시아는 마플 양에게 그 두 숙녀에 대한 질문을 했었다.
"그 둘이 뒤에 남길 원하다니 아주 이상한 것 같아요."
"난 그렇게 생각하지 않아요. 내가 보기에는 아주 당연한 일인걸요. 둘은 뭔가 계획이 있는 것 같아요."
"계획이라니 무슨 말씀이세요?"
글린 부인이 물었다.
"글쎄요, 내 생각에 그 둘은 예기치 못한 사태에 대해 언제나 준비를 해 두고 그걸 해결할 계획도 세워 두는 것 같아요."
"그렇다면 혹시 그 둘이 살인 사건을 해결할 계획을 세워 두었다는 말씀이세요?"

앤시아가 흥미를 보이며 물었다.

"앤시아, 불쌍한 템플 양의 죽음을 살인 사건이라고 하지 않았으면 좋겠구나."

글린 부인이 말했다.

"하지만 살인 사건이 맞잖아요. 제가 궁금한 건 누가 그분을 살해했는지예요. 어쩌면 그분을 증오하고 원한을 품고 있던 그 학교 학생일지도 몰라요."

앤시아가 항변했다.

"증오가 그렇게 오래 지속될 수 있다고 생각해요?"

마플 양이 물었다.

"저는 그렇게 생각해요. 몇 년 동안이라도 누군가를 증오할 수 있다고 생각해요."

"아니요. 나는 증오란 소멸되는 거라고 생각해요. 일부러 증오를 간직하려 노력할 수는 있겠지만, 그 노력은 실패로 돌아갈 거예요. 증오는 사랑만큼 강하지가 않답니다."

마플 양이 말했다.

"쿡 양이나 배로 양, 혹은 둘이 함께 살인을 저지를 수도 있었다고 생각하지는 않으세요?"

앤시아가 다시 끼어들어 물었다.

"그분들이 왜 그러겠어? 정말이지, 앤시아! 내가 보기에는 아주 좋은 분들 같았어."

글린 부인이 대답했다.
"내 생각에는 그 사람들 어딘가 수상쩍은 데가 있는 것 같아요. 그렇게 생각하지 않아요, 클로틸드 언니?"
"어쩌면 네 말이 옳을지도 몰라. 무슨 뜻인지 알지 모르겠지만, 좀 부자연스러워 보였어."
"뭔가 아주 불길한 느낌이 들어요."
앤시아가 말했다.
"넌 항상 말도 안 되는 생각을 한다니까. 어쨌든 그 두 분은 아래쪽 길을 걷고 있었잖아, 안 그래? 마플 양께서는 보셨죠, 그렇죠?"
글린 부인이 마플 양을 바라보며 말했다.
"확실하게 봤다고 말하긴 힘들어요. 사실 그럴 기회도 없었고요."
"무슨 말씀이신지?"
"마플 양께선 그곳에 가지 않으셨잖아. 우리 집 정원에 계셨지."
클로틸드가 말했다.
"오, 그렇군요. 깜빡했어요."
"정말 화창하고 평화로운 날이었는데. 그날은 정말 즐거웠어요. 내일 아침에 다시 한번 정원에 나가 끝쪽의 둔덕에 자라난 하얀 꽃 무리들을 보고 싶네요. 그날 보니까 막 꽃이 피기 직전이더라고요. 지금쯤이면 활짝 피었을 거예요. 이 집을 떠올리면 언제나 그 꽃이 함께 기억날 거예요."
마플 양이 말했다.
"저는 그 꽃 싫어요. 다 뽑아 버렸으면 좋겠어요. 그리고 그곳에 새로 온실을 지었으면 좋겠어요. 돈만 충분히 모으면 그렇게 할 수 있는 거죠, 클로틸드 언니?"

앤시아가 말했다.

"그대로 내버려 둘 거야. 난 건드리고 싶지 않아. 이제 와 우리에게 온실이 무슨 필요가 있겠니? 포도나무가 다시 열매를 맺으려면 몇 년은 더 걸릴 텐데."

클로틸드가 말했다.

"자, 자. 그런 문제로 계속 말다툼을 할 순 없잖아. 다들 응접실로 들어가자. 곧 커피를 마시러 손님들이 올 테니까."

글린 부인이 끼어들었다.

그런 후에 손님들이 도착했다. 클로틸드는 커피 쟁반을 내왔다. 그녀는 커피를 잔에 따라 손님들에게 돌렸다. 손님들 앞에 각각 잔 하나씩을 놓고 또 한 잔을 마플 양 앞에 놓았다. 쿡 양이 앞으로 몸을 숙였다.

"마플 양, 정말 실례지만 저라면 그걸 마시지 않겠어요. 그러니까 이렇게 늦은 시간에 커피라뇨. 잠도 제대로 못 주무실 거예요."

"오, 그렇게 생각해요? 난 저녁때 종종 커피를 마시곤 해요."

마플 양이 대꾸했다.

"예, 하지만 이건 아주 진하고 좋은 커피예요. 마플 양께서는 마시지 않는 편이 좋을 것 같아요."

마플 양은 쿡 양을 바라보았다. 쿡 양의 얼굴은 아주 진지했고, 금발의 부자연스러운 머리카락이 한쪽 눈을 가리고 있었다. 다른 한 눈은 살짝 찡긋거렸다.
"무슨 말인지 알겠어요. 어쩌면 당신 말이 맞는지도 몰라요. 식이요법에 대해 좀 아는 모양이네요?"
마플 양이 말했다.
"오, 예. 제가 그쪽으로 공부를 좀 했거든요. 간호사 수업이며 이것저것 좀 배웠어요."
"그래요."
마플 양은 이렇게 대답하며 앞에 놓인 잔을 옆으로 살짝 밀었다.
"그 아가씨 사진은 없겠죠?"
마플 양이 물었다.
"베러티 헌트인지 하는 아가씨요. 부주교님이 그 아가씨에 대한 이야기를 해 주셨거든요. 그분도 그 아가씨를 아주 아꼈던 모양이던데요."
"그러셨을 거예요. 그분은 젊은 사람들을 좋아하시죠."
클로틸드가 말했다.
그러고는 자리에서 일어나 방을 가로질러 가서 책상 덮개를 들어 올렸다. 그 안에 있던 사진 하나를 가져와 마플 양에게 건넸다.
"이 아이가 베러티예요."
"아름다운 얼굴이네요."
"예, 아주 아름답고 특이한 얼굴이에요. 불쌍한 것."
"요즘에는 이런 끔찍한 일들이 툭하면 일어나요. 아가씨들이 아무 남자나 만나고 돌아다니니까요. 거기다 굳이 그 아가씨들을 신경 써서 돌봐 줄 사람도 없고요."

"요즘에는 자기 몸은 스스로 지켜야 해요. 그런데 요즘 아가씨들은 그 방법조차 모르고 있죠, 하느님 맙소사!"

클로틸드는 마플 양의 손에 든 사진을 다시 가져가기 위해 손을 뻗었다. 그러다 소맷자락이 커피 잔에 걸렸고 커피 잔은 바닥으로 넘어졌다.

"이런! 내가 그런 건가요? 내가 당신 팔을 민 건가요?"

마플 양이 말했다.

"아니에요. 제 소맷자락 때문이에요. 제멋대로 움직여서. 혹시 커피가 그렇다면 따뜻한 우유 한 잔 드릴까요?"

"참 친절하시네요. 잠자리에 들기 전에 따끈한 우유를 한 잔 마시면 밤에 편안하게 잘 수가 있죠."

산만한 이야기가 조금 더 오간 후, 쿡 양과 배로 양은 자리에서 일어섰다. 처음에는 쿡 양이, 그 다음에는 배로 양이 번갈아가며 깜빡하고 두고 간 물건들을 가지러 되돌아오는 등 산만한 퇴장이었다. 스카프, 핸드백, 손수건까지.

"호들갑들은."

그들의 뒷모습을 바라보며 앤시아가 말했다.

"어쩐지…… 진짜 같지가 않다는 클로틸드 언니 말이 이해가 가요. 제 말 무슨 뜻인지 아시죠?"

글린 부인이 마플 양에게 말했다.

"예. 나도 그렇게 생각해요. 저 둘은 진짜 같지가 않네요. 나도 저

둘에 대해 꽤 많이 생각해 봤어요. 그러니까 왜 이 여행에 참가했을까, 정말로 이번 여행을 즐기고 있는 것일까 생각해 봤죠. 그리고 이번 여행에 참가한 목적은 무엇일까."

"그리고 그 의문에 대한 해답은 찾아내셨어요?"

클로틸드가 물었다.

"그런 것 같아요. 난 많은 의문에 대한 해답을 찾아냈죠."

마플 양은 이렇게 대답하고는 한숨을 쉬었다.

"마플 양께서 지금까지 즐거운 여행을 하셨길 바랄게요."

"이제 그 여행을 그만두게 되어서 기뻐요. 계속한대도 그리 즐겁지 않았을 거예요."

"예. 저도 충분히 이해해요."

클로틸드는 주방에서 따끈한 우유 한 잔을 가져와 마플 양을 위층 침실까지 모셨다.

"달리 더 필요하신 거 있으세요?"

"고맙지만 됐어요. 내가 원하는 건 다 있어요. 작은 짐 가방도 있으니 짐을 다시 풀 필요도 없죠. 고마워요. 오늘 밤 저를 다시 불러주다니 정말 상냥한 분들이네요."

"뭐, 저희가 뭘 한 게 있다고요. 다 라피엘 씨께서 미리 편지를 보내주신 덕분이죠. 그분은 아주 생각이 깊은 분이셨어요."

"예. 모든 걸…… 다 생각하는 그런 남자였죠. 머리가 좋은 사람이었던 것 같아요."

"아주 유명한 금융업자셨다죠."

"금융적인 면에서나 다른 면에서나, 많은 걸 생각하는 사람이었어요. 오, 그럼 난 이만 잠자리에 들어야겠네요. 잘 자요, 브래드버리스콧 양."

"내일 아침 식사를 가져다 드릴까요? 침대에서 드시는 편이 좋으시겠어요?"

"아니에요, 아니에요. 그렇게까지 하실 필요 없어요. 그럼요, 그럼요. 내가 아래층으로 내려갈게요. 차 한 잔 갖다 주면 아주 고맙겠지만, 난 정원에 나가 보고 싶어요. 하얀 꽃들로 온통 뒤덮인 그 둔덕이 특히 보고 싶네요……. 너무나도 아름답고 너무나도 의기양양하죠……."

"안녕히 주무세요. 편안하게 주무시고요."

클로틸드가 말했다.

II

올드 매너 하우스의 홀의 계단 끝에 놓인 괘종시계가 새벽 2시를 알렸다. 집 안에 있는 시계들은 동시에 울리지 않았으며, 그중 몇 개는 아예 울리지도 않았다. 집 안 한가득 있는 골동품 시계들을 제때 수리하고 유지하기란 쉽지 않은 일이었다. 새벽 3시가 되자 2층 층계참에 있는 시계가 조용히 3시를 알렸다. 2층의 방문 틈 사이로 희미한 불빛이 새어나왔다.

마플 양은 침대에 일어나 앉아 침대 옆에 있는 전기 램프의 스위치를 켰다. 방문이 아주 조심스레 열렸다. 바깥에는 아무런 불빛도 보이지 않았지만 조심스러운 발걸음이 문을 열고 방 안으로 들어섰다. 마플 양은 방 안의 불을 켰다.

"오. 브래드버리스콧 양이시군요. 무슨 볼 일이라도 있으세요?"

마플 양이 말했다.

"마플 양께서 필요하신 거라도 있는지 보러 왔어요."

브래드버리스콧 양이 말했다.

마플 양은 그녀를 바라보았다. 클로틸드는 긴 보라색 가운을 걸치고 있었다. 정말 잘생긴 여자라는 생각이 들었다. 얼굴을 감싸고 있는 머리카락은 비극적인 인물, 드라마 속의 인물을 연상케 했다. 다시 한번 마플 양은 그리스 비극을 떠올렸다. 클리템네스트라.

"정말 필요한 건 아무것도 없으세요?"

"고맙지만 없어요. 미안하지만."

마플 양은 미안한 듯 말을 이었다.

"어젯밤에 우유를 마시지 않았어요."

"오, 이런. 왜요?"

"나한테 좋을 것 같지가 않아서요. 우유 자체가 나쁘다는 게 아니에요."

클로틸드는 침대 발치에 가만히 서서 마플 양을 바라보았다.

"그게 도대체 무슨 말씀이시죠?"

클로틸드의 목소리는 사나웠다.

"무슨 말인지 잘 아실 텐데요. 당신은 저녁 내내 알고 있었을 텐데요. 어쩌면 그 전부터요."

"지금 무슨 말씀을 하시는 건지 전혀 모르겠네요."

"모른다고요?"

되묻는 마플 양의 목소리에는 희미하게 빈정대는 기색이 어려 있었다.

"지금쯤이면 우유가 다 식었겠네요. 가져가서 다시 데워다 드릴게요."

클로틸드는 한 손을 뻗어 침대 옆에 놓여 있는 우유 잔을 집어 들었다.

"괜한 수고 마요. 당신이 데워 온다고 해도 나는 마시지 않을 테니까."

"정말 왜 이러시는지 도통 모르겠네요. 정말 이상한 분이시네요. 도대체 왜 이러시는 거예요? 왜 그런 말씀을 하시는 거죠? 도대체 뭐하는 분이세요?"

마플 양은 서인도 제도에서 한 번 쓴 적이 있는 그 분홍색 털실로 짠 스카프를 다시 한번 머리에 둘렀다.

"내 이름 중 하나가…… 네메시스예요."

"네메시스? 그게 무슨 말씀이세요?"

"아실 텐데요. 당신은 교육을 많이 받은 똑똑한 사람이잖아요. 네메시스는 때론 아주 늦기도 하지만 결국에는 찾아오기 마련이에요."

"무슨 말씀이시죠?"

"당신이 살해한 아주 아름다운 아가씨 말이에요."

"제가 죽였다고요? 누구를요?"

"베러티란 아가씨 말이에요."

"제가 왜 그 아이를 죽였겠어요?"

"그 아가씨를 사랑했으니까요."

"물론 저는 그 애를 사랑했어요. 그 애에게 깊은 애정을 가지고 있었어요. 그리고 그 애도 저를 사랑했어요."

"얼마 전에 누군가 내게 사랑이란 아주 무서운 말이라고 한 적이 있어요. 실제로도 그건 무서운 말이죠. 당신은 베러티를 너무나도 많이 사랑했어요. 당신에게 있어 그 아가씨는 이 세상의 전부였죠. 그 아가씨 또한 당신에게 깊은 애정을 가지고 있었어요. 그 아가씨의 인생에 다른 어떤 일이 일어나기 전까지는요. 다른 종류의 사랑이 그 아가씨의 인생에 끼어들기 전까지는요. 그 아가씨는 한 청년을 사랑하게 되었죠. 인품이 그리 좋지도 않고, 성품도 그리 좋지 않고, 과거도 그리 깨끗하지 않은 청년이었지만, 그 아가씨는 그를 사랑했고 그 청년 또한 그녀를 사랑했어요. 그 아가씨는 도망치길 원했죠. 당신의 사랑이라는 구속에서 벗어나길 원했어요. 그 아가씨는 평범한 여자의 인생을 원했어요. 자신이 선택한 남자와 함께, 그의 아이를 키우면서 사는 것 말이에요. 그 아가씨는 결혼하길 원했고, 평범한 행복을 원했어요."

가만히 서 있던 클로틸드가 움직였다. 그녀는 의자에 가 앉아 마플 양을 노려보았다.

"마플 양께서는 아주 잘 알고 계신 모양이네요."

"예, 난 잘 알고 있어요."

"마플 양이 한 말씀이 옳아요. 부정하지는 않겠어요. 제가 그 사실을 부정하든 부정하지 않든 달라지는 건 없죠."

"그래요. 그건 당신 말이 옳아요. 그런다고 해서 달라지지는 않을 거예요."

"마플 양께서는…… 제가 얼마나 고통스럽게 살아왔는지 아세요……. 상상할 수 있으세요?"

"예. 상상이 가네요. 나는 이런저런 일들을 곧잘 상상해 보곤 하니까요."

"이 세상에서 그 무엇보다 사랑하던 것을 잃는 아픔, 잃게 될 거라는 사실을 아는 아픔을 상상해 보셨어요? 그것도 파렴치하고 타락한 녀석 때문에. 그 아름답고 훌륭한 아이를 가질 만한 가치도 없는 남자에게. 난 막아야 했어요. 난 막아야 했어요……. 그래야 했어요."

"예. 그 아가씨가 떠나 버리기 전에 당신은 그 아가씨를 죽였어요. 그 아가씨를 사랑했기 때문에 죽인 거죠."

"제가 그런 짓을 저지를 수 있었을 거라고 생각하세요? 제가 사랑했던 그 아이의 목을 조를 수 있었을 거라고 생각하세요? 제가 그 아이의 얼굴을 엉망으로 짓이기고, 머리를 때려 부술 수 있을 거라고 생각하세요? 사악하고 비열한 남자만이 그런 짓을 저지를 수 있을 거예요."

"예. 당신은 그러지 않았을 거예요. 당신은 그 아가씨를 사랑했고 그런 짓은 할 수가 없었겠죠."

"자, 그렇다면 마플 양께서는 말도 안 되는 소리를 하고 계시는 셈이죠."

"그 아가씨에게는 그러지 않았겠죠. 그 일을 당한 아가씨는 당신이 사랑하던 그 아가씨가 아니었어요. 베러티는 아직 이곳에 있죠, 그렇죠? 이곳 정원에 말이에요. 나는 당신이 그 아가씨의 목을 졸랐다고는 생각하지 않아요. 고통 없이 갈 수 있도록 커피나 우유에 수면제를 다량 넣어서 주었겠죠. 그런 후 그 아가씨가 죽자 정원으로 끌고 나가 온실 바닥에 떨어져 있던 벽돌을 치우고 그 아래의 땅을 파서 묻고 다시 벽돌로 덮었을 거예요. 그 후에 그곳에다 폴리고넘을 심었고 그 꽃은 매년 더 크고 튼튼하게 자라났겠죠. 베러티는 당신과 함께 이 집에 남아 있었던 거예요. 당신은 절대 그 아가씨를 떠나보내지 않았죠."

"바보 같은 소리! 당신 미쳤어요! 그런 이야기를 떠들게 놔둘 것 같아요?"

"그럴 거라고 생각해요. 물론 확신은 없어요. 당신은 강한, 나보다 훨씬 강한 여자니까요."

"그걸 알고 있다니 다행이네요."

"그리고 당신은 일말의 양심의 가책도 느끼지 않겠죠. 한 번 살인을 시작한 사람들은 멈추지 못하는 법이에요. 나는 그동안 살아오면서, 그리고 수많은 사건들을 지켜보면서 그 사실을 깨달았죠. 당신은 두 아가씨를 죽였어요, 그렇죠? 당신이 사랑했던 그 아가씨를 죽였고, 또 다른 아가씨도 죽였죠."

"멍청한 매춘부, 어린 매춘부 하나를 죽이긴 했죠. 노라 브로드요. 그걸 어떻게 아셨죠?"

"난 의아한 생각이 들었어요. 내가 지켜본 바로, 당신은 사랑하던 아이의 목을 조르고 얼굴을 엉망으로 만들어 놓을 만한 사람이 아니었거든요. 하지만 그 비슷한 시기에 실종된 또 다른 아가씨가 있었고, 그녀의 시신은 끝내 발견되지 않았죠. 하지만 난 이미 시신은 발견되었고, 그저 그 시신이 노라 브로드라는 것만 밝혀지지 않았을 뿐이라고 생각했어요. 그 시신에는 베러티의 옷이 입혀져 있었고 그 누구보다도 베러티를 잘 아는 사람이 시신을 확인했으니까요. 당신은 시신이 발견되었을 때 직접 가서 베러티의 시신이라고 말해야 했어요. 당신이라면 충분히 알아볼 테니까. 당신은 그 시신이 베러티의 시신이라고 말했어요."

"제가 왜 그랬겠어요?"

"당신에게서 베러티를 앗아간 그 청년이, 베러티가 사랑했고 베러티를 사랑했던 그 청년이 살인죄를 뒤집어쓰길 바랐으니까요. 그래서 당신은 두 번째 아가씨의 시신을 눈에 잘 띄지 않을 만한 장소에 숨겨 둔 거예요. 쉽게 발견된다면 엉뚱한 아가씨로 오인될 수 있을 테니까. 당신은 그 시신이 베러티로 판명되도록 만들었어요. 베러티의 옷을 입히고 편지 한두 통과 팔찌, 작은 묵주가 든 베러티의 핸드백을 그 옆에 둔 후…… 그 아가씨의 얼굴을 짓이겨 놓았죠.

그리고 일주일 전에 당신은 세 번째 살인을 저질렀어요. 엘리자베스 템플을 살해한 거죠. 그녀가 이리로 오고 있었고 베러티가 그녀에게 편지를 보냈거나 말을 전해 무언가를 알고 있을지도 모르고, 어쩌면 엘리자베스 템플과 브라바존 부주교가 만나 이야기를 나누다가 진실을 알게 될지도 모른다고 생각했기 때문에 당신은 그녀를 살해한 거예요. 엘리자베스 템플이 부주교를 만나서는 안 될 일이었죠. 당신은 아주 힘이 센 여자예요. 당신이라면 그 돌을 언덕 아래로 밀어뜨릴 수 있었을 거예요. 꽤 힘들었겠지만 당신은 아주 강한 여자니까요."

"당신을 처리할 수 있을 정도로 강하지."

"당신이 그러지는 못할 것 같네요."

"무슨 소리 하는 거야, 아무 짝에도 쓸모없는 쭈그렁 할망구 주제에?"

"그래요. 난 나이가 많은 노인인 데다 팔다리에도 힘이 하나도 없어요. 어디 하나 힘 있는 데가 없죠. 하지만 내 나름대로 정의의 사도를 불러 두었답니다."

클로틸드는 웃음을 터뜨렸다.

"그래서 내가 당신을 끝장내지 못하도록 누가 막기라도 한다는 건가?"

"내 수호천사가 막겠죠."

"그래, 어디 한 번 수호천사가 오길 간절히 빌어 보시지."

클로틸드는 이렇게 말하고 다시 웃음을 터뜨렸다.

그녀는 침대로 다가갔다.

"어쩌면 수호천사가 둘일지도 모르겠네요. 라피엘 씨는 통이 큰 분이셨으니까요."

마플 양은 배개 밑에 손을 넣었다가 다시 꺼냈다. 그러고는 손안에 든 호루라기를 입에 갖다 댔다. 순식간에 호루라기 소리가 울려 퍼졌다. 날카롭고 새된 호루라기 소리에 길모퉁이에 서 있던 경찰관 한 명이 달려왔다. 거의 동시에 두 가지 일이 벌어졌다. 방문이 열렸다. 클로틸드가 돌아보았다. 배로 양이 문간에 서 있었다. 동시에 커다란 벽장이 열리더니 그 안에서 쿡 양이 걸어 나왔다. 그 전날 저녁에 보여 주었던 상냥하고 친근한 태도와 정반대로 둘의 얼굴에서는 전문가답게 냉정하고 냉혹한 분위기가 감도는 게 바로 느껴졌다.

마플 양이 기분 좋게 말했다.

"이분들이 바로 2명의 수호천사예요. 라피엘 씨께서 내 체면을 세워 주셨네요!"

마플 양, 사건의 전말을 이야기하다

"그 두 여자가 마플 양을 보호하기 위해 따라붙인 사립 탐정이라는 건 언제부터 아셨습니까?"

원스테드 교수가 물었다.

그는 의자에 앉은 채로 몸을 앞으로 숙여 맞은편 의자에 꼿꼿이 앉아 있는 하얀 머리카락의 노부인을 유심히 바라보았다. 둘은 현재 런던의 정부 청사에 있었으며, 현재 두 사람 외에도 4명이 더 자리하고 있었다.

검찰청에서 나온 검사 1명, 런던 경시청의 국장인 제임스 로이드 경, 낸스톤 감옥의 소장인 앤드류 맥닐 경. 그리고 네 번째 인물은 내무부 장관이었다.

"어제 저녁에 알았어요. 그때까지는 나도 확신이 서지 않았어요. 쿡 양은 세인트 메리 미드에 찾아왔었고, 난 쿡 양이 본인이 말한

대로 친구네 집 정원 일을 도와주러 온 정원에 조예가 깊은 사람이 아니라는 걸 재빨리 알아챘죠. 그래서 그녀의 본래 목적이 무엇인지를 궁리해 봤죠. 일단 그녀가 내 얼굴을 확인했고 그 때문에 세인트 메리 미드에 찾아왔다는 것 하나는 확실했어요. 이번 버스 여행에서 그녀를 다시 만났을 때 내 보호를 위해 이번 여행에 함께한 건지, 아니면 내 적으로 간주해야 하는지 결정을 내려야 했답니다.

어제저녁, 쿡 양이 클로틸드 브래드버리스콧 양이 내 앞에 내려놓은 커피를 마시지 못하게 말리는 걸 보고서야 확실히 알았어요. 쿡 양은 아주 교묘하게 말했지만 그 안에는 분명 경고가 담겨 있었죠. 후에 내가 그 둘과 작별 인사를 하는데 그중 1명이 양손으로 내 손을 꼭 잡고 유별나게 다정한 악수를 하지 뭐겠어요. 그와 동시에 내 손에 무언가를 쥐여 주었는데, 나중에 확인해 보니 고성능 호루라기더군요. 난 소박하고 상냥한 태도를 그대로 유지하려 애쓰며 그걸 침대로 가져 올라갔고, 클로틸드 양이 극구 권한 우유 한 잔을 받아들고 잘 자라고 인사를 건넸죠."

"그 우유를 마시지 않으셨습니까?"

"물론 마시지 않았죠. 나를 뭘로 보는 거예요?"

"죄송합니다. 마플 양께서 방문을 잠그지 않으셨다는 데 정말 놀랐습니다."

"당연히 그러면 안 되죠. 난 클로틸드 브래드버리스콧이 방 안으로 들어오길 바랐어요. 그녀가 어떤 말을 할지, 혹은 어떤 행동을 할지 보고 싶었어요. 그녀가 적절한 시간이 지나면, 내가 우유를 마셨는지, 다시는 깨어나지 못할 정도로 의식 불명이 되었는지 확인하기 위해 내 방에 찾아올 거라는 확신이 들었어요."
"쿡 양이 벽장 안에 숨도록 마플 양께서 도우신 겁니까?"
"아니에요. 쿡 양이 느닷없이 벽장 안에서 나왔을 때는 나도 깜짝 놀랐어요. 아무래도……. 아무래도 내가 아래층…… 그…… 화장실 간 사이에 몰래 숨어 든 모양이에요."
마플 양은 곰곰이 생각하며 말했다.
"그 두 여자가 집 안에 있다는 걸 알고 계셨습니까?"
"내게 그 호루라기를 주었으니 가까운 어딘가에 있을 거라고 생각했어요. 덧문이 닫힌 창문도 없고 경보기나 그런 것도 전혀 없으니 몰래 들어가기 어려운 집은 아니라고 생각해요.
그리고 둘 중 하나가 그 집을 나가면서 핸드백과 스카프를 놓고 갔다며 다시 돌아왔죠. 어쩌면 그 사이에 창문 잠금쇠를 열어 놨는지도 몰라요. 그 둘은 그 집을 떠나자마자 집 안에 있는 사람들이 침실로 올라가는 사이에 집 안으로 다시 들어왔겠죠."
"큰 모험을 하셨습니다, 마플 양."
"난 그저 최선을 다한 거예요. 꼭 필요한 거라면 어느 정도 위험도 감수해야 앞으로 나아갈 수 있는 법이잖아요."
"참, 그 자선 단체에 보낸 소포도 성과를 거두었습니다. 그 소포 안에는 진홍색과 검은색 체크무늬가 새겨진 남성용 폴로넥 스웨터 새것이 담겨 있었습니다. 정말이지 놀랍습니다. 어떻게 그런 생각을 하셨습니까?"

"뭐. 그건 아주 간단해요. 에믈린과 조애너가 이야기한 그렇게 밝은 색의 눈에 띄는 옷을 입은 건 눈에 띄기 위한 목적이었고, 따라서 그 옷을 동네의 다른 사람에게 주거나 집 안에 보관해서는 안 되었겠죠. 가능한 한 멀리 보내 버려야 했을 거예요. 그리고 물건을 버리기 위한 성공적인 방법이 딱 하나 있죠. 바로 우편이에요. 옷 종류는 쉽게 자선 단체에 보낼 수가 있잖아요. 비취업모를 위한 단체나 뭐 이름이야 어찌됐든 그런 자선단체에서 거의 새것이나 다름없는 울 스웨터를 받으면 얼마나 기뻐하겠어요. 내가 해야 할 일은 그 스웨터를 보낸 주소를 알아내는 거였어요."

"그리고 그 주소를 우체국에 가서 물어보셨다고요?"

내무부 장관이 약간 충격을 받은 표정으로 물었다.

"물론 직접적으로 묻지는 않았어요. 그러니까 약간 수선을 피우면서 어떤 자선 단체에 보낼 옷 소포에 주소를 잘못 적었는데, 혹시 내가 머물고 있는 친절한 집주인 중 1명이 이곳에 소포를 가져왔는지, 또 가져왔다면 주소가 어디로 되어 있었는지 알려줄 수 없겠냐고 물어봤어요. 그리고 우체국에서 일하는 아주 상냥한 여자분이 친절하게도 내가 보내려던 그 주소가 아니었다는 걸 기억해 냈고, 그 주소를 적어 주었답니다. 그 여자는 내가 다른 의도가 있다고는……. 그러니까 얼빠진 노인네가 낡아빠진 옷 소포를 어디다 보냈는지 몰라 쩔쩔 매는 것 외에 다른 의도가 있을 거라고는 생각도 못했을 거예요."

"아. 마플 양께서는 네메시스일 뿐 아니라 뛰어난 배우군요."

원스테드 교수가 말했다. 그리고 이렇게 덧붙였다.

"10년 전 사건의 진실을 언제부터 알아내기 시작하셨던 겁니까?"

"처음에는 아주 어려웠어요, 거의 불가능하다고 생각했죠. 속으로는 내게 분명하게 설명해 주지 않은 라피엘 씨를 원망하기도 했어요. 하지만 이제 와 보니 라피엘 씨가 그러지 않았던 게 아주 현명했다는 걸 알겠어요. 정말이지 그는 놀라울 정도로 영리한 사람이에요. 왜 그 사람이 그렇게 뛰어난 금융업자였고 그렇게 많은 돈을 손쉽게 벌어들였는지 알겠어요. 계획을 아주 철저하고 완벽하게 세우는 사람이었으니까요. 그는 매번 나에게 딱 적당한 만큼의 정보를 제공했죠. 난 그 사람이 이끄는 대로 간 거예요. 먼저 내 수호천사들이 내 생김새를 확인했어요. 그다음에 내가 버스 여행에 참가해 거기에 있는 다른 사람들을 만나 보라는 지시를 받은 거죠."

"처음에는 일행 중 누군가를 의심, 이런 말을 써도 될지 모르겠지만, 의심하셨습니까?"

"그저 가능성만 고려해 봤어요."

"사악한 기운은 감지하지 못하셨고요?"

"아, 교수님께서 그걸 기억하고 계시는군요. 아니요, 일행 중에 특별히 사악한 분위기를 풍기는 사람은 없었어요. 난 그중 누구와 접촉해야 하는지 아무런 이야기도 듣지 못했지만, 그녀가 직접 내게 모습을 드러냈죠."

"엘리자베스 템플 말입니까?"

"예. 마치 탐조등 같았어요. 깜깜한 밤을 비추는 한 줄기 빛처럼요. 아시겠지만 난 그때까지 아무것도 모르는 무지한 상태였으니까요. 분명, 논리적으로 보면 분명 무언가가 있는 게 틀림없었어요. 그러니까 라피엘 씨가 나를 그리로 이끌었으니까요. 어딘가에 희생자가, 어딘가에 살인자가 있는 게 분명했어요. 예, 라피엘 씨와 나 사이에 유일한 연결 고리는 살인 사건이기 때문에 살인범을 가리키는 게 틀림없다고 생각했어요. 서인도 제도에서 살인 사건이 있었어요. 그리고 라피엘 씨와 나 둘 다 그 사건에 연루되었고, 그분이 나에 대해 아는 거라고는 그때의 일뿐이에요. 따라서 다른 종류의 범죄일 리는 없었죠. 또한 사소한 범죄일 리도 없었고요. 사악한 기운을 받아들인 사람의 소행이 분명했어요. 살해당한 누군가가 있을 게 분명했고, 따라서 부당하게 희생자가 된 사람이 있을 게 분명했어요. 본인이 저지르지도 않은 범죄의 대가를 치르게 된 희생자 말이에요. 이런 생각을 하다가 템플 양과 이야기를 나눈 후에야 뭔가 실마리를 잡게 된 거예요. 템플 양은 아주 격앙되어 있었어요. 그렇게 처음으로 라피엘 씨와의 연결 고리를 발견하게 된 거예요. 템플 양은 옛날에 알았던 한 아가씨, 라피엘 씨의 아들과 약혼을 했던 한 아가씨에 대해 이야기했어요. 그게 바로 내게 비춘 첫 번째 빛줄기였어요. 그리고 템플 양은 또한 그 아가씨가 그 청년과 결혼하지는 않았다고도 했죠. 내가 그 이유를 묻자 템플 양은 '그 아가씨가 죽었기 때문'이라고 대답했어요. 그래서 왜 죽었냐고, 어쩌다 죽었냐고 묻자 템플 양은 아주 강하고 흥분한 목소리로 말했어요. 아직도 템플 양의 목소리가 귓가에 생생해요. 마치 깊은 종소리 같았죠. 그녀는 '사랑'이라고 했어요. 그러고는 '세상에서 가장 무서운 말이 사랑'이라고 덧붙였죠. 당시에는 그게 정확히 무슨 의미인지 몰랐어요. 사실 처음에는 그 아가씨가 불행한 사랑의 결과로 자살을 했다는 소리인 줄만 알았어요. 그런 일이 흔히 일어나고, 또 아주 슬픈 비극이기도 하죠. 당시에는 그게 내가 아는 전부였어요. 그리고 템플 양에게는 그 여행이 단순히 즐기기 위한 여행이 아니었다는 점하고요. 템플 양은 순례 중이라고 말했죠. 템플 양은 어딘가에, 또는 누군가에게 가는 중이었어요. 당시에는 그게 누군지 몰랐고 후에야 나도 알게 됐어요."

"브라바존 부주교 말씀이십니까?"

"예. 난 당시에 그의 존재를 전혀 몰랐어요. 하지만 그 후에 드라마의 주요 등장인물들…… 주연 배우들……. 하여간 그런 사람들은 여행 일행 중에 없다는 느낌이 들었어요. 주연 배우들은 버스 일행이 아니었던 거예요. 난 잠깐 망설였고, 몇몇 사람들을 주시하며 망설였어요. 조애너 크로포드와 에믈린 프라이스를 주목했죠."

"왜 그 둘을 주목하신 겁니까?"

"젊음 때문에요. 젊음이란 자살과 폭력, 격렬한 질투심, 비극적인 사랑으로 이어지곤 하니까요. 한 청년이 사랑하던 여자를 살해한다……. 종종 벌어지는 일이죠. 하지만 예, 그 둘에게 마음이 간 했지만 아무런 연관성도 없는 것 같더군요. 사악함, 절망, 고통의 그림자는 없었어요. 어제 저녁 올드 매너 하우스에서 셰리주를 마실 때 그 둘의 이야기를 꺼내 주의를 다른 데로 돌리기도 했어요. 난 그 두 젊은이가 엘리자베스 템플의 죽음에 가장 유력한 용의자라고 지적했죠. 그 젊은이들을 다시 만난다면…… 내 본심을 숨기기 위한 방편으로 사용한 것에 대해 사과해야겠어요."

마플 양은 세심하게 말했다.

"그리고 두 번째 빛줄기는 엘리자베스 템플의 죽음이었습니까?"

"아니에요. 사실 두 번째 빛줄기는 올드 매너 하우스였어요. 그 집 자매들이 친절하게도 나를 그곳에 초대해 줬죠. 물론 그것 또한 라피엘 씨의 계획 중 하나였고요. 따라서 나는 그 집에 가야 한다는 것을 알긴 했지만, 그 집에 무언가가 있을 거라고는 생각하지 않았어요. 어쩌면 나를 앞으로 이끌어 줄 정보를 얻게 될 장소일 뿐일 수도 있으니까요. 죄송해요."

마플 양이 갑자기 미안해하며 약간 수선을 떨며 말했다.

"말이 너무 길어졌네요. 내 생각이며 그런 것들을 일일이 말씀드릴 필요는 없는데……."

"아닙니다, 계속해 주세요. 마플 양께서는 모르시겠지만 마플 양의 이야기는 제게 아주 흥미롭습니다. 제가 그동안 일을 해 오면서 보아 온 것, 알던 것들과 많은 연관이 있으니까요. 마플 양께서 어떤 생각을 하셨고 어떤 느낌을 받으셨는지 다 들어보고 싶습니다."

원스테드 교수가 말했다.

"예, 계속해 주시죠."

앤드류 맥닐 경도 거들었다.

"그저 느낌이었어요. 그러니까 논리적인 추론은 아니었어요. 그저 감정이나…… 분위기라고 할까요, 그런 거였어요."

마플 양이 말했다.

"예, 기운이라는 건 어디에나 존재합니다. 저택이나, 특정 장소들, 정원, 숲, 선술집에도 나름의 기운이라는 게 있죠."

원스테드 교수가 말했다.

"세 자매. 처음 올드 매너 하우스에 갈 당시 그렇게 생각하고 느꼈고 스스로에게 말했어요. 난 친절한 러비니아 글린의 안내를 받았죠. 그 말, '세 자매'라는 말에는 불길한 기운을 느끼게 하는 무언가가 있어요. 러시아 소설에 나오는 세 자매, 맥베스의 세 마녀를 연상시키기도 하고요. 하여간 그 집에는 슬픔, 깊은 불행, 두려움의 기운이 스며 있었고 왠지 그 기운이 정상적인 분위기였다고밖에 표현할 수가 없겠네요."

"정상적인 분위기라 흥미로운데요."

원스테드가 말했다.

"그건 아마도 글린 부인 때문일 거예요. 골든 보어 호텔에 도착했을 때 날 찾아와 집으로 초대하게 된 사정을 설명해 준 게 바로 글린 부인이었어요. 지극히 정상적이고 유쾌한 여자, 과부였어요. 그리 행복해 보이진 않았지만 그렇다고 해서 슬픔이나 깊은 불행과는 아무런 연관도 없었고, 그녀의 성품과 그 집의 분위기는 전혀 어울리지가 않았어요. 글린 부인은 날 그 집으로 데려갔고, 그곳에서 다른 두 자매와 만났죠. 그다음 날 아침, 차를 가져온 나이든 하녀에게서 과거의 비극에 관한 이야기, 남자 친구에게 살해당한 아가씨 이야기를 들었어요. 그 근방에서 폭력, 또는 성폭행의 희생자가 된 다른 아가씨들 이야기고요. 난 두 번째 결단을 내려야 했어요. 여행 일행들을 이번 임무와의 연관성에서 제외했죠. 하지만 그래도 어딘가에 살인범은 존재했죠. 난 스스로에게 그 살인자가 그 집에 있는지 물어봐야 했어요. 라피엘 씨가 보낸 이 집에, 클로틸드와 러비니아, 앤시아 이 셋 중에 말이에요. 사악한 세 자매, 행복하고…… 불행하고…… 고통받고…… 두려워하는 세 자매……. 이들은 어떤 사람일까? 처음 내 이목을 끈 건 클로틸드였어요. 키가 훤칠하고 잘생긴 여자. 매력적인 여자였어요. 엘리자베스 템플이 매력적인 여자였던 것처럼 말이에요. 그 집에서는 범위가 한정되어 있는 것 같았고, 적어도 이 세 자매를 어떻게 할 것인지 결론을 내려 봐야 했어요. 세 운명. 누가 살인자일 수 있을까? 어떤 종류의 살인자일까? 어떤 종류의 살인을 저질렀을까? 그러다 서서히, 독기(毒氣)가 그렇듯 서서히 그 집의 기운이 느껴졌어요. 사악한 기운이라는 말 외에 달리 적당한 표현이 있을 것 같지 않네요. 그 세 자매 중 1명이 꼭 악마라는 게 아니라, 아직 사악한 그림자가 남아 있거나 그 사악한 기운이 그 셋을 위협하거나, 어쨌든 그 셋이 사악한 일이 벌어졌던 기운에 둘러싸여 있는 게 분명했어요. 맏이인 클로틸드를 가장 먼저 고려해 봤죠. 클로틸드는 잘생기고 강하고, 격렬한 감정을 지닌 여자라고 생각되었어요. 솔직히 인정하죠, 그 여자가 클리템네스트라와 닮은 꼴이라고 생각했어요. 난 최근에…….”

마플 양은 평상시의 목소리로 돌아왔다.

"집에서 멀지 않은 유명한 남학교에서 공연하는 그리스 연극을 보러 간 적이 있어요. 나는 아가멤논의 연기와 클리템네스트라를 연기한 소년에게 아주 아주 깊은 감명을 받았어요. 아주 놀라운 공연이었답니다. 클로틸드라면 철저하게 계획을 세워 욕조에 누워 있던 남편을 살해할 수 있다는 생각이 들었어요."

잠시 동안 원스테드 교수는 터져 나오는 웃음을 참기 위해 갖은 애를 썼다. 마플 양의 진지한 목소리 때문이었다. 마플 양은 그에게 살짝 윙크를 보냈다.

"예, 좀 실없는 소리 같죠? 그렇죠? 하지만 나는 클로틸드가 그 역할에 딱이라고 생각했어요. 그러나 아주 불행하게도 그녀에게는 남편이 없었죠. 남편이 없었으니 남편을 죽일 수도 없었고요. 그러다 나를 그 집으로 안내해 준 글린 부인에 대해 생각해 보았어요. 러비니아 글린. 겉보기에는 아주 참하고 상냥하고 아무런 해될 것 없는 여자 같았어요. 하지만 아아, 살인자들 중에서도 주위 사람들에게 그런 인상을 심어 주는 사람들이 있죠. 매력적인 사람들이요. 평소에 너무나도 유쾌하고 재미있는 사람인데 살인자라는 게 밝혀져 주변 사람들을 경악하게 하는 경우가 얼마나 많은데요. 난 그런 사람들을 존경받는 살인자라고 불러요. 지극히 실용적인 동기로 살인을 저지르는 사람들이요. 감정은 철저히 배제한 채 원하는 목적을 성취하기 위해서 살인을 저지르는 사람들이요. 나는 그럴 가능성이 별로 높지 않다고 생각했고 그게 정말 사실이라면 나 또한 아주 많이 놀랐을 테지요. 하지만 어쨌든 글린 부인을 용의 선상에서 제외할 수는 없었어요. 글린 부인에게는 남편이 있었어요. 그녀는 꽤 오래전에 남편을 잃은 과부였어요. 가능성은 있죠. 일단 가능성만 남겨 뒀어요. 그런 후에 막내에 대해 생각해 보았죠. 앤시아요. 정신 상태가 불안정한 여자였어요. 정신이 산만하고 내가 보기에는 머리가 좀 이상한 데다 전반적으로 볼 때 뭔가를 두려워하고 있는 것 같았어요. 뭔가를 두려워하고 있었어요. 아주 극심한 두려움에 시달리고 있었어요. 뭐, 그것도 어떻게 보면 딱 맞아떨어질 수 있죠. 앤시아가 어떤 종류의 범죄를, 이미 과거의 일이 되었다고 생각한 어떤 범죄를 저질렀는데 엘리자베스 템플의 일로 인해 과거의 일이 다시 떠올랐을 수도 있어요. 어쩌면 과거에 저지른 범죄가 발각될지도 모른다는 두려움에 떨었을지도 모르죠. 그리고 앤시아는 상대방을 아주 기이하게 쳐다보다가 갑자기 뒤에 뭐가 서 있기라도 하듯, 두려워하는 뭔가가 서 있기라도 하듯 고개를 좌우로 홱홱 돌려 뒤를 흘끗거린답니다. 따라서 앤시아 또한 가능성이 충분했죠. 어쩌면 누군가가 자기를 학대한다는 망상에 빠진 정신적으로 불안정한 살인자일 수도 있겠죠. 앤시아는 두려워하고 있었으니까요. 이건 전부 내 추측일 뿐이었어요. 그 전에 같이 여행하던 일행들을 상대로 생각하던 것보다 조금 더 뚜렷하긴 하지만 어쨌든 추측일 뿐이었어요. 하지만 그 집의 기운이 점점 더 강하게 느껴졌어요. 그 다음 날, 나는 앤시아와 함께 정원을 산책했어요. 잔디밭 길 끝 쪽에 둔덕이 하나 있었죠. 전에 그 자리에 있던 온실이 무너져서 생긴 둔덕이었어요. 전쟁 막바지에 물자가 부족하고 정원사들도 부족했던 탓에 버려져 있던 온실이 무너져 내리면서 벽돌은 흙과 잔디에 파묻혀 버렸고, 그 위에는 한 덩굴 식물을 심어 두었더군요. 정원 건축물 중에 보기 흉한 부분을 감추거나 가리고 싶을 때 쓰는 덩굴 식물이죠. 폴리고넘이라고 해요. 자라면서 다른 것들을 죄다 삼키고 죽이고 말려 없애는 급속도로 자라는 덩굴 중 하나예요. 모든 걸 다 뒤덮어 버리죠. 어느 면에서는 좀 무시무시한 식물이기도 해요. 아름다운 하얀 꽃들이 피는데 아주 사랑스럽더라고요. 물론 그때는 막 꽃봉우리만 맺혀 있지 아직 꽃이 피지는 않았어요. 앤시아와 함께 그 앞에 서 있었는데, 그녀는 온실이 없어진 데 대해 지독히도 안타까워했어요. 온실에서 아주 아름다운 포도를 키웠다고 했는데, 어린 시절 그 집에서 보던 정원의 모습 중 가장 인상 깊었나 봐요. 그리고 돈을 벌어 그 둔덕을 파내 땅을 고르고 온실을 다시 지어 옛날처럼 머스캣 포도와 복숭아를 키우길 간절히 바라고 있었어요. 앤시아는 과거에 대해 지독한 향수를 가지고 있었어요. 아니, 그 이상이었죠. 다시 한번, 아주 분명하게, 난 두려움의 기운을 느꼈어요. 그 둔덕의 무언가가 그녀를 두렵게 만들고 있었어요. 당시에는 그게 뭔지 도무지 알 수가 없었어요. 그다음에 어떤 일이 일어났는지는 교수님께서도 잘 아시죠. 엘리자베스 템플의 죽음, 그리고 에믈린 프라이스와 조애너 크로포드의 이야기를 들어본 결과, 한 가지 결론밖에 내릴 수 없다는 확신이 들었어요. 그건 사고가 아니었다. 계획적인 살인이었다. 아무래도 그때부터 알았던 것 같아요.

나는 3건의 살인이 있었다는 결론에 도달했어요. 라피엘 씨의 아들, 비행 소년에 전과자인 라피엘 씨의 아들에 관한 모든 이야기를 들었고 그게 맞는 말일 거라 생각했지만 그중 어떤 것도 그가 살인자라는 증거나 살인자일 가능성을 시사해 주지는 않았어요. 모든 증거가 그에게 불리하긴 했죠. 모두들 그 청년이 베러티란 아가씨를 살해한 게 분명하다고 생각했어요. 하지만 브라바존 부주교님이 그 사건에 종지부를 찍으셨죠. 부주교님은 그 두 젊은이를 알고 계셨어요. 그 둘은 부주교님을 찾아가 사정 이야기를 하고 결혼식을 올려 달라고 간청했어요. 부주교님은 어쩌면 그것이 현명한 결혼은 아닐지도 모르지만, 두 사람이 서로를 사랑한다는 것만으로도 결혼은 충분히 성립될 거라고 생각하셨고요. 그 아가씨는 부주교님의 표현을 빌리자면 진실로 그 청년을 사랑했어요. 그 아가씨의 이름만큼이나 진실한 사랑이었죠. 그리고 부주교님은 그 청년이, 그동안 복잡했던 여자 문제에도 불구하고, 그 아가씨를 진실로 사랑하며 앞으로 그녀에게 충실하고 나쁜 행실을 고치려는 의지도 확고하다고 생각하셨어요. 물론 부주교님은 그리 낙관적이진 않으셨어요. 내 생각에 그분은 아주 행복한 결혼 생활이 되지는 않겠지만, 필요한 결혼이라고 보셨던 것 같아요. 대가를 치를 만큼, 실망과 불행이라는 대가라도 치를 만큼 서로를 사랑하기에 필요한 결혼 말예요. 하지만 나는 단 한 가지는 확신했어요. 짓이겨진 얼굴, 으스러진 머리는 그 아가씨를 진심으로 사랑했던 청년이 저지를 수 있는 짓이 아니라는 거예요. 이건 흔한 강간 사건이 아니었고, 부주교님 또한 그에 대해 확인해 주셨죠. 하지만 나는 또한 제대로 된 실마리를, 엘리자베스 템플이 건네준 실마리를 잡았다는 걸 알았어요. 엘리자베스 템플은 베러티의 죽음의 원인이 사랑이라고 했어요……. 세상에서 가장 무서운 말이라고요. 그제서야 모든 게 확실해졌어요.

한동안 짐작은 하고 있었죠. 하지만 잘 맞아떨어지지 않아 확신하지 못했던 사소한 부분이 이제는 맞아떨어지게 된 거예요. 엘리자베스 템플이 한 말과도 딱 맞아떨어지죠. 베러티의 죽음의 원인 말이에요. 그녀는 단 한마디 '사랑'이라고 하고는 '사랑이란 세상에서 가장 무서운 말'이라고 덧붙였어요. 그제서야 모든 게 아주 명확해졌죠. 클로틸드가 그 아가씨에게 품었던 과도한 사랑. 그 아가씨는 클로틸드를 숭배하고 의존하다 점차 커 가면서 정상적인 본능에 눈을 뜨게 됐어요. 그 아가씨는 사랑을 원했어요. 자유롭게 사랑하고 결혼하고 아이를 갖길 원했어요. 그러다 한 청년을 만나 사랑에 빠졌어요. 그 아가씨는 청년이 믿음직한 남자가 아니란 걸 알았고, 소위 말하는 나쁜 남자란 걸 알았지만…….”

마플 양은 한층 더 평범한 어조로 말을 이었다.

“그런 이유로 남자를 멀리하는 아가씨들은 없죠. 그럼요. 젊은 아가씨들은 나쁜 남자를 좋아해요. 언제나 그랬죠. 나쁜 남자와 사랑에 빠져요. 자기라면 그 남자를 변화시킬 수 있을 거라고 확신하죠. 그리고 착실하고 참한 남편감들은, 젊은 시절에는 '다정한 오빠'처럼 느껴진다는 대답만 듣고 결코 젊은 아가씨들 눈에 차지 않았어요. 베러티는 마이클 라피엘을 사랑했고, 그는 이 아가씨와 결혼해 새 인생을 살 준비가 되어 있었으며 다시는 다른 여자에게 눈을 돌리지 않을 거라 확신하고 있었어요. 이 둘이 행복한 결말을 맞았을 거라고는 말하지 않겠지만, 부주교님이 자신있게 한 말씀처럼 둘은 서로를 진정으로 사랑했어요. 그래서 둘은 결혼을 계획했죠. 내 생각에는 베러티가 엘리자베스에게 편지를 써 마이클 라피엘과 결혼할 거라는 이야기를 전했던 것 같아요. 아마도 베러티는 자신이 하려는 일이 본질적으로는 도피라는 걸 알았기에 결혼을 비밀리에 계획했던 것 같아요. 그녀는 더 이상 원치 않는 인생으로부터, 그리고 아주 많이 사랑하지만 마이클을 사랑하는 것과는 다른 누군가로부터 도망치려 했어요. 그리고 그러한 도피는 결코 용인되지 않을 터였죠. 절대 허락을 받지 못할 테고 앞길에 온갖 장애물이 놓여 있을 테니까요. 그래서 다른 젊은이들이 그렇듯, 둘은 야반도주를 하기로 한 거예요. 굳이 그레트나 그린(잉글랜드 국경 가까운 곳에 있는 스코틀랜드의 마을로 사랑의 도피를 한 남녀들의 결혼지로서 유명했음 — 옮긴이)까지 날아갈 필요도 없었어요. 둘 다 결혼할 만큼 성숙한 나이였으니까요. 그래서 그녀는 자신에게 견진 성사를 해 준 오랜 친구이자 진실한 친구인 브라바존 부주교님에게 호소한 거예요. 그렇게 결혼 계획은 진행이 되었고 날짜, 시간, 어쩌면 결혼식에 입을 옷가지까지 준비가 되었겠죠. 둘이 어딘가에서 만나기로 했던 건 분명해요. 둘은 약속한 장소에서 만나기로 했던 거예요. 아마 청년은 왔지만 아가씨는 오지 않았을 거예요. 어쩌면 청년은 기다렸겠죠. 기다리고, 기다리다가 왜 그녀가 오지 않았는지 이유를 알아보려고 했을지도 몰라요. 그러다 그 청년이 쪽지, 어쩌면 편지, 그 아가씨의 글씨체를 위조해 변심했다고 쓴 편지를 받았을지도 모른다고 생각해요. 모든 게 다 끝났고 자기는 한동안 마을을 떠나 있겠다고. 모르겠어요. 하지만 그 청년은 아가씨가 약속 장소로 오지 못한 진짜 이유, 미리 아무런 언질도 없었던 진짜 이유가 뭔지는 꿈에도 몰랐을 거라고 생각해요. 그는 단 한순간이라도 그녀가 잔인하게 살해당했을 거라는 생각은 하지 못했을 거예요. 클로틸드는 사랑하던 사람을 잃지 않으려 했어요. 그녀가 증오하고 혐오하는 그 청년과 그 아가씨가 함께 도망가도록 내버려두지 않으려고 했어요. 그녀는 베러티를 자신의 방식대로 간직하려 했어요. 하지만 내가 믿을 수 없었던 건……. 그녀가 베러티의 목을 조른 후 얼굴을 짓이겨 놓았다는 게 믿어지지가 않았어요. 클로틸드가 그럴 수 있었을 거라고는 생각하지 않아요. 난 클로틸드가 미리 무너진 온실의 벽돌들을 재정비하고 그 위에 흙과 잔디를 쌓아 두었을 거라고 생각해요. 베러티는 이미 음료수, 어쩌면 수면제를 과도하게 넣은 음료수를 마셨겠죠. 그리스식 전통이에요. 헴록 1잔…… 혹은 헴록이 아니더라도요. 그렇게 클로틸드는 그 아가씨를 정원에, 벽돌 더미와 흙, 잔디 밑에 묻은 거예요…….”

"다른 자매들 중 하나가 의심하지는 않았을까요?"

"당시에 글린 부인은 그 집에 없었어요. 남편이 죽기 전이라 함께 외국에 살고 있었을 때죠. 하지만 앤시아는 그 집에 있었어요. 내 생각에는 앤시아가 무언가 낌새를 챘던 것 같아요. 처음부터 모든 걸 알았는지 어쨌는지는 모르겠지만, 클로틸드가 정원 끝에 둔덕을 쌓고 관목으로 뒤덮어 아름답게 꾸미려는 건 알았을 거예요. 아마도 서서히 진실을 알게 되었을지 몰라요. 그러다 사악한 기운을 받아들이고 사악한 일을 행하고 사악한 기운에 굴복한 클로틸드는 아무런 거리낌 없이 다음 계획을 실행에 옮겼어요. 난 클로틸드가 그 일을 즐겼을 거라고 생각해요. 클로틸드는 이따금씩 그녀에게 도움을 청하러 오곤 했던 간사하고 천박한 마을 여자아이 한 명을 손아귀에 쥐고 있었어요. 어느 날 꽤 먼 곳으로, 50킬로미터나 60킬로미터 떨어진 곳으로 소풍이나 여행을 가자고 그 여자아이를 꼬여내는 건 쉬운 일이었을 거예요. 클로틸드는 미리 장소를 정해 두었을 거예요. 클로틸드는 그곳에서 그 여자아이의 목을 조르고, 얼굴을 짓이겨 놓고 나뭇잎과 나뭇가지로 숨겨 두었죠. 그 누가 클로틸드가 그런 짓을 하리라 의심하겠어요? 그녀는 베러티의 핸드백을 그곳에 놓아두고, 베러티가 자주 하던 작은 목걸이를 그 여자아이 목에 걸어 두고, 어쩌면 베러티의 옷까지 입혀 두었을 거예요. 클로틸드는 한동안 그 일이 발각되지 않길 바라며, 그동안 노라 브로드가 마이클의 차에 타고 있는 걸, 함께 돌아다니는 걸 보았다는 소문을 퍼뜨렸어요. 어쩌면 베러티가 약혼을 깬 건 마이클의 복잡한 여자관계 때문이라는 소문도 퍼뜨렸을 수 있어요. 그 여자는 무슨 말이라도 했을 테고 그런 상황을 즐겼을 거라고 생각해요. 가련하고 방황하는 영혼이었어요."

"가련하고 방황하는 영혼이라, 왜 그렇게 생각하십니까, 마플 양?"

"왜냐하면 그동안, 10년 동안…… 클로틸드가 겪은 슬픔보다 더

한 고통은 없을 거라고 생각하니까요. 놓을 수 없는 것과 함께 살면서 말이에요. 그녀는 베러티를 곁에, 올드 매너 하우스의 정원에, 영원히 곁에 두려 했어요. 그녀 또한 처음에는 그게 어떤 의미인지 몰랐을 거예요. 그 아가씨가 다시 살아 돌아오길 열망했다는 걸요. 그녀가 후회를 했다고는 생각하지 않아요. 그저 고통스러웠을 거예요……. 한 해가 지나고 또 한 해가 지나도록 계속해서. 그리고 난 이제 엘리자베스 템플이 한 말의 의미를, 어쩌면 엘리자베스 템플 본인도 잘 몰랐을 그 말의 의미를 알겠어요. 사랑이란 정말 끔찍한 거예요. 사악한 기운에 쉽게 노출되고, 세상에서 가장 사악한 것이 될 수도 있어요. 그렇게 클로틸드는 하루하루를, 한 해 또 한 해를 살아야 했어요. 난 앤시아가 그걸 두려워했다고 생각해요. 앤시아는 클로틸드가 한 짓을 점점 더 명확히 알게 되었으며, 클로틸드가 앤시아가 눈치챘다는 걸 알고 있다고 생각했을 거예요. 그래서 클로틸드가 무슨 짓을 할지 몰라 두려웠던 거예요. 클로틸드는 앤시아에게 소포, 그 스웨터가 든 소포를 주며 부치라고 했어요. 그리고 클로틸드는 내게 앤시아가 정신적으로 문제가 있으며 피해망상에 시달리거나 질투심이 극에 달하면 무슨 짓을 저지를지 모른다는 등 이런저런 이야기를 했어요. 내 생각에는…… 예, 그리 멀지 않은 미래에 앤시아에게 무슨 일이 생길 수도 있었어요. 죄책감으로 인한 자살이나…….”

"그런데도 클로틸드가 안쓰럽다고 생각하십니까? 악한 기운은 암과 같습니다……. 악성 종양과 같아요. 언제나 고통을 야기합니다."

앤드류 경이 말했다.

"물론이에요."

"마플 양께서는 그날 밤 일에 대해 이미 들어 알고 계시겠죠. 마플 양의 수호천사들이 마플 양을 구해 낸 후에 말입니다."

원스테드 교수가 말했다.

"클로틸드 말씀이세요? 클로틸드가 내 우유 잔을 집어 들었죠, 그건 기억나요. 쿡 양이 나를 밖으로 데려갈 때도 그 잔을 계속 들고 있었어요. 그 여자가…… 그걸 마신 거죠, 그렇죠?"

"예. 그럴지도 모른다고 생각하셨던 겁니까?"

"그런 생각은 하지 않았어요, 예, 그 당시에는요. 그런 생각이 들었다면 어떻게든 했겠죠."

"아무도 그녀를 막을 수가 없었습니다. 너무나도 순식간에 들이켰고, 그 우유에 문제가 있는 줄은 몰랐으니까요."

"예, 그걸 마셨군요."

"놀라셨습니까?"

"아니에요, 그녀에게는 당연한 일이었을 테니 그리 놀랄 일도 아니죠. 아마 이제는 그녀도 도망을 치고 싶었을 거예요……. 함께 살아온 모든 것들로부터요. 베러티가 그동안 살아온 인생에서 도망치고 싶어 했던 것처럼 말이에요. 참 이상한 일이죠, 자신이 저지른 짓과 아주 꼭 닮은 벌을 받다니 말이에요."

"죽은 아가씨보다도 그 여자를 더 안쓰러워하시는 것 같습니다."

"아니에요. 그건 서로 다른 종류예요. 베러티는 그녀가 놓친 모든 것들을 거의 가질 뻔했다가 놓쳤다는 게 안쓰럽죠. 그 아가씨가 선택하고 진실로 사랑했던 남자를 사랑하고 헌신하며 함께 사는 인생을 말이에요. 진실하고 진정한 인생을요. 그 아가씨는 그 모든 것을 놓쳤고 다시는 되돌릴 수가 없죠. 진실로 원하는 걸 가지지 못한 점에서 그 아가씨가 안쓰러워요. 하지만 그 아가씨는 클로틸드가 겪어야 했던 것은 피할 수 있었어요. 슬픔, 고통, 두려움, 내부에서 점점 자라나 한 인간을 완전히 점령해 버리는 사악한 기운. 클로틸드는 그런 것들과 함께 살아야 했어요. 절대 되돌려 받지 못한 슬프고 절망적인 사랑, 그녀를 의심하고 두려워하는 두 자매, 놓을 수 없었던 그 아가씨와 함께 살아야 했어요."

"베러티 말씀이십니까?"

"예. 베러티는 정원에, 클로틸드가 마련해 둔 무덤에 묻혔죠. 그 아가씨는 올드 매너 하우스에 있고 클로틸드는 그 아가씨가 그곳에 있다는 걸 알고 있었을 거예요. 어쩌면 클로틸드는 그 아가씨를 보았거나 보았다는 생각을 하고, 이따금씩 가서 폴리고넘 꽃을 한 가지 꺾어 오기도 했을지 몰라요. 그럴 때면 베러티가 아주 가까이에 있는 것처럼 느껴졌겠죠. 클로틸드에게 있어 그보다 더 끔찍한 일은 없었을 거예요, 그렇죠? 그보다 더 끔찍한 일은······."

결론

I

"저 노부인이 섬뜩하게 느껴지는군요."

앤드류 맥닐 경은 마플 양에게 작별 인사와 감사의 인사를 전한 후 말했다.

"너무나도 상냥하고…… 동시에 너무나도 냉혹합니다."

국장이 말했다.

원스테드 교수는 밖에서 대기하고 있는 차까지 마플 양을 안내했고, 다시 돌아와 마지막으로 몇 마디를 나누었다.

"마플 양에 대해 어떻게 생각하십니까, 에드먼드?"

"내가 만난 중에 가장 무시무시한 여자더군."

내무부 장관이 말했다.

"냉혹하다는 말입니까?"

원스테드 교수가 물었다.

"아니, 아니, 그런 뜻은 아니네만……. 글쎄, 아주 무서운 여자야."
"네메시스라."

윈스테드 교수는 생각에 잠겨 말했다.

교도소장이 끼어들었다.

"마플 양을 보호하던 그 두 여자 사립탐정이 그날 밤 마플 양에 대해 아주 놀라운 이야기를 해 주었다네. 둘은 그 집에 쉽게 들어가 아래층의 작은 방에 몸을 숨겼다가 모두들 윗층으로 올라간 후에 1명은 벽장 안으로 들어갔고 다른 1명은 바깥에서 망을 보았다네. 침실 벽장에 숨어 있던 여자가 문을 열고 바깥으로 나왔더니 그 노부인이 복슬복슬한 분홍색 스카프를 머리에 두르고 지극히 평온한 얼굴로 마치 늙은 여선생처럼 이야기하고 있더라지 뭔가. 경악했다고 하더군."

"복슬복슬한 분홍색 숄이라. 그래, 그래, 기억이 나는군……."

윈스테드 교수가 말했다.

"뭐가 기억난다는 건가?"

"라피엘 씨가 한 말. 한번은 내게 마플 양에 대해 이야기해 주고는 웃음을 터뜨렸지. 평생 단 한 가지 잊을 수 없는 게 있다고 했어. 서인도 제도에 있을 당시 복슬복슬한 분홍색 스카프를 머리에 두르고 그의 침실로 쳐들어와 당장 일어나서 살인을 막기 위한 조치를 취해야 한다고 말했던, 이 세상에서 가장 웃기고 정신 나간 할머니라고 했어. 그리고 그가 '도대체 당신이 뭔데 이러는 거요?'라고 묻자 마플 양은 자기가 네메시스라고 대답했다지. 네메시스라! 그처럼 네메시스와 어울리지 않는 사람도 없을 거라고 그가 말했다네. 난 복슬복슬한 분홍색 스카프의 감촉이 좋아. 아주 좋아하지."

원스테드 교수가 생각에 잠겨 말했다.

II

"마이클. 자네를 위해 큰 애를 써 주신 제인 마플 양을 소개하겠네."
원스테드 교수가 말했다.
32살의 젊은이는 약간 의아한 표정으로 새하얀 머리카락에 위태위태한 노부인을 바라보았다.
그가 입을 열었다.
"아……. 저…… 저도 이야기 들었습니다. 정말 감사드립니다."
그는 원스테드를 바라보았다.
"저를 특별 사면인지 뭔지로 내보내 준다는 게 정말인가요?"
"그렇다네. 곧 풀려나게 될 거야. 아주 빠른 시일 내에 자네는 자유인이 될 걸세."
"아."
마이클은 약간 의심스러운 듯한 목소리였다.
"물론 바깥 세상에 적응하려면 시간이 좀 걸릴 거예요."
마플 양이 상냥하게 말을 건넸다.
그녀는 마이클을 유심히 바라보았다. 그를 바라보며 10년 전의 모습을 상상해 보았다. 여전히 매력적인 외모였다……. 물론 그동안의 마음고생으로 수척해지긴 했지만. 그래, 여전히 매력적이었다. 한때는 아주 매력적이었을 거라는 생각이 들었다. 그 당시에는 활기차고 매력적인 청년이었을 터였다. 지금은 그러한 매력을 잃었지만 어쩌면 다시 되찾게 될지도 모를 일이었다. 얇은 입술과 매력적인 눈은 상대방을 똑바로 바라보았을 테고, 능숙하게 거짓말을 하는 데 아주 유용했을 것이다. 마치…… 그게 누구였더라……? 그녀는 과거의 기억을 뒤져 보았다……. 조나단 버킨, 그래 조나단 버킨 같았다. 그는 성가대 단원이었다. 목소리가 정말이지 듣기 좋은 바리톤이었다. 그리고 아가씨들이 그를 얼마나 좋아했던가! 게다가 가브리엘 변호사 사무실의 서기라는 좋은 직장까지. 수표로 인한 작은 문제가 있었다는 게 안타까울 따름이었다.

마이클이 한층 더 당혹스러운 듯 말했다.

"아. 저를 위해 이렇게 애써 주셔서 정말 감사드립니다."

"덕분에 나도 즐거웠는걸요. 뭐, 당신을 만나게 돼서 정말 기뻐요. 그럼 잘 있어요. 앞으로 아주 행복한 인생만 살길 바랄게요. 요즘 나라 사정이 좀 안 좋은 것 같지만, 젊은이는 분명 직장을 구하거나 다른 즐길거리를 찾아낼 수 있을 거예요."

"아, 예. 감사합니다. 정말 감사합니다. 정말…… 정말 감사드립니다."

하지만 여전히 그의 목소리에는 확신이 없었다.

"젊은이가 감사해야 할 사람은 내가 아니에요. 젊은이의 아버지에게 감사해야 해요."

"아버지요? 아버지는 언제나 저를 탐탁지 않게 생각하셨는데요."

"젊은이의 아버지는 죽어 가면서 아들에게 정의를 보여 주겠다고 결심하셨어요."

"정의요."

마이클 라피엘은 생각에 잠겼다.

"예, 젊은이의 아버지는 정의가 중요하다고 생각하셨어요. 그분은 아주 공명정대한 분이셨다고 생각해요. 그분은 내게 편지를 써 이번 임무를 맡아 달라고 부탁하시며 이런 말을 인용하셨어요. '공의가 물처럼 흐르게 하고 정의가 마르지 않는 강처럼 흐르게 하라.'"

"아! 그게 뭐죠? 셰익스피어인가요?"

"아니에요, 성경이에요……. 곰곰이 생각해 봐야 해요……. 난 그래야 했어요."

마플 양은 들고 있던 소포꾸러미를 풀었다.

"이걸 나에게 주더군요. 내가 가지고 싶어 할지도 모른다고 생각했나 봐요……. 내가 과거의 진실을 밝히는 데 도움을 주었으니까요. 하지만 이 물건의 원래 주인은 젊은이라고 생각해요……. 그러니까 젊은이가 원한다면 말이에요. 하지만 어쩌면 젊은이가 원치 않을 수도 있겠죠……."

그녀는 올드 매너 하우스의 응접실에서 클로틸드 브래드버리스콧이 보여 주었던 베러티 헌트의 사진을 그에게 건넸다.

마이클은 그 사진을 받아들었다. 가만히 서서 그 사진을 내려다

보았다. 그의 표정이 변했다. 표정이 부드러워졌다. 그러다 다시 굳어졌다. 마플 양은 아무 말 없이 그를 지켜보았다. 한동안 침묵이 이어졌다. 윈스테드 교수 또한 지켜보았다……. 노부인과 그 청년을 지켜보았다.

어쩌면 지금 이 순간이 결정적인 고비일 수도 있다고…… 앞으로 그 청년 앞에 놓인 삶에 영향을 줄 수 있는 고비일 수 있다고 그는 생각했다.

마이클 라피엘은 한숨을 쉬었다. 그는 손을 뻗어 그 사진을 마플 양에게 돌려주었다.

"아니요, 마플 양 말씀이 맞습니다. 저는 이걸 원치 않아요. 과거는 이미 지나간 일입니다……. 그녀도 가 버렸어요……. 제가 계속 그녀를 간직할 수는 없습니다. 이제부터는 새 인생을…… 앞으로 나아가 새 인생을 살 겁니다. 마플 양께서는……."

그는 머뭇거리며 그녀를 바라보았다.

"마플 양께서는 이해하시겠죠?"

"예. 난 이해해요……. 젊은이 말이 옳다고 생각하고요. 앞으로 시작될 새 인생에 언제나 행운이 깃들길 바랄게요."

마이클은 작별인사를 하고 면회실을 빠져나갔다.

윈스테드 교수가 말했다.

"흠, 그리 열정적인 젊은이는 아닌 것 같군요. 마플 양께 좀 더 열렬하게 고마워할 줄 알았는데요."

"오, 괜찮아요. 그 젊은이가 그러리라는 기대는 하지 않았어요. 안 그래도 당황해서 쩔쩔매는 게 안쓰러웠는데요."

그리고 그녀는 이렇게 덧붙였다.

"사람들에게 감사하고 새 인생을 살아야 하고, 모든 걸 새로운 각도에서 봐야 할 때는 아주 당황스러운 법이잖아요. 그 젊은이라면 잘 해낼 거라고 생각해요. 격렬한 증오심에 불타오르지도 않고. 그게 어디예요. 왜 그 아가씨가 그를 사랑했는지 잘 알 것 같네요……"

"뭐, 어쩌면 이번에는 그 청년이 정신을 차리고 제대로 살지도 모르겠습니다."

"글쎄요. 그 젊은이가 혼자서 제대로 해 나갈 수 있을지 잘 모르겠네요……. 물론."

그녀는 말을 이었다.

"혹시라도 참한 아가씨를 만나게 된다면 몰라도 말이에요."

"제가 마플 양을 좋아하는 건 마플 양의 유쾌할 정도로 실용적인 사고방식 때문입니다."

III

"곧 이곳에 도착할 거야."

브로드립 씨는 슈스터 씨에게 말했다.

"예. 정말 놀라운 일이죠, 그렇지 않아요?"

"나도 처음에는 믿을 수가 없었다네. 불쌍한 라피엘 씨가 죽어 가면서 계획한 이 모든 일……. 뭐, 그저 노망 때문이려니 생각했지. 물론 노망이 들 정도로 늙은 나이는 아니었지만 말일세."

브로드립 씨가 말했다.

순간 부저가 울렸다. 슈스터 씨는 수화기를 들었다.

"아, 도착하셨다고요? 들여보내세요."

슈스터 씨가 브로드립 씨에게 말했다.

"왔답니다. 정말 궁금하네요. 제 평생 들어 본 것 중 가장 희한한 일이에요. 아무것도 모르는 노부인이 시골로 가 사건을 해결하다니요. 경찰 말로는 그 여자가 1건이 아니라 3건이나 되는 살인을 저질렀답니다. 3건이나요! 정말 기가 막혀서! 베러티 헌트의 시신은 노부인이 말한 대로 그 집 정원 둔덕 아래에 묻혀 있었고요. 그 아가씨는 목이 졸리지도 얼굴이 짓이겨져 있지도 않았답니다."

"그 노숙녀분께서 어떻게 무사할 수 있었을까? 스스로를 보호하기엔 나이가 너무 많잖나."

브로드립 씨가 말했다.

"2명의 사립 탐정이 그분을 보호했대요."

"뭐? 2명이?"

"예, 저도 그건 몰랐어요."

순간 마플 양이 방 안으로 들어섰다.

"축하드립니다, 마플 양."

브로드립 씨가 그녀를 맞이하기 위해 자리에서 일어서며 말을 건

녔다.

"건강하시죠? 정말 대단한 일을 해내셨어요."

슈스터 씨는 마플 양과 악수를 나누며 말했다.

마플 양은 태연하게 책상 맞은편에 앉았다.

"내가 편지에도 썼듯이 내게 주어진 임무를 완수했어요. 부탁받은 일을 성공적으로 해냈죠."

"아, 저도 알고 있습니다. 예, 저희도 이미 소식을 들었죠. 윈스테드 교수님, 그리고 법무부, 경찰 당국으로부터 연락을 받았습니다. 예, 정말 대단한 일을 하셨습니다, 마플 양. 정말 축하드립니다."

"처음에는 많이 걱정했어요. 제대로 해내지 못할까 봐서요. 처음에는 너무나도 어렵고 거의 불가능해 보이기까지 했으니까요."

"예, 정말 그렇습니다. 제가 보기에도 불가능한 일 같았죠. 마플 양께서 어떻게 그 일을 해내셨는지 궁금합니다."

"오, 글쎄요. 하느님의 은총이 나를 이끌어 주었다고나 할까요."

"이제 저희가 보관하고 있는 그 돈은 마플 양이 원하시는 대로 처리해 드리겠습니다. 마플 양의 계좌로 넣어 드릴까요, 아니면 투자 문제와 관련해 저희와 의논을 해 보고 싶으신가요? 꽤 많은 액수입니다."

"2만 파운드라. 예, 내가 보기에는 아주 큰 액수예요. 정말 엄청난 액수예요."

"원하신다면 저희 주식 중개인을 1명 소개해 드리겠습니다. 투자에 관련해 여러 가지 조언을 해 드릴 겁니다."

"오, 난 그 돈을 투자할 생각은 없어요."

"하지만 그러는 편이……."

"내 나이에 돈을 아낄 이유가 없죠. 더구나 이 돈을요……. 라피엘 씨께서 그런 의미로 이 돈을 나에게 주었다고 생각해요……. 한 번도 맘껏 즐길 만한 돈이 없었던 사람이 즐길 수 있도록 말이에요."

"예, 무슨 말씀이신지 알겠습니다. 그렇다면 은행으로 보내 달라는 말씀이시죠?"

브로드립 씨가 말했다.

"세인트 메리 미드, 하이가 132번지, 미들턴 은행이에요."

"저축 예금 계좌가 있으시겠죠? 저축 예금 계좌로 보내 드리면 될까요?"

"물론 아니에요. 당좌 예금 계좌로 넣어 주세요."

"설마……."

"정말이에요. 당좌 예금 계좌로 넣어 주셨으면 해요."

그녀는 자리에서 일어나 두 신사와 악수를 나눴다.

"은행 지점장과 상담해 보시는 게 좋겠습니다, 마플 양. 궂은 날에 대비해 여윳돈이 필요할지 어쩔지는 아무도 모르는 일이니까요."

"궂은 날에 대비해 필요한 건 딱 하나, 우산뿐이에요."

그녀는 다시 한번 두 신사와 악수를 나누었다.

"정말 고마워요, 브로드립 씨. 그리고 슈스터 씨 당신도요. 두 분다 아주 친절하게 대해 주셨고 내게 필요한 정보도 모두 주셨죠."

"정말로 그 돈을 당좌 예금 계좌로 넣어 드리길 원하십니까?"

"예. 난 그 돈을 다 써 버릴 거예요. 신나게 살아 볼 작정이에요."

그녀는 문을 나서다 뒤돌아보고는 웃음을 터뜨렸다. 순간 브로드립 씨보다 상상력이 좀 더 풍부한 슈스터 씨는 시골의 가든파티에서 목사와 악수를 나누는 젊고 예쁜 아가씨를 보는 듯한 착각에 빠졌다. 일순간 마플 양이 그의 기억 속에 있는 한 아가씨, 젊고 행복하며 인생을 즐기던 한 아가씨의 모습과 겹쳐졌다.

"라피엘 씨는 제가 즐겁게 살길 바라셨을 거예요."

마플 양이 이렇게 말하고는 문을 나섰다.

"네메시스. 라피엘 씨가 마플 양을 그렇게 불렀다네. 네메시스. 마플 양만큼 네메시스와 어울리지 않는 사람도 없을 것 같은데, 안 그런가?"

브로드립 씨의 말에 슈스터 씨가 고개를 끄덕였다.

"라피엘 씨가 농담한 게 분명해."

브로드립 씨가 덧붙였다.

〈끝〉

옮긴이 | 원은주

충북대학교에서 고고미술사학을 전공했으며 영어강사로 활동했다. 현재 인트랜스 번역원 소속 전문 번역가로 활동 중이다. 옮긴 책으로는 『주스테라피』, 『멘토: 지식 경영 시대의 새로운 리더』, 『벙어리 목격자』, 『다섯 마리 아기 돼지』, 『할로 저택의 비극』, 『장례식을 마치고』, 『헤라클레스의 모험』, 『시계들』, 『비즈니스맨을 위한 아티스트 웨이』 등이 있다.

애거서 크리스티 전집
복수의 여신

3판 1쇄 찍음 2024년 9월 25일
3판 1쇄 펴냄 2024년 10월 2일

지은이 | 애거서 크리스티
옮긴이 | 원은주
발행인 | 박근섭
편집인 | 김준혁
펴낸곳 | 황금가지

출판등록 | 2009. 10. 8 (제2009-000273호)
주소 | 06027 서울 강남구 도산대로 1길 62 강남출판문화센터 5층
전화 | 영업부 515-2000 편집부 3446-8774 팩시밀리 515-2007
홈페이지 | www.goldenbough.co.kr

도서 파본 등의 이유로 반송이 필요할 경우에는 구매처에서 교환하시고 출판사 교환이 필요할 경우에는 아래 주소로 반송 사유를 적어 도서와 함께 보내주세요.
06027 서울 강남구 도산대로 1길 62 강남출판문화센터 6층 민음인 마케팅부

© ㈜민음인, 2024. Printed in Seoul, Korea
ISBN 978-89-8273-770-1 04840
ISBN 978-89-8273-700-8 04840 (set)

㈜민음인은 민음사 출판 그룹의 자회사입니다.
황금가지는 ㈜민음인의 픽션 전문 출간 브랜드입니다.